D1717784

HASTA

LOS

HUESOS

Amanda Gónzalez Cordón, periodista graduada en la Universidad Pública del País Vasco, de origen riojano, de un pueblo llamado Pradejón. Bien joven ya sabía que ella tenía que contar historias, pues su pasión por la redacción es abrumadora. Su capacidad para inventar historias increíblemente creíbles es sensacional. Tal vez por que lo lleva en los genes o tal vez por vocación, Amanda hace que el lector se sumerja en el relato de manera instintiva, generando todo tipo de emociones.

Descripción realizada desde el corazón de su hermana

AMANDA GONZÁLEZ CORDÓN

HASTA LOS HUESOS

*A mis padres, por darme
todo lo necesario para
seguir mi camino*

CLAUDIA

Caminaba por el ocaso de la gran y bella Gran Vía de Madrid. Eran las siete de la tarde de un día de marzo no tan normal dadas las altas temperaturas. El sol se escondía entre el horizonte de la sierra para que la luz radicara en toda su esencia. Paso firme, quizás demasiado rápido, llegaba tarde a su encuentro con su amiga Daniela.

Nike blanco nuclear a juego con sus pantalones de pana y cuello alto a lo naranja mecánica. El viento desmelenó su corta melena de oro que también conjuntaba con unos ojos grandes y azul cristalino. Por fin llegó al Starbucks de la esquina de Plaza España.

-¡Claudia!, estoy aquí. –gritó Dani (porque todos la llamaban Dani).

-Perdona Dani, me he retrasado, pero es que necesitaba esta tarde libre y como esta semana no ha venido mucha gente, he cerrado antes.

El té del Starbucks era una dosis plena de pura energía y relajación para Claudia.

-No te preocupes. ¿Te han llegado películas nuevas? Ya

sabes que estoy esperando esa última de Tarantino -pregunta eufórica Dani.

-Todavía nada. Ya tienes la reserva para cuando llegue, serás la primera, no lo dudes. Y ambas sonrieron.

Claudia era una soñadora. Demasiados sueños para la cruda realidad del mundo en el que vivían, así que decidió apostar por el tema de lo cinéfilo que era una de sus grandes pasiones. Su padre tenía un local, no muy grande, pero en un sitio especial: El corazón de Malasaña. El mundo del videoclub no estaba para nada en su mejor momento, pero gracias sobre todo al movimiento de la web conseguía a duras penas llegar a fin de mes.

El olor a té invadía el camino por donde pasaban. Claudia y Dani, como siempre, no sabían dónde ir. Los ojos marrones de Dani chocaban con su sonrisa deslumbrante. Era un lujo tenerla cerca, todo era buen rollo y positividad. Además, estaba colada por el hermano de Claudia que se rumoreaba que era el hombre más hermoso del planeta. Cuando se juntaban el mundo se detenía, pero el reloj avanzaba todavía más rápido. Era una relación que cualquier persona mirándola desde lejos se le dibujaría una sonrisa y al instante pensaría 'qué suerte tienen de tenerse'. Y pasaron una tarde maravillosa en ningún sitio o en todos de Madrid.

La noche abrazó la ciudad cuando Claudia llegó a su mini ático. Nadie le esperaba en casa, solo más trabajo. Por las mañanas no abría el videoclub. Se resignó tras estar más de tres meses sin ningún cliente pasada la hora de comer. El deporte era otra pasión y como tenía el título de entrenadora personal, por las mañanas daba clases de GAP (glúteos, abdominales y piernas) en el gimnasio del barrio. Luego comía en el videoclub que para las doce de la noche cerraba y todas las reservas online las terminaba al llegar a casa.

Fuerte e independiente había creado su vida a su imagen y semejanza, pero la idea de entrar en los treinta años y no conocer el amor era algo que no paraba de dar vueltas en su cabeza. No lo necesitaba, pero como buena soñadora, tenía la esperanza de que algún día apareciera.

"El amor es una armonía que se experimenta cuando puedes hablar morboso, gracioso y tierno con la misma persona. Es un tesoro difícil de encontrar", leyó en un trend de Instagram. Y con esa idea y un vídeo de lluvia en su móvil de fondo cayó rendida en un sueño profundo.

ALBERTO

Amaneció un día más en las torres Bankia de Madrid. Unas persianas se ponían en marcha a pesar de que el sol todavía estaba tímido. Son las siete y cuarto de la mañana. Alberto era un madrugador. No le quedaba otra opción. Su padre acababa de fallecer y había heredado toda la empresa familiar a sus treinta y dos años. 'Bodegas González' era una empresa dedicada a la producción y distribución de vino por todo el territorio nacional, pero también europeo. Los encantos de su tierra natal, La Rioja, siempre le hacían volver, pero había tomado la decisión de montar unas oficinas en el corazón financiero de la gran capital. Como empresario, su día a día lo destinaba a viajar y dar a conocer la marca. Esta semana tocaba: dos días en Dublín y otros tres en París.

El deporte era algo esencial. Le trasmitía una paz interior y sobre todo, energía para seguir comiéndose el mundo. De ahí, su esvelto cuerpo. Dedicaba dos horas en la mañana. Un abrazo de esos bíceps te hacía sentir segura. Por no hablar de su infinita espalda. A ello le acompañaba su metro ochenta, cabello castaño, casi rubio y despeinado y unos ojos casi negros que le daban un toque misterioso e interesante. Su fiel aliado era Bimba. Una gatita callejera que era igual de independiente que él. Cuando se sentía solo, se aferraba en las películas de miedo y suspense pues le gustaba imaginar como él actuaría en esas tramas tan inquietantes. Sexo nunca le faltaba, pero del amor no quería saber nada y tenía sus propias razones. Suena el politono de su iPhone.

-Alberto, ¿dónde estás? Son las nueve y media y tu vuelo sale en una hora, joder, llevo veinte minutos esperándote en Barajas, ¿vienes o qué?

-Ya voy Víctor. Si sabes como soy ¿por qué sigues estresándote? Llego en esos veinte minutos que llevas esperándome.

Alberto cuelga. Echa de comer a Bimba, coge las llaves y sale de casa. Víctor era su ayudante y el único 'amigo', por decir algo, que tenía. La verdad es que siempre discutían. A Alberto le estaba costando habituarse a ese estilo de vida que le habían impuesto. Además, eso le impedía esconder con menor facilidad su secreto oculto...

El aeropuerto de Madrid siempre era una locura. Estaba bien organizado pero la cantidad de personas que había era incontable. La terminal cuatro era la más grande por lo que la locura era mayor.

"Vuelo procedente de Madrid con destino Berlín cierra sus puertas en diez minutos desde el embarque D28", sonaba por los altavoces de la T4.

-Ya estoy aquí Víctor. Siempre a tiempo -soltó entre carcajadas Alberto sabiendo la desesperación que llevaba el pobre ayudante.

Víctor era un joven de casi treinta años, metro setenta y cinco, pelo negro, un poco escaso y unos ojos verdes militar. Tenía una empresa de distribución y marketing, pero no le resultó ir muy bien por lo que ahora tenía que conformarse con acatar las órdenes de Alberto. Su vida no era muy interesante y como era bastante manipulable a Alberto le venía perfecto.

-No te voy a decir nada, pero venga vamos a entrar que sabes que odio viajar en avión -le rebatió Víctor.

"Vuelo procedente de Madrid con destino Berlín preparado para salir".

Y entre la adrenalina del despegue y la idea de su nuevo plan oculto, Alberto empezó a maquinar en su cabeza cuál sería su próxima aventura que era como él lo llamaba.

El día que Claudia conoció a Alberto

Rebelde. Así estaba el tiempo a principios de abril. Unos días tormenta eléctrica, otros, sol radiante y por no hablar del viento helador. La primavera se estaba dando a conocer. Como todos los días, Claudia amanecía sobre las nueve de la mañana. Sus clases no empezaban hasta las once y le encantaba desayunar tranquilamente viendo cualquier documental de Discovery Max.

Tras las clases fue directa al videoclub, pero antes entró a por algo de comida al Nigiri. En menos de quince minutos ya estaba en el videoclub. La verdad es que había puesto mucho de su parte porque su sueño pudiera salir adelante. El local era bien pequeño, pero trasmitía un ambiente espectacular. Las paredes estaban cubiertas de prestrenos de películas, carteles o vinilos, eso sí, de lo más extravagantes. Luego en cada sección, mientras elegías la película para alquilar podías disfrutar de un pequeño aperitivo totalmente gratis. En la sección infantil, gominolas. En acción, palomitas. En miedo y suspense, un café. Y en comedia y amor, té rojo. Cuando por fin elegían la película, incluía en el DVD una frase significativa de la cinta. Un detalle que los clientes siempre lo valoraban mucho. Quería que la gente pasara una experiencia increíble para que al día siguiente volvieran a por otra. Y la verdad es que le funcionaba.

Eran más o menos las ocho de la tarde. Claudia estaba ya aburrida de tener que hacer bromas a los niños que entraban a alquilar alguna película o más bien a comerse las gominolas, cuando, de repente, inspiró el aroma a Sauvage de Dior.

-Buenas tardes, ¿dónde está la sección de terror y suspense? -un hombre alto y apuesto le preguntó a Claudia.

-Al fondo a la derecha, como todo en Madrid -contestó riéndose con una sonrisa bastante tonta.

"Madre mía Claudia... pero qué ven mis ojos es un apuesto galán con una espalda tremenda y ¡ajá! un culazo bien duro, bah... seguro que es un pringado sin gusto que no sabía qué hacer y ha entrado", piensa Claudia. Y tras diez minutos observando al chico, éste vuelve sin película.

-Perdona, ¿No tenéis Stigmata de Rupert Wainweinght? -preguntó el chico Dior.

-Pues...si, en mi videoclub...-se queda absorta en esos ojos negros- solo hay peliculones -Claudia le guiñó su ojo azul cristalino -pero ahora mismo está reservada -sentenció.

-¡Vaya!, es una pena. Ando buscando la película por todos los videoclubs del centro y me aseguraron que aquí la teníais. En otra ocasión será. Buenas tardes -dijo mientras salía por la puerta dejando ese aroma por todo el local y por todo el cuerpo de Claudia.

Inmediatamente, Claudia marca el número de Dani y pulsa llamar:

-Holii nena, ¿cómo te ha ido el día hoy? -responde Dani.

-Tía, voy a quitarte la reserva de Stigmata, era por avisarte, espero que no te importe dado que tienes casi veinte reservas -contestó Claudia riéndose.

-No, no te preocupes. Sin problema. Pero, ¿ha pasado algo? -preguntó la amiga.

-Por ahora no. Muchas gracias, Dani. Eres la mejor.

-¿Por ahora? Claudia dime qué estás tramando inmediatamente.

-Chao Dani, ya te contaré.

Pi, pi, pi. Llamada finalizada. Claudia sabía perfectamente que Dani necesitaba saber siempre todo. Siempre ha tenido un instinto de periodista de tener que estar informada de todo tipo de incidentes que pasaran por su vida. Pero esto era una tontería. No iba a volver a ver a aquel chico tan peculiar que aparentemente era el típico, porque los hay en grandes cantidades, de mucho musculito y poco cerebro, pero... alguien que le gustara una película tan compleja y misteriosa .... Mmmm pensó: Nadie me había pedido nunca esa película, qué chico tan interesante.

El día de Claudia acabó como cualquier otro. Después de encargarse de las reservas online desde casa, se metió en la cama teniendo un solo pensamiento rondándole sin parar: nunca había visto unos ojos tan negros. Lo que Claudia no sabía en ese momento es que las apariencias siempre engañan.

El día que Alberto
conoció a Claudia

Abril había comenzado tranquilo en el corazón de Madrid. Alberto había decidido tomarse dos semanas de vacaciones. Después de tanto viaje y negocios, estaba totalmente agotado. Había cerrado tres proyectos en Dublín y dos en París, por lo que las vacaciones eran más que merecidas. Para una persona como Alberto, viajar y descubrir tierras y culturas nuevas siempre era algo positivo, pero el hecho de volver a España le transmitía una sensación tan confortable y segura que no cambiaría eso por nada.

Alberto tenía algo claro. En estas dos semanas iba en busca de otra 'aventura'. Se levantó como todos los días. Un poco de ejercicio, revisar los últimos correos electrónicos (porque aunque sea un poco hay que trabajar), unas caricias a Bimba y pensar qué iba a pedir para comer. Pero ese día se le vino una película a la cabeza. Y como algo característico de él era su cabezonería, sí o sí necesitaba conseguirla.

Después de comer salió a dar una vuelta por el centro de Madrid. Primero se sentó en un banco del maravilloso parque del Retiro a leer el periódico, luego anduvo divisando la belleza de Gran Vía hasta acabar en el corazón de Malasaña. Y qué mejor sitio para encontrar su película que en aquellas calles tan 'vintage' y asombrantes. Entró en el primer videoclub, pero no hubo suerte. Otra cosa que representaba a Alberto es que no podía ver ninguna cinta descargada de internet porque la calidad y, sobre todo, en películas antiguas era nefasta, además el sonido nunca acompañaba por lo que siempre solía alquilar películas. Entró en el segundo también sin suerte, pero el dueño de éste le aconsejó que se acercara al local pequeño que hacía esquina en calle Luna. Y Alberto no dudo en ir. En menos de diez minutos ya estaba allí.

-Buenas tardes, ¿dónde está la sección de terror y suspense? -preguntó a la chica del mostrador.

-Al fondo a la derecha, como todo en Madrid -le contestaron medio riéndose.

Alberto iba buscando Stigmata una película de 1999, pero no la encontraba. Mientras tanto quedó impresionado sobre la decoración de aquel sitio. El aroma a vainilla con fresas impactaba mucho con los vinilos más tenebrosos de las mejores películas de suspense. Miró todo de arriba a abajo y al final decidió preguntar a la chica de melena corta y rubia del mostrador.

-Perdona, ¿No tenéis Stigmata de Rupert Wainweinght?

-Pues…si, en mi videoclub solo hay peliculones, pero ahora mismo está reservada -contestó la chica después de giñarle el ojo más azul y cristalino que había visto jamás.

-¡Vaya!, es una pena. Ando buscando la película por todos los videoclubs del centro y me aseguraron que aquí la teníais. En otra ocasión será. Buenas tardes -dijo Alberto mientras salía por la puerta.

Caminó a casa después de su fracaso por encontrar la

película sin dejar de darle vueltas a porque esa chica había sido tan borde con él. Tenía una cara angelical que ocultaba tras esos mil mini tatuajes por todos los brazos. 'Bah, no voy a volver', pensó. Llegó a casa, cenó algo ligero y enseguida se acostó con Bimba, que en los días fríos le aportaba mucho calorcito. Quedó dormido en un profundo sueño cuando a las cuatro de la mañana un rayo lo despertó y cuando abrió sus oscuros ojos la vio en frente de él. Era la maldita chica borde del videoclub.

El día que todo
empezó

Despertó la ciudad con los pájaros cantando. Habían pasado tres días y Claudia había olvidado por completo al chico de ojos negros. La vida seguía y se llevaba todo por delante, pero siempre había dos opciones dejarse arrastrar o seguir a su lado. Claudia siempre elegía la segunda. Era la una de la tarde y sonó el móvil.

-Hola Claudia, te llamamos del Hospital Clínico Carlos III para recordarte la visita al dermatólogo de esta tarde a las siete. ¿Nos confirmas la cita? -preguntó una voz muy dulce.

-Hola. Si, sí claro. Allí estaré. Muchas gracias por recordarlo -colgó.

'Se me ha olvidado por completo... ¿Por qué seré tan desastre?' Claudia llevaba esperando más de tres meses esa cita, es normal que la hubiera olvidado, pero no podía perderla. Tenía la piel atópica y bastante sensible y por fin había hecho caso a Dani en que un especialista debería vérsela.

Volvió a coger el teléfono y marcó.

-Hola Dani, antes de nada, si, soy un desastre... ¿recuerdas la cita en el dermatólogo? Pues es hoy a las siete. Dime, ¿tienes libre esta tarde?, sería genial que pudieras cubrirme en el videoclub, solo si puedes claro.

-Tía -se oye entre risas- claro que eres un desastre, pero un desastre bonito. Pues vas a tener suerte, hoy salgo a las cuatro, me paso por allá. ¿Te parece?

-¡Ay si! Muchísimas gracias, Dani. Te veo luego.

Ambas cuelgan. Dani era un culo inquieto. Había conseguido un puesto de directora en una oficina bancaría, un trabajo que le llevaba al límite, pero totalmente merecido. Por las mañanas se la pasaba en la oficina, pero es cierto que tenía bastante flexibilidad horaria.

Hacía un día de esos que vas sonriendo, por la calle sin ningún tipo de motivo. Dani normalmente siempre caminaba así. Había salido un poco más tarde pero enseguida llegó al videoclub.

-Hola guapa, ¿podrías regalarme un beso de esos labios tan marcaditos? - entro Dani cachondeándose.

-Ven aquí, tonta. Se abrazaron. Juntas todo era siempre risas y tonterías.

-Dime, ¿con qué estabas soñando que se te ha explotado el chicle en toda la cara y no te has enterado? -preguntó Dani.

Claudia normalmente solía distraerse con facilidad.

-Estás tonta eh, anda que me tengo que ir ya. Por favor no incendies mi local, no creo que tengas problemas, no ha venido nadie en toda la tarde, pero te conozco, estate quietecita -bromeó Claudia mientras salía por la puerta.

Dani se quedó sola y empezó a cotillear la agenda de reservas online. Dani era una chica de metro sesenta con unas curvas impresionantes que le iban en perfecta armonía con su sonrisa y su media melena castaña más bien clarita. Claudia siempre le decía que era la clase de chica que le gustaría a todos los hombres, pero estaba sola y su único objetivo era su hermano que algún día se lo presentaría. Dani estaba recopilando información para la reunión que tenía mañana cuando, de repente, entró Alberto al videoclub.

-Hola, buenas tardes -dijo como impactado y se quedó mirando a Dani.

-Hola, ¿Puedo ayudarte en algo?

-Si, perdona, pero ¿dónde está la chica que normalmente trabaja aquí?

-¿Claudia? Ha salido un momento, pero si quieres que le deje un recado, dime- Dani le miró con cara interesante y de arriba a abajo, puntuó a Alberto con un ocho y medio como nota física. Pantalón negro de traje combinado con una camiseta dos tallas más grandes, era totalmente el prototipo de Claudia- ¿Buscas una película?

-No, no te preocupes. Dile que el chico Stigmata volverá otro día -contestó Alberto un poco sonrojado. Y acto seguido se fue.

La cabeza de Dani ya estaba maquinando todo tipo de situaciones... "un chico viene buscando a Claudia, un pibón de chico, además muy serio y la cabrona de ella no me ha dicho nada" cuando se dio cuenta. - ¡Ajá! Ha dicho Stigmata, ya entiendo porque ya no está en mi lista de veinte reservas. Y entre fantasías en la cabeza de Dani y algún padre que entró con sus hijos, Claudia volvió.

-Ya estoy Dani. Muchas gracias. Me han cogido una muestrecita de piel y van a hacer un estudio riguroso. Ya puedes quedarte tranquila. Veo que todo sigue igual por aquí, ¿alguna novedad inquietante?

Dani no podía aguantarse, se lo tenía que decir ya. El estudio riguroso que tanto le había costado convencer a su amiga había pasado a segundo plano.

-Pues ahora que lo mencionas... hoy he visto los ojos

más negros de Madrid y, ¿sabes qué? Te buscaban a ti. -se hizo la interesante, porque le encantaba.

Claudia solo había visto unos ojos negros en toda su vida, pero ya estaban olvidados.

-Y dime, amiga, ¿esos ojos negros olían a Sauvage de Dior?

-¡Totalmente! Empieza a hablar porque me debes una.

-Es un chico de lo más interesante que vino hace unos días buscando Stigmata por eso te llame para quitártela de reservas -razonó Claudia poniendo los ojos en blanco.

-Claro y como te conozco, te impresionó ese culazo y decidiste dejar la película libre por si volvía ¿no?

-Efectivamente, me conoces – dijo riéndose. Pero, dime ¿Qué ha dicho?

-No, no te preocupes. Dile que el chico Stigmata volverá otro día -repitió Dani las mismas palabras intentando imitar su acento.

Dani se quedó en el videoclub hasta pasadas las diez. Trajo unas hamburguesas de Goiko acompañas de té que tenía Claudia en el videoclub. Hablaron del trabajo estresante de Dani, de las clases en el gimnasio de Claudia y por supuesto, imaginaron una vida casi perfecta para Claudia al lado de ese hombre de ojos negros, que a lo tonto había vuelto a su vida.

Mientras tanto, Alberto había necesitado tres días para coger el valor de volver a por la película. Ese sueño le había despertado algo por dentro y necesitaba liberarlo. Mañana volvería sin dudarlo.

Vuelta a la carga

Ring, ring. Suena la alarma a las siete y cuarto de la mañana. A Alberto le quedaban seis días de vacaciones, pero la alarma siempre sonaba a la misma hora. Algún rayo de sol se colaba entre las persianas medio abiertas y hacían lucir su cuerpo que siempre dormía desnudo. Bimba se acercó a despertarlo. Un par de vueltas por esa cama inmensa y enseguida se activó. Quedó a desayunar con Víctor. Dicen que la soledad te vuelve un poco más frio y sobre todo más exigente, pero todo ser humano necesita comunicarse y mantener algún tipo de relación social. Sabía que ese desayuno le iba a llevar todo el día. Luego tenía un asunto pendiente que lidiar y no era precisamente el encuentro con Claudia. Se dio una ducha fría. Las gotas de agua caían lentamente desde sus ojos hasta sus pectorales, pasando por sus abdominales bien marcados y se perdían por la maravilla de su miembro. Era la perfección en hombre. Pero no todo el oro siempre brilla. El look siempre era sencillo pero elegante. Unos pantalones de lino marrones y una camiseta de los ramones. Pelo despeinado y unas gotitas de Sauvage. Ya estaba listo. Salió hacía Chamartín. En menos de 10 minutos había llegado a la cafetería Pequeñas Delicias.

-Hola Víctor, ¿Cuántas veces has desayunado ya? -le saludó riendo.

-Hola Alberto, bueno un cafecito mientras llegabas, ¿Qué te apetece?

-Que nos pongan lo de siempre-. Miró a la camarera que con esa mirada ya sabía perfectamente lo que querían. Y Víctor comenzó a hablar.

-Bueno estamos a martes, en una semana tienes una reunión de negocios muy importante en Mánchester. Estarás hasta el viernes y luego la siguiente semana deberías subir a La Rioja y verificar que todo está en orden. Yo me puedo quedar aquí en las oficinas. ¿Te parece?

-Si Víctor, tú te organizas muy bien. Entonces en una semana vuelo a Mánchester y la siguiente a La Rioja, con dos días en mi tierra es suficiente ¿no?

-Sí, eso como tú lo veas. ¿Qué tal estos días? ¿Te ha ocurrido algo interesante? -pregunto el ayudante.

-Que va, nada fuera de lo normal. Ya sabes cómo es mi vida.

-¡Pues yo tuve una cita Tinder! -Y aunque a Alberto no le interesaba lo más mínimo, a Víctor le hacía mucha ilusión contar sus experiencias de Tinder que la verdad, siempre eran muy graciosas y con poca garantía a éxito.

El desayuno encadenó en la comida que decidieron bajar al centro que siempre se comía muy bien. A Alberto no le gustaba rodearse de mucha gente, pero como peculiaridad le gustaba caminar entre mucha gente. Y dónde podría haber más gente que en la Puerta del Sol. La comida fue muy rápida. Hablaron del funcionamiento de las bodegas en La Rioja, los negocios que habían firmado la semana pasada y Víctor aprovechó para pedirle unos días para ir a ver a sus padres a Asturias. Eran las tres y media y Alberto tenía una cita importante a las cuatro, asique se las apañó para que, sin notarse mucho, Víctor entendiera que se tenía que marchar.

Alberto volvió a casa, cogió las llaves de su Mercedes Clase A gris metalizado y se dirigió hacía Cercedilla. Pero ... ¿qué se le había perdido en Cercedilla? En plena sierra todavía había rastros de nieve, Alberto tenía una casita rural bastante alejada del pueblo y metida entre los altos árboles de aquel bosque medio frondoso. Imposible de localizar. Alberto llegó, entró y encendió la chimenea. Esperaba visita. Ésta llegó a los diez minutos. Dos tipos entraron por la puerta con mirada agresiva, pero vestidos de etiqueta.
-Hola, necesitamos lo mismo que la otra vez para dentro de tres semanas, ¿lo tendrás? -preguntó el hombre más bajito a Alberto.
-No lo dudes, en tres semanas a esta misma hora, aquí os espero.
-Hasta luego. -Y en menos de diez minutos se fueron igual que habían llegado.
Alberto decidió quedarse un par de horas allí maquinando el plan. Eran ya las seis y media de la tarde cuando se acordó de Claudia. Estuvo meditando porque tenía la necesidad de volver a ver a aquella chica tan paliducha y como Alberto estaba acostumbrado a conseguir todo lo que se proponía volvió a por aquella dichosa película.

Mientras tanto, Claudia había llevado un día de lo más normal. Estaba absorta en sus cosas cuando vio que se acercaba por la calle de enfrente. Su corazón empezó a temblar. -A ver calma, Claudia. Haz como si estuvieras haciendo algo, que no piense que estás todo el día aquí quieta detrás del mostrador, venga voy a rellenar las gominolas, malditos críos-.

Alberto entró. Claudia se dio cuenta por el aroma a Dior.
- Pero, ¿cómo puede oler tanto ese perfume? -

-Hola, ¿hay alguien por ahí? -preguntó Alberto.

-Hola, perdona, estaba ocupada. Claudia hizo una pausa. Miró a Alberto y soltó: ¿De qué me suena tu cara? A ella también le encantaba hacerse la interesante.

-Vine el otro día a por la película Stigmata y la tenías reservada. Pasaba de paso y era por si ya la tenías disponible -dijo Alberto.

-Ah sí. ¡Claro! Ya recuerdo. Dame un momento voy a ver si ya me la han traído. Claudia que ya había vuelto al mostrador se gira disimulando que estaba buscando la película, pero manda un WhatsApp a Dani.

'Dani, ojos negros ha vuelto, luego te cuento'.

Mientras, Alberto no puede evitar mirar de arriba a abajo a Claudia. Tenía un cuerpo perfectamente tonificado, pequeña cinturita que dejaba ver un culo firme y muy provocador. Claudia volvió a girarse y pilló de lleno a Alberto.

-Has tenido suerte. Aquí la tengo -sonrió de oreja a oreja a Alberto.

-Genial, pues dime entonces qué necesitas –se insinúa Alberto.

-Necesitaré un número de teléfono, un correo electrónico y por supuesto, un nombre.

Alberto rellena los datos sin parar de mirarla, esa chica le estaba atontando de una manera increíble. Cuando acaba, Claudia le da la película y justo antes de irse suelta:

-Claudia, tienes mi número, espero que me escribas – y desapareció por calle Luna.

Claudia a medida que la conversación fluía, había perdido las bragas. No podía estar más contenta. Solo tenía una cosa clara. No le iba a escribir.

Mucho más que
alquilar una película

Se despertó con lluvia la ciudad. Eran las nueve de la mañana, pero parecían las ocho de la tarde. Las nubes grises escondían a un sol que no tenía muchas ganas de trabajar. Claudia empezaba a abrir esos grandes ojos. Había quedado a comer con Dani, pero antes tenía que ir a las clases del gimnasio. Esa comida solo tenía un tema de conversación: Alberto, que por supuesto, Claudia no había escrito, pero, por supuesto, había agregado a contactos para ver su foto de perfil en WhatsApp que lamentable o positivamente era una gatita blanca de ojos azules. -Va de tipo correcto y serio, pero tiene a su gatita de perfil, qué monada- pensó Claudia.

Paralelo a los pensamientos de Claudia estaba Alberto que llevaba dos horas en pie y estaba en medio de su rutina para ejercitar cuerpo y mente. Había pasado dos días desde que le dijo a Claudia que esperaba su mensaje y al no recibir nada, Alberto dio por sentado que claro, una chica tan guapa y con tanta personalidad una de dos, o tenía novio o no quería tener novio. Por lo que Alberto decidió pasarse para devolver la película y no volver a aparecer por allá. Es curioso como la vida te plantea siempre situaciones que te ponen a prueba. Claudia, soñadora, esperando a ese gran amor, pero poniendo todo tipo de impedimentos para que aparezca. Alberto sin ninguna perspectiva amorosa, un nuevo sentimiento le había aflorado dentro de sí mismo. La vida siempre arriesga y solo tú tomas la decisión de cuando apostar por ello.

Suena el teléfono de Claudia.

-¡Dani!, ya estoy saliendo del gimnasio, dime, ¿dónde te veo? -pregunta Claudia a su amiga.

-Pues salgo en diez minutos de una reunión, así que piensa sitio, pero paso de comer otra vez japonés -le replica y cuelga.

Claudia abre el WhatsApp y le escribe a Dani.

-En media hora en el sitio de las albóndigas- El sitio de las albóndigas era un restaurante muy pequeño donde hacían los mejores bocadillos de albóndigas de toda la ciudad. Lo encontrabas en una de las callejuelas entre la Plaza Santo Domingo y Ópera. Era uno de esos sitios que Claudia descubría así como por arte de magia. Pequeños lugares con grandes encantos y además, muy económicos.

-Hola nena, te he pedido lo de siempre porque enseguida tengo que ir para el videoclub, ¿no te importa? -pregunta a Dani que llegaba pidiendo una cerveza bien fresquita.

-No cariño, perdona es que no veas que jaleo por poco no llegamos a un acuerdo. La cabezonería de los hombres es legendaria buah. ¿Qué tal, cómo te fue esta mañana?

-Bien, lo de siempre. Esta rutina me absorbe un poco, necesito ya algo nuevo en mi vida.

-¿En serio? Porque se te ha presentado algo realmente nuevo y, por cierto, muy buenorro y lo estás dejado pasar.

-No empieces Dani, eh. No soy estúpida tampoco, cuando venga a devolver la peli pues ya veré que puedo hacer.

-Espero que no sea demasiado tarde, nena. Bueno venga vamos a comer que muero de hambre.

Tuvieron una comida de lo más graciosa. Estuvieron recordando una escapada que hicieron al Embalse de Bolarque donde pasaron un día maravilloso, pudieron conocerse en profundidad y vivieron todo tipo de aventuras. A la hora y media, Dani se fue a otra reunión y Claudia a su videoclub. Pasear por las calles de Malasaña siempre transmitía mucha paz. Lo bueno de las grandes ciudades es que pasas desapercibido, puedes mostrarte tal y como eres porque nadie se va a parar a juzgarte. Y eso es algo que a Alberto le gustaba en cantidad. La tarde se pasó muy rápida. Hoy Claudia esperaba la visita de José, que es un señor muy entrañable que revisaba el mantenimiento del local y siempre le contaba alguna experiencia graciosa. Eran las nueve de la tarde cuando Claudia inspiró Sauvage.

-Hola Claudia, aquí tienes la película. Siempre supera mis expectativas. Por cierto, me di cuenta el primer día que siempre acompañas la cinta con una frase de la película, como no la encontré, he tenido la osadía de dejarte una.

Claudia no podía para de mirarlo, ¿en serio?, le había estado observando y el detalle de la nota era algo tremendamente encantador.

-Hola Alberto, no hacía falta. Si ya ha superado tus expectativas es suficiente. -Se acababa de dar cuenta que había sido muy tonta al no escribirle y ahora lo tenía que remediar.

Alberto sacó la nota que decía: "*¿Sabes qué da más miedo que no creer en Dios? Creer en él. Me refiero a creer de verdad en Dios. Es una idea aterradora*".

-Yo no suelo creer en nada, Claudia, pero me aterraba la idea de creer que teníamos una conexión.

Claudia lo miraba atónita. No podía creer lo que le estaban diciendo. Además, él muy tranquilo, sin titubear. Ahí plantado, un galán de pies a cabeza, sincerándose. Por supuesto, su cuerpo empezó a sudar por todas las partes.

-Alberto, perdona por no haberte escrito. Pero yo también creo en esa conexión. Podemos comer algún día si todavía te apetece.

-¿Por qué no cenar? -lo dejó caer e ipso facto desapareció por la puerta.

Claudia se quedó pasmada. Pero, ¿qué estaba pasando? No entendía nada, pero una especie de adrenalina le corría por todo el cuerpo. Y eso era algo totalmente nuevo. A los veinte minutos, apareció Alberto con una botella de vino blanco y una bandeja de sushi. La gente no sabía que Claudia era un poquito peculiar a la hora de comer, pero Alberto llegó con sushi y vino. No había mejor combinación.

-Mañana empieza el fin de semana y tengo que ponerme a preparar la reunión del martes en Mánchester, dime que podemos compartir cena esta noche.

-Nunca me verás negarme a un buen vino Rioja con sushi –rió Claudia.

Estuvieron hasta la una de la mañana, conociéndose, disfrutándose y sin parar de hablar, se contaron como eran sus vidas, sus logros, sus desengaños. Y ambos entraron en una conexión especial, de esas que te hacen replantearte toda la vida. Porque es muy difícil encontrar a alguien que coincida con tu personalidad, alguien con quien estar cómoda y poder enseñarle cómo eres y no cómo dices que eres. La conexión fue tan brutal que cuando llegaron a casa Alberto mandó: Ha sido increíble, al mismo tiempo que Claudia mandaba: hay que volver a repetir. Todo iba viento en popa, pero a veces llegan tormentas que ni el mismísimo viento puede contener.

Primeros pasos

¡Buenos y calurosos días desde la capital! Se oía de fondo la radio de la pobre anciana, medio sorda, que vivía debajo de Claudia. Eran las ocho de la mañana. Claudia llevaba varios días expectante. Le encantaba todo lo que significara comienzo de algo y lo de Alberto estaba siendo muy prometedor. Pero todo el mundo tiembla cuando encuentras algo así. Claudia deseaba dejarse llevar, pero la soledad le había vuelto exigente. Había algo que no soportaba: que le invadieran su zona de confort. Esto puede parecer algo poco banal, pero tiene un gran trasfondo. Hay personas que llegan a tu vida y al minuto quieren regalarte la luna, cuando todavía no estas dispuesta ni a aceptarle una cena. Pero también te encuentras personas que si te he visto no me acuerdo. Ninguna de las dos anteriores es la mala, pero tampoco las acertadas para Claudia. Por lo que la expectativa era muy grande.

Por otro lado, todo esto para Alberto era nuevo. Él siempre era de la segunda clase de personas, pero esperaba más de Claudia y para que engañarnos, de él también. Había llegado el fin de semana y con ello, el fin de las vacaciones para Alberto que ya estaba preparando el viaje a Mánchester. Claudia, por el contrario, los fines de semana no tenía que trabajar en el gimnasio, por lo que las mañanas de sábados y domingos eran su tiempo de descanso y relax. El domingo había quedado con Dani para ir al parque de atracciones, actividad que llenaba de adrenalina los cuerpos de ambas, además, Dani, por supuesto, no trabajaba los fines de semana.

Eran las once de la mañana y Alberto abrió el WhatsApp de Claudia:

-Hola Claudia. Voy a estar todo el finde ocupado y como te dije, el martes marcho a Mánchester, espero que entiendas que quiero volver a verte, pero esto va a ser un poco complicado. No voy a poder hablar mucho estos días, si te parece nos vemos el sábado que viene. ENVIADO.

Claudia estaba todavía quitándose las legañas cuando su móvil vibró. -Es Alberto- e inmediatamente una sonrisa se le dibujo en la cara. Pero todavía era pronto para saber si lo que quería era bueno o malo. Así que se levantó, se preparó un café y encendió la tele. Tiburones en el Amazonas de fondo en Discovery Max. El resto de la mañana lo dedicó a una limpieza general de la casa. Y después de comer decidió mirar el mensaje.

-Vamos a ver Claudia, por partes -piensa- Ya te avisó el otro día que por su trabajo viaja mucho, es un chico empresario claro, tiene muchas reuniones, es lo más normal del mundo. Además, me parece genial no verlo hasta dentro de una semana porque quién sabe igual ya no quiero ni verlo -se autoengañaba. Y entonces escribió:

-Hola Alberto, no hay problema. Mucha suerte en Mánchester y aquí estoy para lo que necesites. Buen viaje. Nos vemos el sábado. ENVIADO.

El resto de tarde fue muy tranquila. Alberto se reunió con Víctor y Claudia bajó a hacer algo de compra. Sobre las nueve de la tarde suena el timbre de casa de Claudia.

'Ding, dong'. Se abre la cámara y aparece en escena Dani con dos botellas de vino.

-Hola nena, ¿estás ocupada?, que había pensado que como mañana vamos al parque me podría quedar a dormir en tu casa que nos pilla más cerca. ¿Me abres?

Dani podía ser muy pesada, pero tan adorable al mismo tiempo... Además llevaba tanto agotamiento mental que cualquiera le decía que no.

-Dani, me meo contigo. Si es vino eso que ven mis ojos... Sube inmediatamente. Y la puerta se abrió.

Claudia había decidido no contarle nada a Dani sobre Alberto, no porque no tuviera ganas, sino porque solían torcerse todos los planes que iba contando. Y esta vez, quiso ser más sensata, además sabía perfectamente lo que Dani le iba a decir al respecto así que no hablaron de Alberto en toda la noche. Decidieron ver la Trilogía del Señor de los Anillos, que eran las favoritas de Claudia mientras descorchaban las botellas. El vino se acababa y sobre las tres de la mañana ambas quedaron dormidas en el sofá.

Mánchester

Llegó el martes y a las siete de la mañana, Alberto embarcaba en la terminal cuatro de Barajas. Al mismo tiempo, Claudia se encontraba en un sueño profundo. El domingo, Claudia y Dani, pasaron una mañana diferente en el parque de atracciones. El día salió soleado por lo que montaron en todas las atracciones incluidas las acuáticas. Vieron un espectáculo por la mañana y otro después de comer.

Las cosas más importantes llegan siempre a través de subidas o bajadas. Se podría decir que todo lo que te pasa en la vida es como una montaña rusa de sentimientos. Hasta que llega el momento de la caída libre. Y entonces, vuelves a levantarte, pero siempre más fuerte. Ahora mismo, ambas amigas estaban arriba de la montaña. Claudia esperando al sábado y Dani emocionada porque el hermano de su amiga iba a venir a verla a principios de mayo y Claudia le prometió que quedarían algún día los tres para cenar. Enseguida llegaría la caída libre para ambas.

Ya eran las diez de la mañana. *"Vuelo procedente de Madrid se dispone a aterrizan en el embarque K5 del aeropuerto de Mánchester".*

En esta ocasión, por decisión de Alberto, éste había preferido viajar solo. Pantalones vaqueros oscuros y camisa básica blanca a juego con sus Adidas. Barba de tres días que le daba un aspecto mucho más varonil y elegante, dejando brillar esos ojos más negros que un cielo sin estrellas. Llevaba una maleta de mano, tampoco era de llevar mucho equipaje. Un taxi le estaba esperando a la salida del aeropuerto.

-Good morning gentleman, address to the Clayton Hotel?, le preguntó el taxista.

-Yes, thank you. -contestó. El inglés de Alberto era casi nativo. Había estudiado en la Universidad Europea de Madrid, un doble grado de administración y gestión de empresas junto a derecho. Por lo que el inglés era algo vital para sus negocios.

El Hotel Clayton era uno de los más populares del centro de la ciudad. Una fachada imperial de los años sesenta abría paso a una puerta custodiada por dos guardias que imitaban a los reales. Antiguo por fuera, super moderno por dentro. Un ascensor acristalado subía y bajaba las cinco plantas del edificio que transmitía demasiada paz. En el recibidor estaba una chica joven con muy buena porte.

-Good morning, I have a reservation for Alberto González -saludó a la señorita.

-Let me check it, one moment please. There you are, Mr. González. Room 506, 5th floor. Enjoy your stay. Thank you very much for trusting us –respondió la señorita con una sonrisa insinuante.

Alberto cogió la llave y subió por ese ascensor infinito a su habitación. Enorme y lujosa, una botella de champagne le estaba esperando. Cama grande, a los lados unas mesillas y en frente una gran televisión. El baño portaba una bañera de lo más llamativa y también grande. Tiró la maleta y seguido se tiró a la cama. No tenía mucho tiempo, la reunión era después de comer. Aprovechó para darse un baño relajante, todavía estaba un poco alterado por las turbulencias del vuelo. Un poco de espuma, vaho por los espejos y sus ojos negros destacando entre tanta belleza pura. A las dos le subieron el manjar de comida. Traje azul marino para la ocasión, camisa de Clavin Klein y sus Louis Vuitton. Unas gotitas de Dior. Ya estaba impecable.

La reunión fue tal y como lo tenían pensado. Nuevo negocio para la distribución de su vino en todo Mánchester, contrato para dos años. Alberto tenía un punto a favor. Era muy buen negociador, atento, buen comunicador, engatusaba a sus clientes para que no pudieran decir algo que no fuera: por supuesto. Para las siete era libre, pero decidió volver al hotel y descansar. Ceno algo ligero y cogió el móvil personal, porque, por supuesto, tenía otro para el trabajo, y entró al chat de Claudia.

-Hola Claudia, todo ha ido genial por Mánchester. Estoy muy contento. Espero que estés bien. Enseguida nos vemos. Un abrazo enorme. ENVIADO. Acto seguido se quedó dormido en un sueño profundo.

El día siguiente amaneció lloviendo, como prácticamente todos los días, pero no era una llovizna intensa. Era chirimiri. Siempre he pensado que ese tipo de lluvia es como las personas tóxicas. Al principio, no te mojan, puedes continuar tu vida como si nada, pero a largo plazo acabas calado y con mucho más frío. Penetra más en el interior y luego cuesta más entrar en calor. Alberto aprovechó para hacer turismo y comer en un restaurante típico de la ciudad. Sobre las cinco de la tarde, un BMW negro se paró a su lado y un tipo le obligó a entrar en el coche. ¿Pero... qué estaba pasando?

-Hola Alberto, perdona por asaltarte de esta manera. A John le encanta creer que vive en una película -intervino un hombre de unos cincuenta años con un español con acento inglés- Solo queríamos saber, ya que estabas por aquí, si lo que acordamos a principio de año sigue en pie. - Concluyó.

-Joder, Michel. Qué susto me has dado. Sí, todo estará para después de verano. Os estaré esperando en el puerto de Santander. Si pasara algo ya me pondré en contacto con vosotros. Si no recibís noticias mías, todo sigue marcha. -destacó Alberto e inmediatamente, salió del coche.

Fue directamente al hotel, demasiada adrenalina por el día de hoy. Alberto sabía perfectamente que, aunque todo estuviera bajo control, el control puede cambiar en segundos y en minutos estar metido en un buen problema. Mañana ya era jueves. Decidió adelantar el vuelo para el jueves a última hora a las ocho de la tarde. Volvió a amanecer con chirimiri, pero Alberto tenía muy claro lo único que iba a hacer en ese día: Salir a comprar un detalle a Claudia. Por su cabeza pasaban una infinitud de pensamientos, buenos, malos, peligrosos, pero cuando pensaba en Claudia llegaba algo de calma en su cabeza. Algo de paz. Y eso no le había pasado nunca. Decidió comprar un imán, era algo tan típico de esas personas que no saben qué regalar porque nunca han tenido a nadie a quien hacerlo... Embarcó en el avión y en menos de dos horas y media por fin, tocando suelo español, se sintió seguro. Pero, ¿Por qué esa sensación de peligro constante?

Y llegó el sábado

La semana por Madrid fue bastante tranquila. Sin darse cuenta ya estábamos a mediados de abril. Es curioso lo rápido que pasa siempre el tiempo. Qué importante es saber aprovechar los momentos buenos que te brinda la vida pues el tiempo llega como un huracán arrasando todo a su paso. Claudia había tenido una semana muy completa. Clases de gimnasio y por raro que pareciera, mucho trabajo. Esa semana parecía que todo Madrid había decidido alquilar películas. La web estaba hasta arriba de reservas. Y cada cinco reservas, ella ya sacaba beneficio por lo que abril estaba siendo un mes maravillo, además en todos los aspectos. Sobre Alberto, le escribió el día que llegó a Mánchester y ella contestó un sutil: Me alegro mucho Alberto. Que todo vaya sobre ruedas. Nos vemos el sábado. Un beso. ENVIADO.

Amaneció el sábado con tormenta eléctrica y Claudia estaba muy nerviosa, para que nos vamos a engañar. -A ver, él sabe que trabajo de cuatro a doce de la noche. No me ha mencionado nada sobre qué hacer, igual piensa que soy yo la que tengo que pensar qué hacer... pero uf que pereza si yo con estar con él y hablar me vale. ¿Debería hablarle? Joder, Dani sabría qué hacer. Bueno Dani lo llamaría directamente... Pero... ¿y qué me pongo? - Demasiadas preguntas, así que decidió como era de costumbre ver Discovery Max. Luego se metió en la ducha. Unas pequeñas abejas recorrían su brazo izquierdo. Su melena no llegaba a cubrir sus pechos firmes que acompañaban a un abdomen plano. Su piel suave y delicada como si nunca le hubiera dado el sol. Estaba absorta con la música cuando el móvil vibró.

-Te paso a recoger un poco antes de que cierres. No me olvido que hasta las doce tienes que trabajar. Tengo un plan que espero que te guste. Un beso. ENVIADO.

Claudia estaba saliendo de la ducha cuando vio el WhatsApp en la pantalla y con el despiste se tropezó y terminó en el suelo del baño. Era algo bastante habitual. Cuando se desconcentraba solía caerse. No había explicación. Al leerlo, se tiró a la cama como en las típicas películas: Hacía atrás, cayéndose la toalla al suelo y ella, en perfecta armonía, caía en la cama dónde las plumas de las almohadas se deshacían a la par que ella sonreía. Pero eso no era una película. NO. Así que al tirarse su cabeza impacto contra la pared. Pero... ¿Qué le estaba pasando? -Ya vale Claudia, es una cita ya está-.

Medias negras con botines negros con un poquito de tacón (porque no solía llevar tacones), vestido de leopardo de manga larga con cinturón negro y americana larga negra, también. Un look de noche. Salió de casa ya comida, aunque los nervios le cerraban bastante el apetito. A las cuatro y diez ya estaba en el videoclub. Y pasó toda la tarde esperando que fueran las doce. A mitad de tarde volvió a vibrar su móvil. Era Dani.

-Hola nena, ¿te apetece hacer algo hoy? La verdad es

que me había surgido una cita, pero no me apetece.

Joder, Dani no sabía nada del tema y ahora mismo no era el momento de contarlo. Espero que me perdone -pensó Claudia.

-Hola cariño, pues me voy a ir directa a casa, hoy no he dormido muy bien. Pero no seas tonta, no desperdicies una cita, quién sabe igual es el hombre de tu vida.

-JA JA, que graciosa para no haber dormido muy bien. Cuando venga tu hermano veremos quién es el hombre de mi vida. Descansa pequeña, mañana hablamos.

Claudia pensaba que su hermano y Dani no encajarían porque tenían diferentes formas de ver la vida. Pero bueno, por presentárselo no pasaba nada. Dani, realmente no sabía nada de él, pero lo cotilleaba por Instagram todos los días. En fin... vaya tonterías hacemos cuando somos jóvenes.

El tiempo es eterno cuando estás esperando algo o en este caso a alguien y aunque ya eran las once de la noche a Claudia le parecía que llevaba todo el día allí metida. Mientras tanto, Alberto estaba acabando de acicalarse. El look fue una elección bastaste fácil y rápida. Con cualquier cosa estaba guapo y él lo sabía. Unos vaqueros claros, un poco rotos y una camiseta roja. Unas caricias a Bimba, cogió las llaves del Mercedes y fue en busca de Claudia. La pobre estaba ansiosa por saber cómo iba a ser ese primer encuentro. A las doce menos cuarto, Alberto ya estaba en la puerta con una botella de vino. Era extraño lo tierno que se comportaba cuando estaba cerca de Claudia.

-Buenas noches Claudia – y de su boca salió un: qué guapa estás, ¿nos vamos?

Y antes de que ella pudiera saludarle, se acercó y al ver en su mirada la complicidad, se abrazaron cuales críos pequeños. Sin razón y con mucho corazón.

-Si, impaciente estoy por saber a dónde vamos –le contestó juguetona.

Acto seguido, Claudia cerró el videoclub y bajaron hasta Plaza España que era dónde Alberto había aparcado. En el trayecto, andando, Alberto le contó su experiencia en Mánchester, claro está, obviando algunos detalles. Claudia, por su parte, también le puso al día de su semana. Una vez montados en el coche, cada vez que se miraban se comían con los ojos. La tensión sexual estaba por las nubes. Y es que esa complicidad que tenían no había desaparecido.

En menos de veinte minutos habían llegado. Era un recinto muy grande en las afueras de Madrid. Claudia mira a la derecha y lee en grande Autocine Madrid Race. No se lo podía creer. Siempre tenía en mente ir, precisamente, a ese autocine. Pero siempre tenía el mismo problema. No tenía coche. Miró a Alberto emocionada y soltó:

-Me encanta Alberto, parece que me has leído la mente. Muchísimas gracias de verdad. Esto es genial. Alberto le contestó con una gran sonrisa de satisfacción.

Se acomodaron en la parte central, la película empezaba a la una menos cuarto. Última sesión. Claudia parecía una niña pequeña que acaba de descubrir las gominolas. Y para colmo, la cinta era The Gentleman, la última que había protagonizado Charlie Hunnan, uno de los actores favoritos de Claudia.

-Es la película que me comentaste el otro día que te gustaría ver, ¿no? - preguntó Alberto.

-Sí -le miró embobada pérdida- descorchemos ese vino. Alberto sirvió en dos copas de plástico y después de una larga mirada, empezó la película.

Después de dos horas de intriga, acción y grandes actuaciones, la maravillosa noche estaba terminando. El autocine tenía muchas ganas de cerrar, dadas las altas horas, por lo que salieron de allí con prisa. Alberto optó por llevarla a casa. Media hora de coche por las carreteras vacías de Madrid. En el trayecto estuvieron sin parar de hablar, comentando la película. Alberto aprovechó para darle el detalle de que trajo de

Mánchester. Detalle que Claudia valoró extremadamente, aunque odiara los imanes. Cuando llegaron a Batán, el barrio de Claudia, el Mercedes estacionó. Eran casi las cuatro de la mañana, Alberto como de costumbre, al día siguiente madrugaba. Pero eso, en ese preciso momento, no le importaba lo más mínimo. La adrenalina corría por todo el cuerpo de Claudia, Alberto posó su mano en la delicada y fría mano de ella. Le miró a los ojos, sutilmente le recogió el pelo detrás de la oreja con su mano, la volvió a mirar. Claudia le devolvía la mirada con ganas de gritarle, bésame ya. Alberto se acercó aún más, y al ver los ojos de ella gritándole, la besó. Le agarró del cuello y la acercó a él. Claudia hizo el mismo proceso. Y el tiempo se detuvo durante cinco minutos. No existía nada más que el magnetismo de dos personas cargadas de pasión, de dulzura y, sobre todo, de ilusión.

Días después del
primer beso

Felicidad. Esa sensación tan extraña, confortable y, sobre todo, difícil de alcanzar. Así es como se sentía Claudia. Cuando te sientes plena y feliz, la vida siempre va sobre ruedas, y ya da igual que tengas un mal día de trabajo, que hayas discutido con tu jefe del gimnasio, que el amor propio y el que está floreciendo en tu interior puede con todo.

Después de ese primer e increíble beso, Alberto le comentó que el lunes subía a su tierra hasta el miércoles, pero que podrían verse en cuanto llegara. Y claro, Claudia le dijo que sí. Solo había sido un beso, pero se dice que un beso empieza todo tipo de historias. Y ésta no iba a ser menos. Cada día que pasaban hablaban diariamente. Y en algunas ocasiones Alberto llamaba a Claudia sobre la hora de comer. Poco a poco profundizaban más. Los días pasaban rápido y las ganas de volver a verse iban aumentando. Claudia tenía pensada su próxima cita. Decidió cerrar el jueves el videoclub, era de las pocas cosas buenas de tener su propio negocio. Abría y cerraba cuando quería. A cambio, y para no sentirse mal, decidió abrir todo el sábado que era el día más concurrido. Era martes, Alberto estaba a más de 300 kilómetros en La Rioja. Claudia abrió su chat.

-Aunque te parezca raro... tengo plan para el jueves. Nos vemos en Plaza España sobre las seis de la tarde, ¿podrás, guapo?, ¿cómo te va el día? ENVIADO.

Eran las cuatro de la tarde, Alberto ya había hecho todos los quehaceres en las bodegas y la tarde del martes y todo el miércoles lo iba a dedicar para estar con la familia. A su madre la adoraba. Esa conexión que dicen que tienen madre con hijos siempre estaba patente y mucho más, después del fallecimiento de su padre. Tenía una hermana cinco años menor que trabajaba de enfermera en el Hospital San Pedro de Logroño. Eran una familia unida.

-Allí estaré sin dudarlo. El día muy bien, todo según lo previsto. Voy a aprovechar para estar con la familia. ¿Te llamó más tarde? ENVIADO.

Las conversaciones cada vez eran más largas, más serias, pero más morbosas. Y entre risa y sonrisa picarona llegó el jueves a las seis de la tarde. Pantalones largos negros y camiseta de tirantes doraba que cubrían unos senos juguetones libres de sujetador. Americana blanca y Vans negras. Claudia estaba espectacular. Alberto había optado por unos pantalones vaqueros que marcaban su bonito culo, una camiseta de manga corta amarilla y una chaqueta vaquera. Con su barba de tres días estaba muy provocador. La verdad es que hacían una buena pareja. Se vieron en la distancia a través de tanta gente. Claudia iba más que decidida. Nunca había sentido esto por nadie. JAMÁS. Y estaba dispuesta a entregarse en su totalidad, dejarse llevar y también había reflexionado que, si algo se torcía, ella era lo suficientemente fuerte para volver a levantarse. Estaba uno en frente del otro, Claudia se acercó. De puntillas y rodeando sus brazos por la espalda frondosa de Alberto le dio un beso tierno que acabó en mordisco que, por supuesto, Alberto correspondió.

-¡Que ganas de volver a verte! Eres increíble. Dime, ¿a dónde me vas a llevar, pequeña? -preguntó Alberto mientras la abrazaba.

-Es sorpresa, ¿trajiste el coche como te dije?

-Claro.

-Bueno pues vamos ¡yo te voy indicando!

-Y, ¿por qué no mejor, conduces tú? La cabeza de Claudia colisionó. Hacía bastantes meses que no conducía, Alberto lo sabía, pero también sabía que lo añoraba mucho. Claudia -prosiguió- no te preocupes, confío en tu conducción.

-Alberto no sabes lo que agradezco que confíes tanto en mis posibilidades, en mis sueños. Es lo que siempre he querido. Alguien que me apoye, pero créeme que esta vez es mejor que conduzcas tú - y riendo le volvió a besar, un beso más fugaz.

Ya estaban de camino. En menos de veinte minutos llegaron al parque de las Siete Tetas de Madrid, donde se podía ver la más grandiosa belleza del atardecer de la ciudad. Una toalla y unas pipas y no necesitaron nada más. Fue el atardecer más colorido y profundo del mes de abril. Hablaron de la familia. Claudia le habló de Dani. Y poco a poco se daban cuenta que todo lo que descubrían el uno del otro les encajaba perfectamente. Después de la puesta del sol, Claudia lo llevó a cenar y tomar una copa a un sitio de los miles de peculiares que te puedes encontrar por Chueca. Lo peculiar de este sitio era la comida tan sabrosa, además de la música y actuaciones en directo. Fue otra velada sobresaliente.

Sobre la una de la mañana, Alberto llevó a Claudia a casa. La acompañó al portal. Los dos estaban deseando introducirse uno en el otro. Empezó con unos besos tiernos que poco a poco subían de intensidad. Alberto bajó por el cuello dando pequeños mordiscos, al mismo tiempo Claudia deslizó por dentro de la camiseta de Alberto su mano hasta introducirla por dentro de los pantalones y llegar a ese culo. La tensión subía. Los pezones de Claudia casi rompieron su camiseta en el mismo momento que el pene de Alberto llegaba a su plena erección. Ese portal no había visto escena más sexual en su vida, pero Alberto se retiró. La miró y esa mirada la penetró.

-Joder, Claudia. Me encantas. Prometo acabar esto, pero ahora tengo que irme. Este fin de semana va a ser importante y tengo que estar concentrado.

Claudia entre sudores y gemidos internos le contestó:

-No te preocupes Alberto. Ha sido una noche increíble.

Otros cinco minutos de besos más calmados pero cálidos y Alberto desapareció con su Mercedes. Claudia estaba, además de cachonda, feliz. Porque el sexo era importante, pero se dio cuenta que Alberto buscaba algo más de ella. Y eso era una buena señal. Se metió en la cama y se tocó en lo más íntimo de su ensencia imaginando lo que pudo haber sido y pronto será. Y tras un orgasmo relajante, quedo dormida en un sueño profundo.

Fin de semana
diferente

Llegó el último fin de semana de abril. El mes había pasado rapidísimo. Era un fin de semana importante para Alberto, pues tenía una entrega de esos negocios turbios. La llegada de Claudia había puesto su vida patas arriba. En eso consistía el amor ¿no? Llega siempre sin previo aviso, impactando en lo más interno de tu ser para despertarte sentimientos que antes no habías vivido y hacer cosas que antes no estabas dispuesto a hacer. Pero, ¿a qué precio? Alberto estaba totalmente tranquilo, creía que todos sus negocios estaban controlados y el hecho de conocer a una chica no significaba que lo descubrieran. Pero la vida siempre te cambia los planes a su antojo.

Bimba ronroneaba a su lado en la cama. Era algo curioso cómo la gata dormía metida en la cama, apoyando la cabeza en la almohada o en el brazo de Alberto, en su defecto. Era como un humano, pero en gato. Tampoco había visto nadie de su especie entonces quizás se sentía de la misma manera, pero con una complexión diferente. El mundo felino es todo un misterio. Amanecieron sobre las ocho de la mañana. Un café solo y un batido de plátano con fresas y comenzó activado su rutina de musculación. Después de dos horas, una ducha para limpiar ese sudor inoloro. A las once y media tenía una videoconferencia para ver cómo iba todo por Dublín y París. Antes, unos mensajitos a Claudia.

El día llevaba su curso, ya eran las tres de la tarde. Alberto comenzó a prepararse, antes de subir a Cercedilla tenía que pasarse por las oficinas que estaban a dos calles más allá de su ático. Decidió ir andando, obviamente. Allí le estaba esperando Víctor para entregarle los últimos informes y preparar las próximas reuniones internacionales que iban a ser a principios de junio, por lo que mayo lo pasaría prácticamente en Madrid.

-Hola secretario, ¿cómo llevas la semana? -entró Alberto bromeando, como siempre.

-JA JA, hola Alberto, sin cambios, todo está en orden. ¿Me trajiste los informes de La Rioja? -preguntó

-Si, aquí los tienes. ¿Cómo te fue por Asturias, están todos bien?

-Si, si todos bien, muy contentos por verme. Bueno vamos a empezar la reunión.

Acordaron intentar penetrar en los países escandinavos. Noruega, Suecia y Finlandia. La hipótesis era muy lógica. Son países muy fríos que suelen beber alcohol para entrar en calor. Y mejor que el tequila o el whisky estaba claro que era un buen vino. A ambos les parecía una buena idea. Estuvieron un rato más concretando el calendario y sobre las siete y media, Alberto se fue. Volvió a casa, subió en el Mercedes y tomó dirección a Cercedilla. Tomó la desviación hacía la sierra y la cuarta desviación a la izquierda, comenzaba el camino privado hacía su casa. Entró, preparó algo de comida y encendió la chimenea. Luego volvió a salir, andando, por un camino bastante frondoso y lleno de arbustos se llegaba a una especie de cobertizo. Sacó dos bolsas de deportes muy grandes y volvió a la casa. A la media hora llegaron los tipos con mirada agresiva pero muy bien vestidos. Alberto todavía no sabía la trampa que le habían montado.

-Buenas tardes, en esas dos bolsas está toda la mercancía. Podéis comprobarla -soltó y se dio cuenta que él no lo había hecho. Un gran fallo.

Los tipos cogieron las bolsas y las abrieron. Empezaron a sacar lentamente Glock de 18 calibres. Un total de dieciséis, mierda, faltaban cuatro. A la vez abrían la otra bolsa, de ella sacaron seis M40 que eran armas para francotiradores. Faltaba otra. ¿Armas de fuego? SI. Alberto además de distribuir su vino, también era traficante de armas.

-Faltan cuatro Glock y una M40. Alberto, ¿sabes lo que significa esto?

No puede ser... y antes de que pudiera dar algún tipo de explicación, el tipo más alto y fuerte lanzó un puñetazo en toda la mandíbula de Alberto. Alberto se recuperó y soltó un par de puñetazos y patadas que tiraron al tipo grande. ¡Joder, todo se había ido a la mierda! ¿Qué coño estaba pasando? El miedo empezaba a florecer dentro del interior de Alberto. El tipo grande se volvió a levantar, otro puñetazo más que lanzó a Alberto al suelo sangrando por la nariz... Una vez en el suelo, el tipo se sentó encima de Alberto dejándole casi inconsciente a través de múltiples puñetazos. Alberto no pudo hacer nada. Y tirado en el suelo, cual perro, al lado de la chimenea, el tipo pequeño soltó:

-No vas a tener otra oportunidad. La próxima vez no tendremos piedad. Prepara todo para final de año.

Le dejaron solo un cuarto del dinero y se largaron.

Alberto estuvo un par de horas inconsciente y muy mal herido. Pero sus ojos negros se volvieron a abrir. Y solo querían una cosa: venganza.

La trampa

Alberto llevaba cuatro años como traficante de armas. El negocio era sencillo y el beneficio era infinito. Él era únicamente el distribuidor. 'El Gusano' era el mayor productor de armas en todo el territorio español. Y, por casualidades de la vida, era un amante del buen vino. Fue entonces cuando vio el potencial de Alberto. En una reunión con su padre, el equipo de 'El Gusano' y Alberto para firmar un contrato con Bodegas González, se encontró con un joven con grandes expectativas de negocio, un gran comunicador y ganas de comerse el mundo a cualquier precio. Decidió tomar a Alberto como su pupilo y enseñarle todo el negocio. Cómo camuflarse, esconderse, cómo negociar con los tipos malos y cómo afrontar el peligro. Alberto aceptó todo con una condición. Nadie de su entorno correría ningún peligro y él siempre estaría bajo seguridad. Y hasta ahora, todo había sido así.

Todo radica en el poder. Y el poder siempre corrompe

tu interior. Se despierta una sensación de semidios que te autocapacita para hacer o deshacer cosas a tu antojo. Quién ejerce el poder posee una estrecha relación con quien lo obedece. Y en esta ocasión 'El Gusano', a través de Alberto, había pasado fronteras y había llegado al norte del España. Zona donde el poder del negocio recaía en 'El Montes'. De la mano del poder llega la tiranía y siempre se va a necesitar más. A 'El Gusano' no le bastaba con ser el mayor traficante de España y dominar tres cuartas partes de la península. Siempre se necesita más. Y esa fue la razón por la que los guardaespaldas de Alberto, habían desaparecido. La razón por la que secuaces de 'El Montes' habían preparado una trampa perfecta. Habían seguido a Alberto durante las últimas semanas, sabían dónde guardaba las armas por lo que días antes del intercambio, se adentraron por ese camino frondoso y cogieron un par de ellas. Todo para dar un escarmiento a Alberto, pupilo de 'El Gusano'. Y todo el plan había salido a la perfección.

Eran las tres de la mañana, enseguida llegaría el amanecer del domingo. Alberto estaba muy herido. Su cabeza explotaba. Muchas preguntas, sin respuestas. Fue a duras penas al baño donde tenía el botiquín y limpió con alcohol todas las heridas de su cuerpo. Después se metió en la cama. Amaneció a las dos de la tarde. De nuevo, limpió heridas y pudo comer algo. La recuperación iba a ser larga. Y luego tendría que visitar a 'El Gusano' por lo que decidió inventarse algo para que Claudia no sospechase.

-Buenas tardes guapa. He estado muy liado este fin de semana. Me ha surgido un problema con los contratos de Mánchester por lo que voy a volar la semana que viene, no sé el tiempo que me llevara, perdóname. Te veo en una semana con muchas ganas. ENVIADO.

Todo se había complicado. Y si Alberto estaba en peligro, su entorno también podría estarlo. Decidió quedarse en la casa de Cercedilla que estaba llena de provisiones e iba a estar más tranquilo. Por suerte, esa semana solo tenía una reunión con un inversor en la capital, por lo que pidió a Víctor que tomara las riendas de las bodegas durante esa semana ya que él, había cogido una gripe que no le dejaba salir de la cama.

-Hola Víctor, acabo de llegar de urgencias he debido contraer una gripe muy fuerte y es posible que esté toda la semana en la cama. Por favor, encárgate de la reunión del miércoles, además de todos tus asuntos. Yo trabajaré desde casa. ENVIADO.

Ya estaban casi todos los cabos atados, solo tenía que ponerse en contacto con el jefe. Para ello, disponía de un teléfono de esos imposibles de rastrear, donde solo podía mandar SMS.

-Tengo noticias importantes dime día y hora. ENVIADO.

Comenzaba una semana difícil para Alberto. Ser traficante de armas no era un trabajo fácil.

Mientras tanto
Claudia...

El fin de semana fue muy tranquilo para Claudia. El sábado todo el día en el videoclub y el domingo más de lo mismo. Recibió un mensaje de Alberto al que respondió que lo entendía y que estaría esperando con ganas. A Claudia le gustaba ir poco a poco, porque realmente es como mejor conoces a la otra persona. Además, esta semana iba a estar bastante liada. Llegaba el martes Lucas, su hermano, e iba a pasar toda la semana en Madrid. Claudia y Lucas tenían una conexión especial. Eran hermanos, pero también amigos y confidentes. Lucas le pasaba cuatro años. Metro setenta y cinco, complexión acorde a su estatura. Tenía una espalda frondosa y unos pectorales bien marcados que descendían por un abdomen firme y duro. Tenía algo que le hacía brillar. Y podrían ser sus ojos azules, pero un azul profundo con unas pestañas kilométricas que hacían de esa mirada única. O quizás sería esa sonrisa tan pura, tan grande o tan perfecta que le arrugaba un poco los ojos, como olas acercándose al azul de ellos. O quizás esa barba de dos días, medio pelirroja. Pero no. Lo que le hacía brillar era su noble corazón. Tenía una personalidad de esas que te encuentras una vez en la vida. Todo bondad, dedicación y una sencillez que ocultaban un carácter muy marcado. Vamos que era todo un partidazo.

Ya era lunes a la hora de comer. Claudia se sentía bastante mal por su amiga Dani. Punto número uno, no le había contado nada de Alberto y punto número dos, no le había dicho que mañana llegaba su hermano. Así que decidió arreglar el punto número dos.

-Hola Dani. ¿Qué tal ha empezado la semana? -preguntó vía WhatsApp.

-Hola nena, pues liada como siempre en la oficina. ¿Tú cómo estás? Dime que te veo pronto.

-Por eso mismo te escribía. A ver no te alteres que te conozco, ¿vale? Llega mañana Lucas y había pensado que puedo cerrar antes el videoclub e irnos a cenar, si te parece.

-Me parece estupendo, nena. Dime hora y lugar y no dudes que allí estaré.

-A las diez en La Búha. Voy a llamar para reservar.

Abrió el WhatsApp de Lucas.

- Hola Lucas, mañana vamos a cenar con mi amiga Dani, ¿Te parece?

-Hola Claudia, sí, sin problema. Por cierto, estoy ya en Madrid, pero no te preocupes, mañana nos vemos para cenar y te explico todo. Dime hora y lugar.

-¿Qué dices, Lucas? ¿Qué está pasando?

-Nada malo, Claudia. Mañana te lo explico.

-Vale... A las diez en La Búha. Ya te mandaré ubicación.

No había sido tan difícil. Pero, ¿qué le pasará a Lucas? Sobre las diez de la noche, Alberto la llamó y estuvieron hablando sobre el problema que le había surgido a Alberto, sobre la visita de Lucas y poco más.

Llegó el famoso martes. El cielo estaba despejado, el sol brillaba en toda su totalidad. La primavera era la mejor estación del año. Claudia salió de casa ya preparada para la noche. Primero un poco de gimnasio y luego al videoclub. Como iba a cerrar antes aprovechó para dejar todos los pedidos cerrados y anunció por las redes sociales que cerraría sobre las diez menos cuarto para que nadie fuera y se encontrara el local cerrado. La verdad es que el tema de las redes sociales había beneficiado mucho a su negocio. Es increíble como teniendo un poco de cara, desparpajo y buenas ideas, podías llegar a tantas personas. De la nada surges y poco a poco reúnes a casi veinte mil seguidores. ¿Hola? Claudia no daba crédito. Y por supuesto, era una inyección de alegría increíble. Ella, sobre todo, subía frases de películas. También hacía vídeos explicando reflexiones o emociones. Otros vídeos eran de críticas. Todo era cinéfilo y dejando caer que en el videoclub siempre encontrarían todo. Con veinte mil seguidores, alguno se acercaría al videoclub. De ahí, que abril fue tan bueno y mayo iba por el mismo camino. Todo trabajo tiene siempre su recompensa. Y si dedicas tiempo y sobre todo ánimo, las cosas siempre llegan. Y ahora, era el momento de Claudia.

Llegó la hora de cerrar. Mientras tanto, Dani estaba acabando de prepararse para su ocasión. Tenía un mal presentimiento. Se decidió por un look urbano. Pantalones vaqueros sueltos con una blusa corta que dejaba entre ver sus pechos, una americana negra a juego con los tacones. Pelo, como siempre, liso. Pues no había manera de dar volumen a ese pelo tan lacio. Pero labios rojos. La verdad es que Dani era una máquina a la hora de maquillarse. Estuvo el último verano de su carrera trabajando en una perfumería, en la que le enseñaron a maquillar a la perfección. Estaba guapísima. Pero llegaba un poco tarde.

Eran las diez y cuarto. Claudia ya estaba sentada en la mesa esperando a Lucas y Dani. Primero llegó Lucas. Pero no llegó solo. No podía ser posible. Iba acompañado de una chica rubia de melena larga y unos labios muy carnosos. Una figura de las de 90, 60, 90. Era una chica realmente guapa.

-¡Hola Claudia! -Lucas se acercó y le dio un abrazo de esos que te salvan la noche. Esta es Sonia, mi novia.

Claudia se quedó bloqueada con los ojos en blanco, pero enseguida reaccionó.

-Hola Sonia, encantada. -contestó Claudia con una sonrisa totalmente fingida. Miró a su hermano que ya se estaban sentando y soltó: Joe, Lucas, ¿desde cuando eres de sorpresitas?

-Sonia tiene la culpa –dijo riéndose.

Madre mía, cuánto amor pensó Claudia en tono irónico y mientras estaba asimilando todo de repente se acordó de Dani.

-Chicos, disculparme un momento voy al servicio -comentó Claudia.

Se levantó y caminó al baño, marcó el número de Dani. LLAMANDO.

-Ya llego Claudia, perdona, ya mismo estoy entrando por la puerta. Dani cuelga.

No puede ser, no puede ser. Claudia vuelve corriendo a la mesa. Dani aún no había llegado. Al instante, entra por la puerta, cual diosa en el inframundo, brillando. Los camareros le sonríen y se quedan atontados. Se le ve preciosa y con su sonrisa siempre deslumbrante. No se lo merece. Pero sí. Iba a pasar. Se acerca a la mesa. Saluda a Claudia con un abrazo efusivo, llevaban varios días sin verse. Y Claudia comienza las presentaciones.

-Dani, mi hermano Lucas y ésta es Sonia, su novia. Dani mira perpleja a Claudia, se le borra la sonrisa inmediatamente y en tres décimas de segundo vuelve a sonreír para soltar por su boca color carmín:

-Hola, soy Dani, amiga de Claudia, es un placer.

Que irónica es la vida. Por lo menos cuatro hombres en ese restaurante le encantarían disfrutar de una velada con Dani y ella solo estaba dispuesta a pasarla con un hombre que ni se daría cuenta que se había arreglado para él, ni se daría cuenta que se embobaba con esos ojos azules y en la fantasía de besar esos labios. La caída libre de Dani fue ipso facta.

Dani

Esa noche, Dani aprendió una lección. Nunca puedes esperar nada de nadie y mucho menos crearte expectativas o ilusiones por sueños banales. La verdad radica siempre en tu interior. Y si logras quererte y aceptarte, cualquier complicación que se interponga sabrás afrontarla de la mejor manera posible.

Así que allí estaban cenando. Una cena bastante rara. También por el hecho de lo superficial que parecía Sonia. Algo totalmente opuesto a Claudia, Dani, e incluso, Lucas. Eso sí, cenaron estupendamente. La comida siempre era deliciosa y en grandes cantidades. Lucas les contó cómo Sonia es de un pueblo cercano al de ellos, pero vive aquí en Madrid. Y se habían conocido una noche que coincidieron. Llevaban poco más de dos meses, pero cuando el amor llama a tu puerta te vuelves bastante ciego y estúpido.

Después de cenar, quisieron ir a un pub que hacía unos

cócteles que llamaban Viudas Negras porque de tanto alcohol te quedabas más bien negro, a juego con la lengua. Obviamente, Dani decidió marcharse a casa. Claudia le dio un abrazo enorme y le dijo que le escribiría. Luego se despidió de Lucas, para siempre, y de Sonia.

Llegó sobre las dos de la mañana a casa. Iba a ser una semana muy dura en la oficina. Por lo que decidió dormir profundamente. El resto de días de la semana siguió con su vida. No quiso molestar a Claudia. Porque si ya estaba más rara de lo normal, ahora no se lo quería ni imaginar, además que también tenía mucho trabajo. Pronto llegaba el finde de semana y con ello una noticia esperanzadora para Dani. Era jueves por la mañana cuando el teléfono sonó.

-Hola Dani, soy Tomás. ¿Estás ocupada?

-Hola Tomás -era su jefe superior-. No, no, dime.

-¿Podrías pasarte mañana a primera hora por mi oficina? Tengo que ofrecerte algo que no podrás rechazar.

-Si claro, sin ningún problema. Nos vemos mañana.

Por la tarde también le habló Claudia.

-Hola nena, ¿cómo llevas la semana? Sé que te tengo algo olvidada. Perdóname. La semana que viene quedamos sin falta y te pongo al día.

-Claro, Claudia. No te preocupes, sé que estás muy liada y yo también. Nos vemos la semana que viene. Si necesitas cualquier cosa, llámame.

Llegó el viernes y a primera hora de la mañana Dani estaba en el despacho de su superior para recibir la mejor noticia de toda su vida.

-Te ofrecemos el mismo puesto de trabajo con un salario superior en la nueva sucursal que hemos abierto en Los Ángeles. Eres la candidata perfecta Dani, sería una experiencia enriquecedora para ti.

El puesto de trabajo era temporal. Era un desplazamiento de agosto a diciembre con residencia para enseñar al futuro director de la sucursal, los valores y el trabajo en equipo. Era una oportunidad que, por supuesto, Dani no pudo decir que no. Era justo lo que necesitaba. Volar un poco más alto.

Venganza

La recuperación de Alberto iba mejorando. Quedaba por sanarse alguna herida en el abdomen y algún moratón en la cara. Esa semana fue de reflexión completa. Víctor tenía todo controlado en cuanto a las bodegas por lo que Alberto estaba muy tranquilo. Recibió respuesta de 'El Gusano'.

-Nos vemos el viernes que viene donde siempre.

Hay algo peor que el poder corrompido y esa es la venganza. Y es lo único que Alberto mantenía en la cabeza. El deseo de venganza es un sentimiento humano que aflora cuando alguien te hiere, sobre todo, mentalmente. Ante todo, quieres ver sufrir a esa persona tanto o más que tú. Y ese sentimiento arde tu alma pura. Y los pensamientos negativos evolucionan hasta entrar en bucle. Y de ahí, no todo el mundo sabe salir. Quería quemarlos vivos y mandar las cenizas a 'El Montes'. Estaba volviéndose completamente loco. El rencor termina convirtiéndose en una cárcel. Pero no una impuesta por los demás, sino por nosotros mismos. Este sentimiento de odio profundo no nos permite avanzar, pues continuamos arrastrando todo aquello que está en el pasado y que ahí se debería quedar.

Claudia ya le notaba raro estos últimos días, distraído y muy callado. En ese momento, sonó el teléfono. Era ella. Alberto no le cogió, tenía la mente en otras cosas. Claudia le dejó un WhatsApp. Estábamos a viernes y se suponía que llegaba hoy de Mánchester.

-Hola guapísimo. Avísame cuando ya estés en tierras españolas. No sabes las ganas que tengo de verte y descubrir tus nuevas tierras.

Claudia mandó un mensaje de lo más provocador. Era normal, la pobre imaginaba todas las noches ese momento donde los dos se fusionarán en uno. Alberto volvió al mundo de los vivos.

¿Qué es lo que sentía realmente por Claudia? Tenía claro una cosa. No podía pasarle nada. Tenía que protegerla de cualquier manera. Pensar en ella calmaba su cabeza y sus ansias de venganza. Pero no era suficiente. ¿Contarle la verdad? Era demasiado para ella y también para la relación que tampoco estaba definida. Por parte de Alberto, ya no existía otra mujer que no fuera ella. Cuando das con esa persona que encaja con todos tus engranajes, lo sabes desde el momento que la ves. Alberto no sabía lo que era querer. Pero protegerla ante todo tipo de adversidad, tenía que estar muy cerca. Claudia le aportaba todo lo que él carecía. Diversión, alegría, locura y un toque dulce y morboso para su vida. Iba a ser difícil, pero era la única opción. Tenía que alejarse y acabar lo que fuera que tenía con Claudia. No volver a verla. Y así, ella estaría a salvo. Porque cuando el rencor está patente en tu interior no deja aflorar otro tipo de sentimientos, ni pensamientos lógicos. El karma viene a por todo el mundo. No puedes salirte con la tuya atormentando a la gente toda la vida, no importa quién seas. Lo que se siembra se recoge. Así es como funciona. Y es algo que Alberto todavía no sabía.

-Hola Claudia. Todo ha ido bien. ¿Paso a recogerte mañana cuando salgas de trabajar? ¿Sobre las doce de la noche? Un beso.

Claudia le contestó que por supuesto y en ese mensaje se podían notar las fantasías de ella.

Amaneció el sábado con ganas de comerse el mundo, pero Claudia solo tenía en mente comerse una sola cosa. Había decidido que esa iba a ser la noche. Estuvo toda la mañana preparándose y en ello entró depilarse de abajo hacia arriba. Conjunto de braguita y sujetador blanco de encaje. Le quedaba espectacular. Por encima, un vestido blanco de lunares negros. Se planchó su melena de oro y unos labios rojo juguetón. Salió de casa con su mejor sonrisa y pensando ya en la noche. El día pasó bastante rápido, cuando hay trabajo siempre pasa más rápido. Además, el trabajo en el videoclub era muy gratificante. La gente siempre se dejaba asesorar y siempre llegaban de buen humor. Y a Claudia le gustaba interactuar y descubrir nuevos clientes. Varios de ellos destacaron lo guapa que estaba, pero ella solo pensaba para quién se había puesto así. Estaba Claudia cerrando cuando Alberto se coló y acabó de cerrar. Estaban solos en el videoclub ya cerrado.

-Hola Claudia. -Ahí estaba plantado delante de ella dispuesto a terminar con todo y seguir con su vida de antes. Pero algo pasó. Bueno lo que pasó fue Claudia.

-¡Hola Alberto! Claudia se lanzó sobre él y le abrazó durante unos minutos para terminar agarrámdole el pelo a través de sus manos y darle el beso más sensual de la historia.

Alberto impregnado ante tal belleza no pudo hacer otra cosa que dejarse llevar por su corazón. Al final, el corazón tiene razones que la razón no entiende. Le devolvió el beso junto a un abrazo que acabó agarrando las duras nalgas de Claudia.

-Hazme tuyo, Claudia. Fueron tres palabras, pero desataron el huracán de ella.

Claudia descendió sus manos por la espalda de Alberto, agarró sus bíceps musculosos y siguió bajando hasta su culo, lo agarró y le acercó más a ella. Cuando lo tenía cerca, desabrochó esa bragueta que estaba a punto de explotar e introdujo sus delicadas manos. Estaba muy duro, pero ella lo endureció aún más. La respuesta de Alberto fue inmediata. Cogió a Claudia y la alzó hasta sentarla en el mostrador. Los besos eran cada vez más pasionales. Le agarraba de su melena de oro con fuerza. Los pezones de ella la delataban. Alberto sumido en una auténtica adrenalina deslizó sus manos hacia las piernas de ella acercándose a las braguitas para arrancar el vestido que se quedó sin lunares. Se alejó, la miró durante unos segundos y vio su pureza. Y volvió a la carga. Claudia aprovechó para quitarle la camiseta y él acabó con sus pantalones. Alberto también iba en ropa interior blanca. Ahora las manos de Alberto estaban en los pechos de ella, agarrándolos con fuerza y pellizcándolos para que Claudia acabara con gemidos. Los besos seguían, ahora por el cuello de ella y los labios carnosos de Alberto llegaron a los senos. Claudia abrió sus piernas como señal de que estaba preparada. Alberto sacó un preservativo, se lo colocó y seguido la cogió y poco a poco fue deslizándola hasta introducirla dentro de él. Claudia gemía mientras veía todas las estrellas. Alberto le dio la vuelta y contra la pared, volvió a introducirla mientras agarraba sus pechos. Un poco más, Claudia estaba a punto. Ella se dio la vuelta, lo sentó en el suelo y encima de él, se la introdujo de nuevo tomando el control. La intensidad subió, Alberto había comenzado a gemir también. Claudia subía y bajaba sin parar, delicada, pero con fuerza. Miró a Alberto a los ojos y ambos estallaron en un orgasmo largo, cálido y espectacular.

Alberto la cogió y la tumbo encima de él. Le besó en la frente y soltó:

-Claudia, me estás salvando.

Claudia seguía un poco excitada, pero se sentía segura a su lado. Se levantó y besó sus labios delicadamente. Estuvieron media hora abrazados y hablando sobre su semana sin verse. Alberto se sentía muy mal por mentirle. Pero no era el momento de hacer nada. Claudia le invitó a su casa a dormir. Alberto hacía mucho que no dormía con compañía, pero la necesitaba. Accedió. No se separaron en toda la noche.

El 🩶 de Claudia

Esos ojos cristalinos amanecieron abrazados al eterno despertar de unos brazos descansados que no se cansaban de abrazarla. Claudia se giró para observarlo más de cerca. El pelo de Alberto recién levantado le hacía aún más sexy. Un par de vueltas por la cama y lograron salir de ella. Se desayunaron mutualmente con un poquito de leche con fresas y Alberto tuvo que marcharse. Qué bonito es dedicar tiempo a las personas que quieres.

-¿Cuándo nos volvemos a ver? -preguntó el de los ojos negros.

-Seguro que pronto. -le contestó ojos cristalinos con una sonrisa muy picarona.

-Pasa muy buen día, preciosa. Te llamo luego.

Claudia se lanzó a sus labios como signo de despedida. Lo rodeo y contra la puerta no tuvo compasión con él. Alberto se iba calentito. Y entonces, se miraron y ahí se completó la conexión. Es algo que en raras ocasiones pasa. Pero cuando pasa, el mundo se llena un poquito más de amor. Es esa mirada mutua que cierra el ciclo de los primeros pasos. Esa mirada indica que ambos conectan mental y físicamente. Algo sano que indica que todo seguirá hacía adelante.

Pero, ¿qué es lo que realmente sentía Claudia por Alberto? Claudia siempre había sido muy cauta en cuanto a la relaciones. Siempre paso a paso, sin llegar a invadir su zona de confort. Todo estaba yendo demasiado bien. Y eso le aterraba. Porque en lugar de pensar que quizás había dado con la persona adecuada pensaba que algo iba a pasar. La pobre no iba mal encaminada. Pero Alberto le gustaba, le gustaba mucho. Por lo que decidió: dejarse llevar por todos los medios. Alberto era un hombre serio y sensible a cortas distancias. Esto quería decir que por mensajes era un poco borde, pero a la cara conseguía abrir su corazón y transmitirle todo lo que experimentaba. Y eso, hoy en día, es algo imposible. Las personas se ocultan detrás de las redes sociales y prefieren perder sentimientos significantes antes que dejarlos ver la luz. La sociedad tiene miedo a que le rompan el corazón y prefieren prohibirse sentir algo. Pero ahí estaba Alberto, diciéndole que era lo que estaba buscando, que le estaba salvando y que esto no le había pasado antes y además se manejaba increíblemente bien en cuestiones íntimas. Claudia decidió arriesgarse. Estaría completamente entregada a Alberto. ¿Qué era lo peor que le podía pasar? ¿Qué le rompieran el corazón? Pues no. Pobre ilusa. La vibración de su móvil le hizo volver a la realidad. Era su hermano Lucas.

-Hola Clau. Me iré esta tarde sobre las cinco. ¿Comemos juntos y te acompaño al videoclub? Venga dime que sí.

Lucas había estado toda la semana en Madrid, pero aparte de la cena con Dani y un desayuno el viernes, no lo había visto más. También era normal. Dos meses de relación, una novia en Madrid, él en el pueblo. Era lo normal.

-Hola Lucas. Me parece genial. Solo que tengo que ducharme y prepararme, pero yo creo que para la una estaré lista.

-Vale, genial. ¿Nos vemos a esa hora en mmm, por ejemplo, Plaza España?

-Me viene perfecto. Te veo un rato.

Claudia se acordó entonces de Dani. Se sentía francamente mal por ella. No por lo de Lucas, que también, sino por ocultarle todo lo de Alberto. Tenía que decírselo ya y quién sabe si se enfadaría. La verdad es que esta semana la había tenido un poco olvidada y lo más extraño es que Dani tampoco había dado señales de vida. Normalmente es muy pesada y todos los días le hablaba. ¿Le habrá pasado algo? Claudia se preocupó y decidió llamarla. Buscó su número y pulsó llamar. Era domingo estaría en casa tranquilamente.

-Hola nena, ¿cómo ha ido el finde? ¿Hiciste algo fuera de lo normal? -Dani contestó con esa voz tan tierna y un poco de pito.

-Hola Dani. Pues la verdad que sí. Pero no tiene mucha importancia. La semana que viene si o si quedamos y te cuento, pero dime ¿cómo estás?

-¿Hola? ¿Estás admitiendo que te pasó algo fuera de lo normal? Tía, bah dame un avance por aquí por favor. Yo estoy que no es poco. Me he tomado el finde para desconectar un poco. Me subí a una casa rural a la sierra porque tenía que planear algo.

-¿Planear algo? Ahora vas de misteriosa, no te pega nada. Anda ve soltando algo por tu boquita.

-Ósea que tú no vas a hablar y pretendes que yo confiese. Ja ja, estás apañada.

-Bueno... me parece honesto. Pero no puede ser que estemos unos días sin hablar y de repente tenemos cosas importantes que contarnos. Por mi parte, ya te voy pidiendo perdón de antemano. Porque creo que me matarás.

70

-Tía -Dani se ríe- no creo que sea tan fuerte como lo mío. Créeme.

-Bueno, bueno ¿quieres apostarte algo?

-Mmmm. ¿Gin-tonic?

-Me parece bien. Hecho. Entonces, ¿cuándo nos vemos? -pregunta Claudia.

-En principio, ¿te viene bien el jueves para comer? Es el único día que tengo algo de tiempo. Tengo una reunión a las diez, pero para la una habré salido y por la tarde no tengo más que trabajo de oficina.

-¡Te veo el jueves entonces! Vamos hablando.

-Pasa un domingo precioso, nena. Un beso enorme.

CUELGAN. Ya eran las doce de la mañana. Joder, Claudia iba a llegar tarde. Se metió rápido en la ducha. Un look sencillo. Vaqueros rotos, camiseta de manga corta de Friends y Nike clásicas. Un maquillaje natural con un poco de sombras rosas y labial nude. Estaba lista, pero eran ya eran la una menos cinco cuando salió de casa.

-Lucas, llego quince minutillos tarde.

Su hermano, que era muy puntual le contestó inmediatamente:

-Como siempre.

Por fin se encontraron. Decidieron comer pizza. Porque cualquier momento del día es bueno para comer pizza. Durante la comida hablaron bastante de la relación de Lucas. Sobre todo, en lo que Lucas sentía por Sonia. Obviamente, Claudia le dio su opinión más sincera.

-Solo lleváis dos meses conociéndoos Lucas, tienes que ir con calma, conocerla bien y en profundidad, no te aceleres que eres un ansias.

Lucas aceptaba todo lo que le decían porque sabía que tenía razón. Éste también le preguntó cómo estaba el corazón de Claudia. Pero obviamente, Claudia le dijo que vacío.

Qué ricas estaban las pizzas. No dejaron ni un trozo. Estuvieron hablando sobre sus padres y cómo estaba todo por el pueblo. Eran de un pueblo cercano a Salamanca. Ledesma. Sobre las tres, pidieron un café para llevar y fueron hacía el videoclub. A Lucas le encantaba estar en el videoclub, era tan acogedor que le transportaba a casa. Estuvieron hablando de los nuevos estrenos que le iban a llegar a Claudia la semana que viene. Pero no tuvieron mucho tiempo. Claudia subió un sorteo a Instagram. Sorteaba cinco películas gratis para aquel que durante toda la semana alquilara una. Claudia añadiría en la cita de la película un numero para el posterior sorteo. Claro, bastantes de sus casi veinte mil seguidores se presentaron allí. Llegó la hora y Lucas se tuvo que marchar.

-Bueno Clau, nos vemos pronto, no lo dudes. Por cierto, quería decirte que tu amiga Dani me pareció una tía super interesante, podrías invitarla en otra ocasión.

Pero, ¿qué estaba diciendo ahora Lucas? A Claudia le sorprendió bastante ese comentario, pero bueno su hermano era muy caballero igual no había trasfondo.

-Bueno Lucas, avísame cuando llegues. Espero que vaya bien el viaje. Ten cuidado.

Y ambos se dieron un abrazo de estos profundos donde se sienten los te quiero sin pronunciarlos, donde el alma se te encoge.

Es la mejor experiencia del mundo. Tener al lado una persona, porque aunque sea mayor o menor que tú, va a estar siempre incondicionalmente a tu lado en todas las adversidades y, por supuesto, en todos los éxitos. Porque el vínculo existe y si se sabe cuidar es perecedero en el tiempo. Los hermanos, el mejor regalo que te pueden dar tus padres. Lucas, volvió feliz y, sobre todo, orgullo de ver como su hermanita estaba cumpliendo sus sueños.

La conversación

Ya estaban casi a mitad de mayo. El verano se acercaba. Y Alberto llevaba poco más de un mes embobado con Claudia. Estaba totalmente confuso. Y era una sensación que estaba fuera de su control. Y a Alberto le gustaba tener todo controlado. Por suerte, ya estaba totalmente recuperado así que decidió volver a las oficinas. Esta semana estaba bastante floja en cuanto a trabajo. No tenía reuniones, exceptuando con Víctor. Y el viernes había quedado con 'El Gusano'. Demasiadas complicaciones. Decidió ver a Claudia antes de su encuentro del viernes para aclarar lo que iba a pasar si ella decidía seguir conociéndolo. Porque la idea de no volver a verla ya había desaparecido de su mente. ¿Quién sabe cómo acabaría todo esto? Buscó el número de Claudia. LLAMANDO.

-Hola preciosa, ¿cómo empieza tu semana?

-Hola guapísimo. Pues igual que todas, solo espero que

dicha persona se vuelva a colar en mi cama.

-No lo dudes. Es pensarte y algo ahí abajo cobra vida. ¿Te parece que nos veamos el miércoles?

-Me parece perfecto. ¿Pasas a recogerme?

-Vale. ¿Te apetece que comamos, luego yo tengo unas reuniones, pero te recojo también cuando salgas de trabajar? El fin de semana tengo una reunión en Valencia.

-Hecho. Eliges tu restaurante. Te veo el miércoles. Pasa muy buen día.

-Igualmente, preciosa. Pasa un buen día. Un beso de arriba a abajo.

-Que sean mejor dos. Besos.

CUELGAN. Alberto tenía pensado proponerle algo un poco loco y arriesgado, pero era la única opción que tenía porque la idea de venganza no iba a salir de su cabeza. Por lo que su vida se iba a complicar en décimas de segundo. El resto de la mañana del lunes la dedicó a ponerse al día y por la tarde fue a las oficinas donde Víctor le estaba esperando.

-Hola compañero, ¿ya estás totalmente recuperado? La verdad es que te veo muy bien.

-Hola Víctor. Más que recuperado. Cuéntame. ¿Ha pasado algo en mi ausencia?

-Todo está controlado. Te recuerdo que a principios de julio he conseguido una reunión con uno de los empresarios más importantes de Noruega, tiene varios restaurantes de lujo, por lo que habrá que sacar los billetes de avión enseguida. Por el resto, los negocios en Dublín y París ya están dando sus primeros resultados, todos totalmente positivo. Y los de Mánchester me van a pasar un informe la semana que viene. Por lo que esta semana va a ser casi todo papeleo.

-Muchas gracias Víctor. Estoy muy conforme contigo y tu trabajo. Vales realmente a pena.

La verdad es que Víctor era muy chico muy aplicado que sabía manejar una empresa, aunque la suya no le saliera bien. Alberto confiaba plenamente en sus decisiones.

-Gracias Alberto -contestó Víctor totalmente asombrado. Alberto nunca le había hablado con tanto 'cariño'.

Pasaron el resto de tarde aclarando algunos términos de contratos y gestión y distribución del proyecto que llevarían a Noruega. Ya eran las ocho de la tarde. Ambos estaban un poco saturados así que lo dejaron para mañana.

-Oye Víctor. Me has ayudado mucho. Dado que esta semana esta ya todo más o menos controlado. Tómatela libre y así compensamos mi semana anterior. ¿Te parece?

-No hace falta Alberto. Estoy aquí para lo que necesites.

-Si te necesito, te llamaré, pero descansa en casa. O ten alguna cita Tinder que se te va a pasar el arroz – dijo riéndose Alberto.

-Bueno... eso habría que discutirlo, jefe. Porque aquí el mayor eres tú -le rebatió riendo también, mientras cerraban la oficina.

Alberto llegó a casa, cenó algo ligero, unos mensajitos a Claudia y enseguida cayó en un sueño profundo. El martes fue un día bastante aburrido para los dos. Alberto todo el día en la oficina trabajando para adelantar todo el trabajo que el miércoles no iba a poder hacer y Claudia mañana de gimnasio y tarde de videoclub. Un día menos para verse.

Miércoles. El sol brillaba en el ocaso. Alberto había reservado comida en Perrachica. Un restaurante bastante 'chic' y que sabía que Claudia quería ir. Pantalones de lino marrones y camiseta blanca de manga corta. Un look sencillo que acompañaba con unas Nike. La verdad es que Alberto tenía varios estilos. Cuando tenía que estar elegante lucía muy bien los trajes, pero normalmente a él le gustaba un estilo más urbano y cómodo. Claudia había optado por un look de primavera total. Pantalones negros acampanados, pero de una tela muy fina y un top blanco con estampados de flores amarillas a juego con su melena y labios rosas. Alberto la recogería del gimnasio a la una. Y allí estaba, puntual.

-Hola guapísima. ¿Subes?

-Hola pibón -Claudia subió al coche, se acercó y le dejó sus labios pintados de un rosa magenta. Se lo comió entero- ¿Cómo te ha ido la mañana?

-Bastante bien, ayer dejé todo atado para poder dedicarte todo el tiempo hoy.

-Jo -Claudia lo miraba atontada- Muchas gracias. Tenía ganas de verte, muchas. Y vuelve a comérselo entero.

-Veo que tienes hambre, te va a encantar el sitio. Pero espero que dejes sitio para la noche. Alberto entró en el juego de la morbosidad.

-Eso siempre guapo. Y sí, estoy muerta de hambre.

En menos de quince minutos habían llegado. El sitio era espectacular. Trasmitía paz y a la vez una sensación de naturaleza que iba ligado a una total libertad. Muy confortable. Muchas plantas, espacios abiertos y elegantes. A Claudia le engatusó. Les sentaron en una mesa para dos bastante íntima, en el fondo, al lado de la ventana. La carta era muy exquisita. Para beber un buen Rioja, como no. Claudia se pidió un poké de salmón con aguacate, chili garlic y nueces de macadamia. Alberto, solomillo de vaca a la plancha con verduras salteadas, quinoa, aguacate y kale. Todo un manjar. Alberto estaba nervioso porque iba a proponer esa idea a Claudia y eso conllevaba que ella no quisiera seguir conociéndolo. Pero tenía que hacerlo.

-Claudia tengo que proponerte algo que me cuesta mucho y no sé por dónde empezar.

Claudia miró esos ojos negros asustada. Mil cosas por su cabeza se le pasaron. No le gusto. Ya se ha cansado. Se tiene que ir a vivir a otro lugar. No soy lo que esperaba. ¿Me va a pedir vivir con él? No, claro que no. Te va a dejar. ¿Pero dejar el qué, qué somos? Nada. Madre mía que hable ya.

-Pues empieza siempre por el principio -soltó.

-Lo primero de todo es que eres una persona única y por lo tanto muy especial para mí. Solo logro verte a ti cuando pienso en un futuro cercano y por supuesto, no quiero perderte. Yo sé que todo va a ir bien, pero para ello, y siempre que estés dispuesta, necesito discreción. Sé que te vas a preguntar por qué, pero siento decirte que no te puedo decir nada, por el momento. De verdad, tienes que confiar en mi cuando te digo que no es nada extraño y que todo está bien. Yo quiero intentarlo. Estoy dispuesto porque no concibo no volver a verte. Pero tendríamos que llevar la relación en secreto. Es muy importante que no te relacionen conmigo. ¿Lo entiendes?

-Mmmm...

Claudia se bloqueó. No se lo esperaba. Todo era muy extraño, demasiado. Al fin soltó:

-Tendría que pensármelo Alberto. Lo que me pides es muy extraño. Y me hace pensar que ocultas muchas cosas.

-Lo sé y sé que puedes llegar a desconfiar, pero de verdad, si hasta ahora no te he dado ningún motivo Claudia, no me cierres la puerta, todavía. Déjame demuéstrate que entre nosotros no va a cambiar nada.

Claudia, aunque todo esto le parecía una locura, se sentía excitaba y llena de ternura por la declaración que se había currado Alberto. Y es que le volvía completamente loca.

-Déjame pensarlo, Alberto.

Claramente, la conversación se enfrió. Menos mal que ambos no quisieron postre. Enseguida dejaron atrás ese sitio que trasmitía tanta paz. Alberto la llevó al trabajo ya que eran cerca de las cuatro.

-Claudia, estaré esperando tu decisión. Tomate el tiempo que necesites. Pasa muy buena tarde.

Claudia le miró a los ojos, vio verdad en ellos, y le dio un beso muy ligero en los labios.

-Gracias.

Y así, tan fría, se bajó del coche y abrió el videoclub. Alberto se fue para casa con el corazón en la mano, aunque realmente era Claudia la que portaba su corazón.

Claudia estuvo toda la tarde dándole vueltas a la cabeza. Todo era muy misterioso, pero al mismo tiempo le llamaba la atención. Empezó a imaginar sus días sin sus llamadas, sin sus mensajes, sin sus brazos musculosos, sin sus besos, sin sus conversaciones, sin su aroma. Sus días sin él. Y no le gustó lo que imaginó. Había decidido dejarse llevar por él ¿no? Le había asegurado que no tenía que preocuparse, que no era nada malo. Y que todo estaría bien. Estuvo toda la tarde autoconvenciéndose de que tenía que darle esa oportunidad. "Todo surge sobre la marcha, poco a poco. Si no te gusta algo, él lo entenderá. Probemos a ver si es verdad que nada va a cambiar. Y si no, pues desapareces Claudia. A otra cosa mariposa, pero sí, tengo que intentarlo. Él está dispuesto, yo también". Eran ya sobre las diez de la noche. La verdad es que el tiempo pasa más rápido cuando te absorbes en tus pensamientos. Abrió el WhatsApp de Alberto.

-Acepto. Pero tengo condiciones. ¿Me recoges y te las explico?

Alberto le contestó inmediatamente, como si llevara toda la tarde esperando. Que realmente la llevaba.

-Estaría encantado de que me las explicaras. A las doce te recojo, guapa. Gracias.

Como siempre puntual, le estaba esperando en la puerta. Había ido con el coche.

-¡Claudia, estoy aquí!

-Hola Alberto.

-¿Dónde te apetece ir? -Todo era muy frío-.

-No hace falta ir a ningún lugar. Esto va a ser sencillo. Acepto tu condición. Lo llevaremos en secreto. Pero deberás aceptar que, si todo esto se me hace cuesta arriba, o en algún momento me doy cuenta que no es lo que quiero o que no estoy preparada o yo que sé, cualquier cosa, deberás respetar la decisión que tome. Por tanto, también debes arriesgarte. Tiene que ser mutuo y poner los dos de nuestra parte. ¿Te parece? ¿Trato hecho?

Y Claudia tendió su mano para sellar el pacto. Alberto le agarró de la mano y la acercó a él.

-¿Puedo besarte ya?

E inmediatamente, Claudia se lanzó a sus labios y estuvieron dándose amor durante diez minutos. El pacto estaba sellado. Luego decidieron ir a casa de Claudia a seguir lo que habían empezado.

Bajaron del coche e iban directos al portal donde todo comenzó. Claudia estaba intentando abrir, cuando las manos de Alberto se colaron por ese top tan corto. Enseguida le erizó los pezones. Consiguieron entrar. El ascensor llegó y enseguida se cerró. Alberto cogió a Claudia y contra los cristales la besó pasionalmente. Le agarraba del pelo mientras le besaba por el cuello. Claudia le quitó la camiseta. El ascensor se abrió. Entraron en el ático de Claudia hasta llegar a la habitación. Alberto la tiró a la cama. Claudia estaba ya excitada y preparada para dejarse llevar. Le quitó las Nike de golpe. Y delicadamente fue bajando esos pantalones acampanados. El top se había perdido por el camino a la habitación. Le arrancó el sujetador y las braguitas negras. Y entonces le susurró: hoy te voy a comer entera. Y empezó por la boca, había juegos de lenguas infinitas. Siguió con el cuello, lamiendo y mordiendo. Claudia tenía los pelos de punta y los pezones bien duros cuando Alberto llegó a ellos. Los endureció más. Los agarró, los besó y los masajeó. Joder. Y seguía bajando, delicadamente por el abdomen donde Claudia ya estaba medio gimiendo sabiendo lo que venía a continuación. Alberto agarró sus piernas y las abrió para dejarse entrar en el paraíso íntimo de Claudia. Claudia gemía, se jadeaba. Estaba gozando como no lo había hecho antes. Alberto seguía ahí abajo jugando con su lengua,

79

saciándose de Claudia. Hasta que ella explotó en un orgasmo de lo más excitante y satisfactorio. Una vez recuperada, tomó el control. Dio la vuelta a Alberto, debajo suya no parecía tan serio. Imitó el mismo proceso. Beso a mordiscos todos esos abdominales perfectamente definidos y siguió bajando. Alberto estaba muy duro, muy excitado. Claudia agarró su miembro con ansias y seguidamente lo dejó posar delicadamente en su expectante boca. Alberto estaba disfrutando y a Claudia le ponía mucho verlo disfrutar. Seguido se posó encima de él y se la introdujo hasta lo más profundo de su ser. Subían y bajaban. Se excitaban, se besaban, se amaban. Alberto estaba preparado. Cogió a Claudia la giró boca abajo en la cama, y volvieron a unirse hasta estallar ambos en un orgasmo sensual.

Día de amigas

Qué bonito es despertar y tener a tu lado esa persona que te hace sentir feliz, segura y libre. Es una sensación totalmente reconfortante. Y es una sensación que tanto Claudia como Alberto experimentaban cada mañana al despertar juntos. Eran sobre las nueve de la mañana. Alberto permitía amanecer un poco más tarde cuando era Claudia la causa de sus despertares. Se desayunaron mutuamente, de nuevo. Esto era un sin parar. Estaba claro que la atracción física era enorme. Una ducha compartida y después, Alberto decidió llevar a Claudia al gimnasio y luego él se pasó por la oficina.

Era jueves y Claudia había quedado para comer con Dani. Claro había un enrome problema. Había accedido a la relación en secreto, pero había quedado con Dani para contársela. Madre mía. Y ahora, ¿qué? Claudia barajó todas las posibilidades cuando se dio cuenta que no contárselo no llegaba a ser una posibilidad. Era su mejor amiga y confiaba plenamente en ella. No iba a decir nada. Además, estaba deseando contarle la de orgasmos que había tenido con Alberto. Bueno estaba claro. Se lo contaría. No había nada más que pensar. Joder Claudia, empiezas bien tu pacto.

-Hola tía, ¿nos vemos a la una entre Cádiz y Barcelona?

-Hola Claudia, me parece genial. Hace mucho que no comemos esas tostas ricas.

Entre Cádiz y Barcelona era la esquina de dichas calles en el centro de Madrid donde se encontraba un bar que frecuentaban en muchas ocasiones para tomarse unas buenas cervezas porque, además, siempre le ponían alguna tapita que acompañaba. Las tostas de ese sitio eran espectaculares. Enseguida se encontraron las amigas con un abrazo infinito. Claudia iba bastante sport con unas mayas fucsias y una camiseta blanca de manga corta. Dani iba en pantalones de cuadros un poco anchos, una blusa corta blanca y americana a juego con los pantalones. Siempre iba muy arreglada, porque siempre estaba de reuniones.

-Hola chicas -les saludó el camarero que ya las conocía.

-Ponnos dos dobles por favor - sonrió Dani al camarero. Miró a Claudia y empezó la conversación.

-Bueno nena, ¿qué tal estás?

-Pues todo bien Dani. Estoy super feliz. El trabajo está dando por fin sus frutos. La web está colapsada, cada día viene más gente gracias a todas las estupideces que cuelgo por Instagram, así que todo va viento en popa. Y tú, nena, ¿cómo estás?

-Ay tía es una noticia estupenda. No sabes lo que me alegro. Bueno siempre te he dicho que todo iba a salir bien que iba a llegar tu momento y bueno tú te lo has currado, te lo mereces. Por mi parte, todo está bien. La rutina del trabajo. En la oficina todo va sobre ruedas, contenta, cada vez más responsabilidad. ¿Lucas ya se fue?

-Genial Dani. Me alegro un montón también. No sabes

lo mucho que vales, siempre te lo he dicho. Lucas se fue el domingo, respecto a eso bueno ya sabes que no tenía ni idea y creo que me conoces muy bien para saber que opino respecto a su nuevo romance, pero bueno que quieres que te diga que no sepas, solo estaba preocupada por cómo te lo ibas a tomar, porque sé que tenías ilusión. ¡Ay, por cierto, que sino luego se me olvida! Me dieron los resultados de la muestra que me hice de la piel atópica, ¿recuerdas? Bueno pues deja de preocuparte por eso, todo está bien. Piel atópica y sensible. Me han mandado una crema específica y solucionado.

Las cervezas ya habían llegado.

-Bueno nena, he aprendido que la ilusión igual que viene, se va. No te preocupes por mí, todo está bien respecto a eso. Pero joder, es que tienes un hermano precioso. ¿Sí? Jo, pues me dejas más tranquila. Qué hambre tengo tía, voy a pedirme una tosta de queso de cabra. ¿Tú sabes lo que quieres?

-Si, la de salmón, para que cambiar. -Claudia se ríe y llaman al camarero que les coge enseguida nota. Claudia entra en materia importante. Bueno dime eso que va a hacer que me gane un gin-tonic, ¿no?

-Bueno, bueno que tengo que empezar yo... No sé si vas a estar preparada para esto Clau.

-No me retes que sabes que suelo ganar, venga habla ya que no puedo más.

-Pues ... Me han ofrecido un puesto de trabajo en Los Ángeles. -Claudia pone cara de flipar muchísimo. Dani se ríe- Sabía que me ibas a poner esa cara y no es para menos, pero bueno no te preocupes. De pronto, es un desplazamiento temporal de agosto a finales de año. Todo incluido y la verdad es que es una oportunidad increíble, que no creo que se me presente otra vez en la vida. Por tanto, querida amiga, ¡a finales de julio me voy a Los Ángeles!

-Dani, es una noticia maravillosa. A Claudia le salían lágrimas de los ojos. No sabes lo orgullosa que estoy de ti.

¡Mira! Los pelos de punta. Joder, es que eres una máquina. No sabes lo que te voy a echar de menos... pero estoy enormemente alegre por ti.

Claudia le cogió la mano a Dani. Estaban muy unidas. Dani empezó a llorar también. Pero acabaron riéndose. Como siempre.

-Bueno ya vale de llorar –se ríe Dani- sabes que podrás venir cuando quieras. Ahora, amiga te toca hablar. Me tienes muy intrigada.

-Bueno, no sé por dónde empezar para que no me mates en el acto. Pero bueno debes saber que esto que te voy a contar tiene que quedar aquí. Es importante. ¿Vale?

-Entendido –contesta Dani haciendo el gesto de cerrarse la boca como si fuera una cremallera.

-Bueno, ¿recuerdas el chico de los ojos negros?

-¿El del videoclub? Perfectamente, como para olvidarlo.

-Si, Alberto. Bueno pues resulta que no te he contado que llevó un mes quedando con él. No me mates por favor.

-¿Qué? ¿Hola? Pero... ¿Por qué no me has dicho nada? -Dani la miraba atónita y un poco decepcionada.

-Ya sabes como soy Dani, cada vez que me ilusiono con algo y trasmito mi ilusión sale mal, asique preferí esperar para ver por dónde salía todo esto. Por favor entiéndeme y no te me enfades ahora que me queda poco para disfrutar de ti.

-¿Cómo me voy a enfadar nena?, pero por favor debes contarme todos y digo todos los detalles de tu película romántica.

-Bueno... -Claudia se ríe- eso dalo por sentado. Se presentó en el videoclub como un dios divino, me trajo sushi para cenar y ahí empezó todo. Tampoco nos hemos visto muchas veces porque por temas de trabajo, él viaja bastante, pero es lo que me vino genial para no agobiarme de primeras. La primera cita fue en cine al aire libre, ese que tanto habíamos hablado para ir con nuestros coches ficticios tía. Es que la conexión ha sido increíble. Hemos salido a cenar un par de veces o a comer. Y bueno poco a poco nos estamos conociendo,pero esto no me había pasado nunca Dani.

-¡¡¡¡Tía!!!! No me lo puedo creer. Es que es muy fuerte. Es que estoy flipando por cómo me lo estás contando, no te había visto así de ilusionada con nadie. Pero me alegro mucho, nena. Te lo mereces ya. Pero dime, más cosas. ¿Cómo es en la cama? ¿Es un caballero bastante cerdo? A Dani le encantaba hablar de sexo. Para ella era algo totalmente natural. Una necesidad humana. Y claro, tenía razón.

-Buah tía. Es todo increíble. Ósea cómo me besa, cómo me roza, cómo me toca tía, se me caen las bragas nada más sentir que está cerca. Es un caballero bastante cerdo si, como esos que nos gustan. Y ambas estallaron en una risa infinita.

-Me alegro mucho Clau, es maravilloso cuando el amor llama a tu puerta. No sabes lo orgullosa que estoy de que te dejes llevar, sé que estás haciendo un gran esfuerzo.

Estuvieron un rato más poniéndose al día por completo. Claudia estuvo contándole los mensajes, los detalles sobre Alberto, pero en toda ocasión obvio contarle la última conversación que tuvieron sobre la relación en secreto, era demasiada información. Si eso le afectará se lo acabaría contando para que le aconsejara. Dani era muy buena dando consejos, aunque luego ella no se los aplicara. Llevaban ya tres dobles y eran más de las cuatro cuando ambas se dieron cuenta. Por lo que pagaron y decidieron marcharse a sus respectivos trabajos. Un abrazo inmenso que siempre las salvaba y quedaron para verse el fin de semana. Dani volvió a la oficina y Claudia fue al videoclub que llegaba un poco tarde.

El resto de la tarde se pasó bastante rápida. Muchos clientes, pues el sorteo de Instagram terminaba en tres días y todo el mundo estaba bastante inquieto. Llegó a casa sobre las doce y media. Pijama, desmaquillarse y se tumbó en la cama.

Se paró a pensar lo que significaba que Dani se fuera. Lo significaba todo. Estaba claro que eran unos meses, pero la iba a echar mucho de menos. Tampoco estaba muy preocupada por ella, sabía apañárselas a la perfección, pero la distancia es una hoja con doble filo. En la distancia es cuando realmente te conoces a ti mismo y sobre todo conoces a quién vas a querer que este ahí para cuando regreses. Es dura. Te hace más fuerte y siempre que haya amor o cariño, nunca se va a interponer. No hay distancia de lugar o lapso de tiempo que pueda disminuir la amistad de aquellos que están completamente convencidos del valor de cada uno.

'El Gusano'

Amaneció el viernes irradiando ilusión. La vida de Alberto había cambiado completamente. Eran las siete de la mañana. Tenía que despertarse pronto pues le esperaba un viaje de tres horas en coche a Valencia. Imaginaba los despertares con Claudia, siempre metida en sus sábanas, no dejando de sorprenderle. Estaba divagando por su mente cuando se dio cuenta que se le había puesto muy dura. Esta chica le volvía loco. Rápido cambio su mente. Iba a ser un fin de semana muy complicado y Claudia no podía desconcentrarlo ni un minuto. Decidió poner solución.

-Hola preciosa, buenos días. Marcho en un rato a Valencia. Estaré todo el fin de semana y estaré muy ocupado. No sé si podré dedicarte el tiempo que necesitas. Lo siento. Por cierto, estaba pensando en ti e inmediatamente al pensarte esto de aquí abajo se ha despertado. Un beso enorme.

Se dio una ducha bastante relajante. No paraba de darle

vueltas a cómo pudieron traicionarle los tipos esos. Había llegado a la conclusión de que 'El Montés' tenía algo que ver. Sabía perfectamente cómo iba a abordar el tema con 'El Gusano' y también era consciente de lo que él le iba a aconsejar. No estaba nervioso, tan solo estaba furioso. Era pensar en el tema y Alberto cambiaba totalmente. Como un soldado al que sin principios decide matar a quién su país le imponga. Solo tenía sed de venganza.

Sobre las nueve de la mañana salió de casa. Dejó comida a Bimba para todo el fin de semana, como normalmente hacía cada vez que se ausentaba. Y resulta ser que Bimba sabía cuándo ocurrían esas ocasiones porque se administraba muy bien la comida. Dejó todo el trabajo de oficina cerrado, todos los emails enviados y apuntadas a Víctor las novedades para cuando se incorporara el lunes. Eran tres horas en coche. El ave directo Madrid- Valencia es media hora más rápido, pero era más fiable ir en su propio coche. Sobre las doce de la mañana llegó a la capital del Mediterráneo. Siempre solía instalarse en un hotel cercano a la estación de tren. Hotel Da Vinci. Era una franquicia hotelera internacional. Una vez en la habitación vio que Claudia le había contestado. Todo estaba bien, exceptuando que fue muy explícita con lo que iba a hacer al verle, por lo que Alberto tuvo que darse otra ducha, esta vez fría, para mantener la cabeza en lo que ahora le preocupaba. Había quedado con su jefe sobre las siete de la tarde, cuando estuviera anocheciendo. Comió tranquilo y descanso un rato. Sobre las seis salió del hotel y entró en el coche. Tenía que desplazarse hasta Serra, un pueblo pequeño en pleno corazón del Parque Natural de la Sierra Calderona. Una media hora de viaje.

Llegó sin problema a la sierra. Pasó por Serra que normalmente estaba poco concurrida, sin ningún tipo de sospecha. Siguió hacía adelante por un camino más estrecho que estaba sin pavimentar. Otros diez minutos. Era un auténtico laberinto. Muchos caminos de servicios que enlazaban a caminos privados o a caminos que enlazaban otra vez con la carretera local. Solo quién sabía a dónde quería llegar, era capaz de llegar. Alberto llegó a una especie de parking. Era como un rectángulo repleto de árboles inmensos y en el suelo había como un código de varios números. Alberto aparcó en el GC66. Se bajó y siguió hacia adelante. Tuvo que caminar como diez minutos y por fin se veía la puerta. Ahí plantados dos seguratas de dos metros de alto y casi de ancho, muy musculados que te podían asfixiar solo con mirarte. Alberto saludó y les enseñó su código GC66. A los tres minutos le dejaron pasar. Un pasillo de casi medio kilómetro recto le llevaba a otra puerta, esta vez mucho más grande. Tenía que pasar un control de seguridad como si estuviera entrando a un museo. Todo estaba en orden. Tuvo que dejar todas sus pertenencias en una taquilla y lo mandaron a una sala que parecía la típica cuando estás esperando al dentista, pero con muchos cuadros y sillones. Estuvo esperando diez minutos cuando se abrió una puerta. De ella salieron otros dos gorilas que le dieron el paso, pero antes le cachearon. Todo estaba bien. Entró en una sala enorme. Tal cual en las películas. Una mesa kilométrica de realeza. Cuadros con estampados muy extravagantes alrededor. En el suelo moqueta roja. Y al fondo del salón, una chimenea muy acogedora que la rodeaban varios sofás de cuero blanco. 'El Gusano' estaba sentado en uno de ellos. Le hizo desde la distancia la señal de que podía acercarse. Alberto sabía que no corría peligro, pero inconscientemente siempre sentía muchísimo respeto por todo ello. Cualquier falta de respeto y su vida podía acabar en décimas de segundo. Alberto llegó.

-Buenas tardes jefe. -Saludó.

-Hola Alberto, ¿qué te digo siempre? Llámame José. Ven aquí, compañero, dame un abrazo. Alberto se acercó y se abraron como un padre abraza a su hijo.

'El Gusano' era un hombre de casi sesenta años, de metro setenta y cinco, ojos marrones, calvo, pero con un bigote muy definido. De complexión bastante normal. No era un tipo musculoso. Es más, daba sensación de ser una persona entrañable. Vestía muy elegante con un traje blanco y necesitaba el apoyo de un bastón para poder caminar. Tenía las manos grandes y bastante castigadas, al igual que su mirada. Trataba a Alberto como si fuera un hijo, con mucho cariño, siempre muy atento y preocupado por él. Para 'El Gusano', era completamente un hijo. Él tenía una hija más o menos de la edad de Alberto que tenía su propia empresa de construcción, pero lejos de él. Cruzando el charco. En la Ciudad de México. Había decidido mandarla lejos y mantenerla totalmente ajena a su negocio. José ya había perdido a Rodrigo, su mejor amigo por culpa del tráfico de armas.

Alberto se sentó en el sillón de enfrente de José.

-Nos podéis dejar solos, gracias.

'El Gusano', autorizó a sus secuaces para su retirada. Ellos obviamente acataron la orden. Siempre tenían recelo a Alberto pues no entendían porque el jefe le trataba siempre con preferencia. Envidia. Esa era la palabra. Una simple palabra que guarda un gran daño detrás. La envidia ciega a los hombres y les imposibilita el pensar con claridad. Siempre sacando lo peor de cada persona y haciéndoles tomar decisiones, siempre negativas. Que mala es la envidia.

-Cuéntame compañero, ¿Qué ha pasado?, preguntó 'El Gusano'.

-Hace casi dos semanas hice la entrega al contacto que teníamos en el norte. ¿Recuerdas? Que tenía una empresa de distribución de pescado fresco en toda Galicia, Asturias y Cantabria.

-Si, sí. Lo recuerdo perfectamente.

José, por suerte, tenía una memoria muy buena además

de un cerebro muy intelectual. Llevaba más de veinte años en el negocio. Muy bueno tenía que ser para que no lo hubieran pillado ya.

-Bueno pues he tenido problemas. Me faltaron cuatro Glock y una M40. Se enfadaron muchísimo José. Me dieron una paliza bestial. Y, por supuesto, se llevaron las armas apenas sin pagarme. Me amenazaron con que la próxima no iban a ser tan caritativos. José, me entró miedo, nunca antes lo había tenido.

-Alberto... -José estaba con los ojos vidriosos, a punto de caerle las lágrimas. No podía entender porque había sucedido tal situación- ¿Y tus guardaespaldas?

-No lo sé, llevaba un par de días que no sabía nada de ellos, pero no le había dado importancia. Bueno José por mí no te preocupes. Ya estoy recuperado al cien por cien. Y ahora te quiero contar mi teoría.

'El Gusano' sabía perfectamente lo que estaba ocurriendo nada más Alberto contárselo. Pero le dejó explicarlo.

-He llegado a la conclusión de que 'El Montés' está detrás de todo esto. Está claro. El cliente era del norte, zona que controla él. Él estará rabioso porque hemos decidido meternos en su zona. Y han decidido darnos un escarmiento. Hay que devolvérselo, José. Tienen que saber que no pueden meterse con nosotros que estamos por encima de ellos. Necesito venganza y hay que maquinar un plan para final de año que es la próxima entrega. Sé que van a estar preparados, pero somos más inteligentes. La ira corre por mis venas. Necesito venganza o acabaré loco.

José le estaba mirando con cara de asombro, pero con una mirada de una desolada decepción.

-Alberto, compañero. No vas a hacer absolutamente nada. ¿Me entiendes? Quiero que te olvides completamente del tema. Que te centres en tus asuntos personales y en la entrega de después de verano al cliente de Londres. Cambiaremos el lugar de entrega, será en Oporto en lugar de en Santander. En Oporto, mis hombres son fieles. Alberto, es una orden. Espero que lo entiendas. Olvida completamente el tema. La venganza es la respuesta de los hombres que no son mejores. Y tú eres mejor que ellos. Tomar venganza es buscar el desastre; una de dos, o te condenas o coronas tu odio. No puedes guiarte por esos principios Alberto. Por favor, no hagas nada. Es una orden. Te lo repito.

-Pero jefe, ¿Cómo no vamos a hacer nada? Le han tratado como un novato. No pueden irse de rosas. Tienes que hacer notar que tú eres el rey.

-Alberto, no hay más que hablar del tema. Necesitas desconectar de esto. Olvídate hasta después de verano. Mis hombres llevarán la munición a tu cobertizo y ya después de verano, tú te encargas de llevarlo a Oporto. Es una orden.

-De acuerdo, José.

No se volvió a hablar del tema. 'El Gusano' invitó a cenar a Alberto. Eran las nueve de la noche. Se sentaron en la mesa. Empezaron a salir mangares de platos. Cordero, cochinillo, chuletones. Todo acompañado con verduras a la plancha, caviar y el mejor foie gras. Siempre acompañado con un buen tinto reserva Rioja.

"Brindemos por nuestros negocios, compañeros, porque todo salga como debe salir", dijo 'El Gusano', "esta noche es para disfrutar".

La cena fue muy amena. Alberto despertaba muchas envidias, pero también tenía varios 'amigos'. Las botellas de vino iban y volvían vacías. El vino se subía a la cabeza, la mente se despejaba para dejar paso a la maravilla del alcohol. Y ya todo fueron buenos rollos. Obviamente Alberto se quedó a dormir. No podía conducir en ese estado. 'El Gusano' abandonó la fiesta a las doce de la noche y se dirigió a sus aposentos. Hizo llamar a su mano derecha que a los diez minutos se presentó en la habitación contigua al dormitorio de

José. Chivi, así se llamaba su mano derecha. Era su fiel compañero, que a las buenas o las malas siempre estaba a su lado. Sin dudarlo. Era la persona en la que podía confiar plenamente.

-Chivi, tenemos que encargarnos de un asusto bastante peliagudo. 'El Montés' ha vuelto. Necesito que pongas a un guardaespaldas a Alberto sin que él se entere, es importante. Cualquier asunto turbio que esté haciendo es importante que se me informe. Por otro lado, tenemos que hacer que 'El Montes' termine con toda esta violencia. Necesitamos un plan. Pero un plan que no suponga muertes. Debemos robarle mercancía para que sepa de buena mano lo que somos capaces de hacer y luego la devolveremos para marcar una tregua de paz. No puedo con más muertes Chivi. Tú me entiendes, ya estoy cansado y enseguida tendré que delegar.

-Te entiendo perfectamente, jefe. No te preocupes, siempre nos has guiado muy bien. La violencia solo engendra más violencia. Una respuesta inteligente les dolerá más profundo.

Ambos se retiraron. 'El Gusano' era un tipo ilegal. Eso estaba claro. Muy irónico que un traficante de armas odiara la violencia innecesaria o las muertes en vano, pero demostraba día si, día también que tener un negocio ilegal no influía con ser un buen hombre, respetable por sus decisiones. Y es que aunque él traficara con armas para que el resto de sus clientes pudieran matarse, era partidario de un negocio limpio, sin muertes ni destrucción. No había matado a nadie en su vida. Si que había ordenado matar y eso era la misma mierda, pero la experiencia te hace más inteligente y era consciente de que la muerte nunca sacia un sentimiento vacío. La mejor solución era la diplomacia. Y él, como rey del tráfico de armas en España tenía la opción de coger ese camino de diplomacia.

La fiesta terminó a las cuatro de la mañana con varios dolores de cabeza.

El plan B

La cabeza de Alberto daba mil vueltas. Había soñado con Claudia. Era un sueño muy romántico hasta que llegaba 'El Montes' y la mataba. Joder. Alberto abrió de golpe esos ojos negros. Y de nuevo, la idea de venganza. Estaba totalmente ido. No iba a acatar las órdenes de José y aunque fuera solo, él se iba a vengar.

Se levantó tranquilamente, era difícil lidiar con ese tipo de resacas cuando normalmente no sueles beber y mucho menos ponerte un poco borracho. Desayunó en ese maravilloso buffet. La comida más importante del día. Y qué razón. El desayuno te da la energía vital para soportar todo el día. Sobre las doce de la mañana se despidió de José.

-Bueno jefe, estaremos en contacto. Muchas gracias por tus consejos. Siempre es un placer verte y verte siempre tan bien.

-Gracias Alberto. Ten mucho cuidado y ya sabes lo que hablado. Nosotros nos encargamos.

Se dieron un abrazo inmenso y en su mirada se vio el cariño. Seguido, Alberto siguió el mismo proceso que al entrar. Recogió sus pertenencias de la taquilla, dejó atrás ese infinito pasillo, se despidió de los gorilas de la entrada y entró en su Mercedes situado en el código GC66. Comenzó su viaje hacia el hotel en Valencia, dejando atrás aquella mansión infranqueable, aquellos caminos llenos de laberintos y aquella sierra misteriosa. Dejó todo atrás, menos su idea. No sabría nada de ellos hasta después de verano, tenía tiempo para idear un buen plan. En menos de una hora había llegado al hotel. Se dio un buen baño pues se sentía sucio. Es normal esa sensación va ligada con la resaca y la ducha te activa como si no hubieras bebido tres botellas de vino la noche anterior. Después decidió llamar un rato a Claudia y comer. LLAMANDO

-Hola guapa, ¿qué tal fue ayer el día?

-Hola guapísimo, pues muy tranquilo la verdad, lo mismo de siempre. Sin novedad y tú, ¿cómo fue la reunión?

-Todo en orden, según lo acordado. Mañana volveré a Madrid, pero voy a estar en la oficina. ¿Cuándo podré verte? ¿Harás algo el finde?

-Vale, genial, porque mañana he quedado con Dani por la mañana y por la tarde trabajaré. Así que no lo sé, ya sabes mi horario. De pronto no tengo planes entre semana, podemos comer cualquier día o dormir juntos todos los días eh, suena tentador.

Claudia se ríe.

-Me gusta esa idea de amanecer a tu lado eh. Vale pues vamos hablando pero, ¿te recojo el lunes y me quedo a dormir?

-Parece que estamos en conexión de ideas. Te la compro. Te veo el lunes con muchas ganas.

-Genial nena, pasa muy buen día. ¿Todo lo demás está bien?

-Gracias guapo. Sí, sí. El otro día Dani me dijo una noticia increíble que me dejó un poco de bajón, pero no te preocupes el lunes te cuento. Estoy bien. Tú, ¿todo bien?

-Vale, el lunes me cuentas sin falta. Sí, por aquí todo bien, hace un tiempazo increíble, igual esta tarde voy a la playa.

-Buaah calla, no me digas más que echo mucho de menos la playa. Pero bueno si bajas, alguna fotito dándome envidia del paisaje y de tus vistas no estaría mal.
Vuelve a reír. Alberto se ríe más fuerte.

-Bueno eso no lo dudes, preciosa. Te dejo, que enseguida me subirán la comida. Hablamos mañana si puedo, por la noche, te llamo. Un beso.

-Hasta mañana guapo, te lo devuelvo con mordisco.

CUELGAN. Y tal y como le había dicho a Claudia, decidió comer algo y bajarse a la playa. LA PLAYA. Un lugar totalmente relajante, donde puedes evadirte de todo tipo de malas vibras, donde solo el sonido de las olas chocando contra la arena te hace sentir vivo e inmediatamente sonríes. Y sonríes porque estás ahí, bajo el sol, totalmente tumbado sin hacer absolutamente nada y eres feliz. Es una sensación peculiar pero totalmente reconfortante. Se hizo la foto, por supuesto, y es algo que no lo había hecho nunca. ¿Fotos para su novia? ¿Perdona? ¿Había dicho novia? Madre mía.... Alberto estaba confuso. Y estaba empezando a tomar decisiones nada lógicas. Sobre las ocho, volvió al hotel, la verdad es que estaba agotado por lo que cenó algo ligero y enseguida entró en un sueño profundo que le cogió de imprevisto.

Por otro lado, Claudia había pasado una tarde completamente normal. Bueno normal no, llena de trabajo. Esa tarde de sábado finalizaba el sorteo. Publicó en Instagram el ganador. Una tal @andreagc_4. Había conseguido mucho seguimiento y el videoclub estaba completo. Se sentía orgullosa, no solo por ella, porque su labor supuso que estaría levantando un poco este negocio tan bonito y que estaba pasando por un mal momento. Por fin cerró. Y ahí estaba el pibón de su amiga Dani, de sorpresa, como siempre.

-Hola Clau. He pensado que podríamos dormir juntas y aprovechamos bien la mañana. Ir al rastro, darnos una vuelta y ya comer. ¿Qué te parece?

-Hola Dani. De verdad que no hay nada que hacer contigo. Hoy me parece estupendo. Pero la próxima vez avísame, porque Alberto viene muchos días a recogerme. Venga vamos a casa, nena.

-Vale, vale nena. Madre mía, desde que te has echado novio estás como decirlo ¿tonta?

Y empieza a partirse el culo ella sola.

-Cállate Dani, no seas tu la tonta. Pero te lo digo en serio ¿eh?

-Que si nena, que te entiendo. Es lo más normal. No te preocupes.

Y se dan un abrazo. Que fácil era todo. Llegaron a casa de Claudia. Siempre iban a casa de Claudia porque estaba a unos quince minutos del centro. Dani vivía en las afueras, en San Sebastián de los Reyes. Vieron una película y se quedaron dormidas en el sofá. Como siempre. Por la mañana decidieron no amanecer muy tarde, para las nueve y media estaban en pie. Desayunaron y fueron hasta el rastro. El rastro de Madrid era lo más vintage y espectacular que podías encontrar los domingos desde el punto de la mañana.

Había de todo, ropa, muebles, cuadros, joyería. La mayoría de las cosas de segunda mano, pero siempre en perfecto estado. No solías comprar nunca nada, pero ir a verlo era tradición. Claudia no había ido nunca así que Dani decidió enseñárselo. Pasaron una mañana estupenda. Llena de risas, sol y buena cerveza. Comieron por un sitio en La Latina que era el segundo lugar por excelencia donde más ambiente había un domingo después del rastro. Y después, Claudia tuvo que marcharse al videoclub. Dani dacidió quedar para dar una vuelta con un amigo.

Por otro lado, Alberto ya estaba de vuelta a la capital. Iba a ir a su casa de Cercedilla. Quería asegurarla un poco mejor. Reforzar la alarma y el cobertizo.

Al mismo tiempo que Alberto se alejaba de Valencia. En la mansión de 'El Gusano' procedían al plan para escarmentar a 'El Montes'. Un plan muy sencillo. Por fuentes internas, sabían que 'El Montes' iba a realizar un intercambio de armas a mitad de julio en un pueblo cercano a A Coruña, en Galicia. Ellos iban a interceptar el cargamento. No iban a tener ningún problema porque habían hablado con los clientes de 'El Montes' y habían accedido en darles la mercancía. Era lo bueno de ser el número uno en España. Todos le obedecían. Iban a esperar una semana y se lo devolverían a 'El Montes' con una nota.

"El rey no se subleva ante sus súbditos infieles, pero un buen rey sabe cuándo debe perdonar una vida".

El mensaje era muy claro. Si todo salía bien, el problema se solucionaría. Todo iba a salir bien si no fuera por la cabezonería de Alberto que lo iba a destrozar.

Alberto llegó a su casa en la sierra. Eran sobre la una de la tarde. Decidió comer algo. Después fue al cobertizo y lo reforzó con vigas de metal que tenía guardadas dentro. Lo dejó muy bien, la verdad. Volvió a la casa. Fue directo al cuarto donde tenía el despacho. La casa no era muy grande. Un gran salón con una chimenea y una televisión enorme. Una cocina americana muy sencilla. Un baño con ducha y bañera. Una habitación principal y otra de invitados que es donde tenía su despacho. En él, la caja fuerte. Introdujo la contraseña. Y la sacó. No era partidario de ir armado. Es un valor que 'El Gusano' siempre le había inculcado. Distribuir armas no te convierte en un asesino. 'No vas a necesitar nunca un arma', pero Alberto que le costaba acatar órdenes se había hecho con una Glock 18 que en ese momento estaba desempolvando. Se iba a convertir en su fiel amiga. Estuvo toda la tarde maquinando el plan B. A finales de año tenía que dar una entrega a aquellos tipos sin escrúpulos. Y les iba a dar una entrega movidita. Primero tenía que pensar como deshacerse del tipo grande. Había pensado que iba a proponer ir sin armas, dado a lo que pasó en su último encuentro. Desarmados, pero él armado. Un tiro limpio en el muslo lo dejaría paralizado. Y entonces arremetería contra el pequeño para dejarle la cara desfigurada. Era un plan de lo más macabro y demasiado esperanzador. No era un plan lógico. Era un plan que le llevaría al desastre. Pero su obsesión no le dejaba pensar con claridad. Cuanto más maquinaba más se corroía. Más venganza, más ira. Sin darse cuenta eran las doce y media de la noche. Estaba absorto cuando el teléfono sonó. Era Claudia. Volvió a la realidad.

-Hola Claudia, ¿Cómo te ha ido el día?

-Hola guapo, muy bien. Lo he pasado genial con Dani y por la tarde trabajando se me ha pasado bastante rápido. Viene muchísima gente. Ayer hice lo del sorteo que te comenté y hoy he estado desbordada. Estoy cansada, así que acabaré unas cositas y me dormiré. A ti, ¿cómo te fue el viaje de vuelta? Te llamaba para confirmar si mañana nos vemos cuando salga de currar.

Escuchar la voz de Claudia le hacía relajarse. Dejar a un lado la venganza para centrarse solo en su dulce voz. Se dio cuenta que necesitaba de ella. Necesitaba que lo salvaran.

-Son noticias estupendas, preciosa. La vuelta bien, tranquila. He estado toda la tarde descansando. Por supuesto, mañana te recojo no lo dudes, me quedo en tu casa si me dejas.

-Genial, pues nos vemos mañana. Pasa muy buenas noches. Un beso enorme.

-Hasta mañana guapa, tengo unas ganas de verte enormes. Dos besos enormes.

CUELGAN. Sobre la una y media de la mañana ambos

se quedaron medio dormidos. Cada cual con un pensamiento diferente. Claudia con la mente en Alberto. En lo serio que parecía y en las ganas de verlo. Alberto decidió frenar un poco su cabeza. Decidió no pensar más hasta después de verano. Se iba a centrar en intentar pasar un verano inolvidable de la mano de Claudia.

Billetes para dos

Lunes. Qué difíciles son los lunes. Pero no es lo mismo amanecer con el sol brillando en el horizonte que amanecer con la lluvia en los cristales. Por suerte, mayo estaba a punto de terminar. Por lo que el sol se estaba afianzado en su zona de confort. Los pájaros cantaban. Era un buen día. Sobre todo, porque Alberto y Claudia iban a encontrarse. Después de su rutina diaria de musculación sobre las diez de la mañana, Alberto fue a la oficina donde le iba a estar esperando un Víctor con las pilas recargadas después de su semana de relax. Claudia, por otro lado, ya estaba casi lista para salir de casa e ir al gimnasio. Había optado por un look muy casual. Después de trabajar irían directos a casa. Pantalones vaqueros claros con una camiseta blanca con el logotipo de NASA. Melena suelta al viento y unos labios rojos. A juego con sus nuevas Adidas.

Alberto llegó a la oficina sobre las once de la mañana. Estaba especialmente guapo. Se estaba dejando el pelo largo acorde con la barba. Despeinado siempre estaba sexy.

Víctor tenía una sonrisa de oreja a oreja.

-Hola Víctor, ¿cómo te fue el finde?

-Hola Alberto. Bueno pues ya que me lo preguntas. He conocido a una chica impresionante. Y nos hemos dejado llevar.

Víctor no podía dejar de sonreír parecía un auténtico enamorado.

-No me digas Víctor. Es una noticia estupenda. ¿Y desde hace cuánto?

-Bueno, vamos poco a poco nos conocimos el viernes. Tiene veintiocho años y es profesora de inglés. Veremos qué pasa, Alberto, pero estoy eufórico. Hacía mucho que no me tocaba una mujer. Tú me entiendes.

-Me alegro muchísimo. Bueno ¿nos ponemos a trabajar? ¿Qué nos espera esta semana?

-Sí, sí, mejor. A ver, pues hoy deberíamos comprar los billetes para Noruega porque queda un mes. El resto de semana tenemos dos reuniones aquí en Madrid con inversores. Y luego a final de semana, el viernes habría que concertar una conferencia con el administrador de Castilla y León. Podemos quedar en Segovia. Un punto intermedio. ¿Te parece?

-Todo me parece bien. Vamos a sacar esos billetes. El martes y jueves reunión con los inversores, por la mañana mejor. Y el viernes nos desplazamos a Segovia. ¿Te encargas de avisar a todo el mundo?

-Sí. No te preocupes, me pongo con ello.

-Vale, yo saco los billetes. Voy a viajar solo a Noruega.

-¿Estás seguro jefe? Creo que yo sería de buena ayuda.

-Te necesito aquí Víctor. Lo hice solo en Mánchester, también podré en Noruega. No dudes de mí.

Alberto se puso con los billetes, cuando Claudia le vino a la cabeza. Siempre había querido viajar a los países del norte del mundo. Estar cerca del Polo Norte. Y entonces la bombilla se le encendió. Era una locura. Pero en ese momento, solo pensaba en viajar con ella a Noruega. Sería un viaje increíble que les uniría y haría que terminaran de conocerse.

Viajes Iberia. Vuelo directo tres horas y cincuenta minutos. Madrid-Oslo. Fecha: 16/06 al 24/06. Comprar dos billetes. HECHO. Imprimió los billetes. Era un poco loco todo pero, últimamente, Alberto estaba un poco loco. También era lo que necesitaba. Desconectar. Unas buenas vacaciones al lado de la persona que le trasmite paz. Verla disfrutar, verla feliz a su lado.

Decidió quedarse a comer con Víctor. El pobre se había quedado un poco desilusionado con no poder ir a Noruega. Y una buena comida, lo arregla todo. Confirmaron todas las reuniones y después se relajaron un poco. Mientras, Claudia estaba ya casi en el videoclub. Hoy iba a hacer un vídeo recopilación sobre las películas más extravagantes de los últimos diez años. Así que iba a estar muy entretenida. Llamó a Dani para saber cómo empezaba la semana y acordaron quedar el fin de semana. Dani estaba bastante liada concretando todo para su marcha y dejando todo lo que tenía pendiente terminado. Pero el fin de semana siempre era de desconexión total. Enseguida llegó la noche. Claudia empezó a cerrar. Había sido una tarde agotadora, estaba cansada. Cerró y ahí estaba Alberto esperándola.

-Estás preciosa, Claudia.

Le soltó mientras se acercaba a ella y le abrazaba con esos brazos, muy fuerte. Y tras cinco segundos de abrazo, Claudia se liberó, le miró y le contestó.

-La luna esta triste desde que tus ojos deslumbran más que ella.

Y acto seguido Alberto la besó. Como si el mundo acabara, un beso largo y pasional.

-Te he echado de menos. Mucho.

-Ha sido mutuo, guapo. Se miraron a los ojos que ambos

brillaban y se volvieron a besar.

En el camino a casa estuvieron hablando del fin de semana. Claudia aprovechó para contarle lo de Dani. Alberto no conocía a Dani, pero Claudia hablaba tanto de ella, que pareciera que sí que la conocía. De hecho, se alegró mucho por ella. Alberto le contó la sensación que la playa le trasmitía. Era una sensación en la que ambos también coincidían. Claudia, que era un poco más habladora que Alberto, le estuvo contando el sorteo de Instagram del videoclub y la idea que había tenido para montar un nuevo vídeo. Cuando Claudia hablaba, transmitía toda su ilusión por nuevos proyectos para potenciar su sueño. Te embobaba para que terminases por tener la misma ilusión que ella. Y es que cuando algo realmente te gusta, te motiva, te desvives por lograr conseguir tu mejor versión para un resultado totalmente productivo. Llegaron a casa de Claudia y enseguida estaban ya subiendo por el ascensor. Estaban muy calientes. Antes de entrar ya empezaron con el juego de las lenguas. Fueron directos a la habitación.

Y ahí estaban, los dos de pie. Se miraron y volvieron a juntarse. Alberto le quitó la camiseta y después el sujetador. Bajó besándola por todo el cuerpo y de rodillas frente a ella le bajó los pantalones para dejarla en tanguita. Y ahí, sumiso, la miró morbosamente. Claudia le quitó la camiseta y seguido Alberto empezó a tocarla, lentamente iba introduciendo sus dedos en lo más interno de Claudia para dejarla mojada y preparada. Claudia gemía. Alberto la tumbó en la cama, pero Claudia logró ponerse encima. Bajó delicadamente por tu abdomen, agarrando su culo con fuerza para conseguir llegar a aquella montaña que estaba casi explotando. La escaló, la acogió y la saboreo. Alberto también gemía. Claudia se subió encima y empezó a galopar fuerte. Alberto se dejaba guiar por ella mientras agarraba sus pechos. Alberto cogió a Claudia, le dio la vuelta, abrió sus piernas y se introdujo dentro de ella, nuevamente fuerte. Claudia estaba preparada, avisó a Alberto para que a los treinta segundos acabaran explotando a la vez, con las mismas ganas y la misma ilusión. Se abrazaron durante más de veinte minutos y entonces cuando el ambiente estaba perfecto, Albero se levantó.

-Claudia, te estas convirtiendo en una persona muy importante para mí. Me siento seguro a tu lado, feliz y me gustaría, bueno sería un enrome placer que pudieras venir en un mes conmigo a Noruega.

Alberto sacó los billetes.

Claudia lo miraba completamente embobada. ¿Cómo podría estar pasando todo esto, de repente, sin previo aviso? ¿Cómo una persona puede cambiar tanto tu vida, ponerlas patas arriba y hacer florecer un sentimiento que nunca antes se había experimentado? Se llama amor. Y está por encima de todas las cosas.

-¿Quieres que vaya contigo a Noruega?

-Sí. Tengo una reunión importante con un empresario. Los billetes son para unos diez días, sería estupendo unas vacaciones a tu lado.

-Tendría que cerrar el videoclub... Pero, ¡claro que lo cerraré! Alberto, ¡nos vamos a Noruega!

No pudo resistirse. ¿Quién lo haría? Poco a poco estaban afianzando su relación. Dos meses muy intensos. Pero es lo bueno de dejarse llevar. Todo es de colores hasta que llega la oscuridad del negro.

Se abrazaron durante toda la noche. Qué bonitas eran aquellas noches.

Junio

Los días pasaban y en un abrir y cerrar de ojos ya estábamos en junio. Junio entraba como un mes lleno de preparativos. Alberto y Claudia preparaban su viaje a Noruega. Al mismo tiempo, Alberto dejaba todo atado para que Víctor pudiera mantener el orden. Claudia pidió vacaciones en el gimnasio y no tuvo ningún problema. Le correspondía un mes. Y solo había cogido hasta entonces esos días. Se planteó bien si podía permitirse un viaje así, sobre todo por el videoclub. Estaba investigando sobre Oslo, capital del país y donde estaba su hotel cuando se dio cuenta que había un congreso cinéfilo sobre: Pautas para que una película sea todo un éxito. Le pareció algo realmente interesante y que podría sacar partido de ello, sobre todo en el tema de no estar desconectada. Podía ofrecer a sus followers información productiva y así seguir activa, aunque el local estuviera cerrado. Decidió apuntarse. Era el día diecisiete, en inglés.

Claudia sabía lo básico pero los tecnicismos de su mundo los conocía a la perfección. La reunión de Alberto era el día anterior, el dieciséis, pero seguramente se alargaría hasta el diecisiete. Todo estaba perfecto.

Alberto se había acostumbrado a dormir todas las noches en la cama de Claudia. Y Claudia estaba encantada. Poco a poco Alberto se fue relajando. Dejando pasar todo lo sucedido, volviendo a brillar. Ahora solo importaba Noruega y Claudia. Solo había algo diferente. Siempre iba acompañado de su Glock 18. Y eso era algo inevitable. Por el resto, ambos como pareja estaban disfrutando de los primeros pasos como antes no lo habían hecho. Junio era un mes maravilloso. Ya hacía calor, abrían las piscinas, el ambiente en la calle era de muy buen rollo. Quedaba menos de una semana para el viaje a Noruega.

Claudia, por supuesto, ya se lo había contado a Dani. Habían quedado esa misma tarde para comprarse ropa abrigada para el viaje y algo de ropa interior sexy. Era miércoles sobre la una de la tarde. Primero iban a comer. Decidieron optar por unos pinchos por debajo de las elegantes vigas del Mercado de San Miguel. Tenía que ser algo rápido porque después ambas tenían mucho trabajo.

-¡Hola Clau!, ¿Cómo va la semana?

-Hola cariño. Pues todo viento en popa. Ya tengo casi todo preparado. Me falta hacer la maleta. Hablé con el del gimnasio y ya he puesto por Instagram que voy a cerrar diez días. Pero tía, el otro día investigando he visto que hay un congreso en Oslo sobre el éxito de una película y me he apuntado. Subiré historias a Instagram y frases productivas para mantenerme un poco activa. ¿Tus preparativos? ¿Cómo van?

-Ay nena, es una idea buenísima. Además, parece muy interesante. Me alegro mucho. Bien, tengo también todo el trabajo finalizado para poder irme tranquila. Queda poco más de un mes. Estoy muy emocionada. Ya me han enseñado fotos de la oficina y tía, es una bestialidad. Ósea mil vueltas nos dan. Y luego la casa… ¿Hola? Un piso enorme super acristalado con piscina propia. Un baño Claudia.... Sería genial que pudieras venir. Siempre has querido cruzar el charco. Bueno, y con Alberto ¿qué tal todo?

-Ay tía. Mira, los pelos de punta. Pues sí que me encantaría ir. Quizás para noviembre que los vuelos están mejor. Pero me imagino tu y yo por las calles de Los Ángeles... tía sería lo más maravilloso del mundo. Con Alberto todo genial. Estoy en una nube. Creo que lo he encontrado Dani.

-¿Entonces ya sois novios? ¿Cuándo me lo vas a presentar?

-No tía, de eso no hemos hablado. Las cosas y los sentimientos se notan. Y aunque no lo hayamos hablado, hacemos cosas de totalmente novios. Me quiere llevar el finde a unas cascadas naturales por la sierra. Es todo un amor. Y presentártelo... Está difícil. Por ahora quiere que llevemos esto en secreto. La verdad es que cuando me lo propuso me asusté. Pero es que todo va genial. Hasta casi prefiero que sea así, todo discreción.

-¿En secreto? Que dices tía. Eso es muy extraño. Clau, algo oculta. Hazme caso.

-Que no tía. No sé porque será, pero bueno no está influyendo en absolutamente nada. Asi que dejé de darle importancia. A ver cómo va surgiendo todo.

-Vale, vale. Pero por favor. Ten mucho cuidado. Que me voy a ir y ¿quién va a estar para cuidarte?

-No seas tonta que me cuido muy bien solita. Anda venga vamos a comprar eso que se hace tarde y sabes que nos va a llevar un buen rato.

Fue una tarde llena de risas. Clau se compró un abrigo polar amarillo camel, un par de jersey térmicos y unas botas. También dos conjuntos íntimos. Uno de encaje negro. Y otro transparente con detalles rosas. Ya lo tenía todo. Cuando cerró la tienda, allí estaba Alberto, esperándola, como casi todas las noches para volver a su nidito de amor.

Enseguida llegó el fin de semana. Claudia cerró el domingo pues Alberto había preparado una excursión a la Cascada del Purgatorio situada en el Valle del Lozoya. En dos días marchaban a Oslo. Ésta era la última escapada antes de las vacaciones. Claudia optó por un triquini bastante pequeñito que dejaba ver sus pechos bien prietos y una tanguita que resaltaba su culo. Alberto un poco más antiguo llevaba un bañador marrón básico. En menos de una hora y media habían llegado. Al ser mitades de junio no había mucha gente. Se estaba perfecto. Aparcaron en el parking que había a unos dos kilómetros de la cascada. Era la primera vez que Claudia veía a Alberto con ropa deportiva. Qué bien le sentaban esos pantalones. Estuvieron como veinte minutos andando y por fin llegaron. Entre montañas verdes y árboles infinitos se podía apreciar la belleza de la naturaleza. La desconexión. La paz. Todo se volvía en armonía porque además estaban juntos. El camino se abría a una esplanada no muy grande de césped natural, a orillas de la cascada. Solo se oían algunos pájaros y el sonido de las ramas de los árboles dándoles la bienvenida gracias al poco viento. Pusieron las toallas y estuvieron un rato tumbados. Hablaban del viaje, sobre todo. Se besaban, se hacían cosquillas, volvían a besarse. Un poco de crema. Un poco de masajes.

-Oye Alberto, tengo una duda.

-Dime guapa.

-¿Por qué no vamos nunca a dormir a tu casa? Me parece extraño.

-Pues no lo sé. No tengo ningún inconveniente. La verdad. ¿Quieres que vayamos esta noche?

-No lo digo por nada en concreto. Pero me había llamado la atención. Me parece bien, me apetece saber dónde y cómo vives.

Claudia empezó a mirarle con una mirada de detective y Alberto comenzó a reírse de lo tonta que parecía. Unos besos tiernos y bastantes sudorosos, aunque el sol ya estaba acabando de trabajar. Serían como las ocho de la tarde. Se habían quedado prácticamente solos. Decidieron tirarse entonces por la cascada. No era nada peligroso, pero sí que era novedoso. Había que escalar como unos cinco metros y una vez arriba tirarse como si fuera el fin del mundo. Como pájaros dispuestos a seguir volando se tiraron entre risas, adrenalina y sobre todo, unión. Una vez en el agua, bastante fría, se abrazaron, se empezaron a besar y poco a poco el agua empezó a calentarse. Se alejaron, detrás de la cascada y ahí metidos en el agua se dejaron llevar para encontrarse en un orgasmo fresco. Ya estaba casi anocheciendo. Eran las nueve y media. Decidieron volver a Madrid. Dirección la casa de Alberto. Sobre las once llegaron, muertos de hambre. El piso de Alberto era más grande que el de Claudia. Con menos muebles y más espacio. Un salón comedor con la cocina abierta. Una habitación principal y dos pequeñas. Una para el gimnasio y otra para el despacho. No solía llevar nunca a nadie. Tampoco debió llevar a Claudia. Bimba los saludó. Claudia era más de perros, pero esa gata era muy cariñosa. Se hicieron algo para cenar. Unas verduras a la plancha y un par de filetes de pollo. Cocinar juntos era algo que les divertía muchos. A Alberto le encantaba meterle mano mientras Claudia intentaba cocinar y a Claudia le encantaba verlo desnudo intentado que el aceite no le saltara. Era conexión. Se dieron una ducha calentita, se volvieron a comer y cayeron abrazaron en un sueño profundo.

Noruega

Ring, ring. La alarma de la casa de Alberto sonaba.
"Son las cinco y media de la mañana del dieciséis de junio".
Alberto abrió los ojos y se encontró con una Claudia que le abrazaba por la espalda.

-Buenos días preciosa.

Alberto se quedaba maravillado con la belleza pura de Claudia. Sin maquillaje, al natural era como más hermosa le parecía. Claudia empezó a dar vueltas, pero enseguida se despertó. Porque si se trata de vacaciones da igual que sean las dos, las ocho o las cinco y media de la mañana, amaneces con un subidón de adrenalina. Tenían todo preparado. Maletas cerradas. También tenían el check in realizado y el vuelo salía a las ocho de la mañana. Por lo que con tal de estar sobre las siete en el aeropuerto era suficiente. Las puertas de embarque abrían a las siete y media. Se dieron una ducha bastante juguetona, desayunaron con unas pocas prisas y echaron de comer a Bimba. Como iban a ser unas vacaciones largas, Víctor se pasaría para ver que todo en la casa de Alberto estaba en orden. Sobre las seis y media pasadas salieron de casa. Decidieron ir en coche y aparcarlo en el parking inmenso de la T4.

El vuelo era de casi cuatro horas, sobre las doce de la mañana llegarían a Oslo. Alberto se sentía más tranquilo dado a los miles de vuelos que por su trabajo hacía mensualmente pero Claudia estaba eufórica. Llevaba la réflex colgando de su cuello y no paraba de hacer todas las fotos posible. Era peculiar, pero a Alberto le gustaba hacerse fotos por lo que la combinación era perfecta. Llevaban dos maletas pequeñas de mano, por lo que tampoco tenían que facturar. Enseguida les llamaron por el megáfono.

"En quince minutos se cerrarán las puertas de embarque del vuelo con destino Oslo".

La T4 estaba como siempre, llena de personas de diferentes países con diferentes culturas y diferentes sueños. Venían o se iban. Pero estaba claro que era el corazón de lo multicultural. Estaban ya esperando en la cola para subir al avión.

-¿Preparada, guapa?

-Sí. Hace mucho que no monto en avión, pero es una sensación que me encanta. Estoy muy emocionada, muchas gracias Alberto.

-Me alegro. No tienes que dármelas pequeña, esto es lo mejor que me ha pasado en mucho tiempo.

Claudia lo besó mientras la cola iba moviéndose. La verdad es que daba una envidia totalmente sana. Se les veía felices, cómodos y enamorados.La cola del embarque suele hacerse muy pesada pero tras un poco más de veinte minutos y muchos muchos besos por el camino pudieron subir al avión. Ya estaban sentados, Claudia al lado de la ventanilla. Salieron las azafatas para realizar el baile de las maniobras antes de despejar. Las luces se atenuaron, el avión comenzó su maniobra de despegue. Claudia agarró de la mano a Alberto. Los azafatos finalizaron su ritual. El avión a toda velocidad empezó su despegue. Tres, dos, uno... En el aire. Claudia miró a Alberto y éste le susurró:

-Claudia, te quiero.

Claudia le mantuvo la mirada y con la emoción y adrenalina no pudo más que gritarle

-¡Yo también te quiero!

Se besaron y tuvieron un viaje tranquilo. Pudieron ver acabar de amanecer desde las alturas y ver perfectamente el centro de Europa. Todo era tan grandioso y a la vez tan pequeño...

Sobre las doce de la mañana estaban aterrizando. Pisaron suelo. Llovía. Eso ya lo sabían. El tiempo iba a ser inestable. No se iba a sentir un frio en exceso, pero si iba a llover casi todos los días. Se respiraba diferente que en España. Era un aire más limpio, más fresco. De esos que respiras y el alma se inunda de tranquilidad. Estaban en el aeropuerto de Moss. Decidieron alquilar un coche para poder moverse todos estos días. El alquiler salía más barato. Las coronas noruegas equivalían a unos noventa céntimos. Claudia decidió pagar el alquiler. Alberto ya había pagado demasiado. Un Fiat 500 amarillo chillón. Era perfecto. En unos cincuenta minutos llegaron al hotel del centro de Oslo. Eran ya la una y media de la tarde. Alberto tenía la reunión a las cinco. Las carreteras de Noruega estaban perfectamente diseñadas, asfaltadas y cuidadas. Daba gusto conducir por ellas. Llegaron al parking del Radisson Blu Hotel, Alna Oslo. Cuatro estrellas. Era un hotel precioso. Fachada vintage, muy cuidada. Por dentro también antiguo. Restaurado, pero manteniendo sus orígenes. Hicieron el check in y subieron a la habitación. Una botella de champagne les esperaba. No era para menos. Habitación 720. Última planta. Una de las habitaciones suite del hotel. Un gran hall en la entrada de la inmensa habitación. Todo abierto y en el fondo una gran cama que parecía muy confortable. Un mini salón con una televisión y dos sillones. A la derecha quedaba el baño. Con una bañera y una ducha acristalada. Toda una auténtica obra de arte. Alberto estaba atónito con la exquisitez del diseño, así que os podéis imaginar cómo estaba Claudia, flipando.

-Alberto, no hacía falta tanto glamour. Ya sabes que yo soy cero material. No se me gana así -le griñó el ojo Claudia.

-Claudia, de verdad, estoy flipando tanto como tú. Cogí una habitación normal. Para nada cogí esta habitación.

-¿Estás diciendo que se han confundido?

-Totalmente.

Y ambos empezaron a reír. Era extrañamente raro que esto pasara. Pero, ante esta pequeña confusión ellos no iban a quejarse, sino a disfrutarlo. Todo estaba yendo de maravilla. Claudia empezó a pensar que igual sí que era cierto. Que cuando encuentras a esa persona, la adecuada, no existen problemas. Estaban algo cansados, por lo que decidieron pedir comida en la habitación. Después, Alberto se dio un baño tranquilo mentalizándose para la reunión. Sobre las cuatro, Alberto se puso su traje de Hugo Boss azul oscuro. Claudia lo miraba atontada. Joder, estaba precioso en traje. Le dio millones de besos y se marchó a la reunión. Estarían en contacto. Claudia se quedó en la habitación, decidió descansar un rato. Y cuando se relajó, empezó a recordar el vuelo cuando se dio cuenta del momento de adrenalina y de los te quiero. Madre mía. Hacía muchísimo tiempo que no decía esas dos palabras. Y, ¿cómo era posible que le hubiera salido, no, peor aún, que las hubiera gritado sin pensarlo? No tenía explicación, pero tampoco la buscaba. Estaba feliz. No había que darle más vueltas. Se pasó la tarde buscando información sobre cómo llegar mañana al congreso. Información sobre los ponentes, los invitados. Sobre las siete y media se quedó dormida.

Mientras tanto, Alberto se encontraba en la reunión. Exponiendo todos los puntos, objetivos, la esencia de Bodegas González, los principios y las garantías de éxito. Había preparado un pequeño vídeo emotivo que siempre llegaba al corazón de los clientes, se ablandaban. Luego entraba con el éxito, con la denominación de origen y los principios. Y finalizaba con la gran expansión. 'Un vino hecho con el corazón del mundo'. Era una publicidad espectacular. El empresario noruego no pudo resistirse a decir que no. Firmaría el contrato durante dos años con Bodegas González. Se había hecho un poco tarde, eran ya las siete de la tarde, por lo que decidieron continuar mañana con la reunión que ya había sido un éxito.

Alberto salió de aquellas oficinas modernas y con aires de lujo y se dirigió hacía el hotel. Claudia no le había hablado por lo que estaría allí esperándolo. Le había constado llegar veinte minutos andando, así que decidió volver andando también. Mientras caminaba por aquellas calles tan anchas y majestuosas pero muy tristes debido a la lluvia, tuvo la sensación de que alguien le estaba siguiendo. Giró inmediatamente la primera calle a la derecha, luego dos calles a la izquierda, sin rumbo, dando vueltas y aquel hombre de metro ochenta seguía detrás suya. Mierda. Estuvo como media hora andando sin rumbo hasta que por fin aquel hombre desconocido le dejó de seguir. Entonces aprovechó para volver al hotel.

Entró en la habitación. Eran las ocho de la tarde, Alberto estaba muy intranquilo.

"No puede ser casualidad. 'El Montes' me ha puesto un espía. Tengo que tener mucho cuidado. ¿Sabrán que estoy con Claudia? No puede ser. ¿Qué es lo que quería?"

El miedo volvía a florecer, pero entonces la vio. Cual

princesa durmiente, se le caía la baba en mitad de la cama, despeinada y con la ropa. Era Claudia durmiendo. Le echó una manta por encima y decidió darse un baño relajante con espuma.

-Hola guapo, ¿hay sitio para este cuerpo? Le preguntaba mientras iba desprendiéndose de toda la ropa. Claudia se había despertado.

-Siempre habrá hueco para ti.

Claudia se mete en la bañera.

-¿Cómo ha ido la reunión? Le besa.

-Bastante bien, mañana firmará el contrato. Le devuelve el beso. ¿Y tú tarde?

-Informándome para el congreso de mañana. Introduce su mano por debajo del agua hasta llegar a la gran montaña. Alberto gimotea.

-¿Y lo tienes todo bajo control? Alberto introduce delicadamente sus dedos dentro de lo más íntimo de Claudia.

-Está todo controlado. Y comienza ese juego sexual que acaba uniéndose en la cama.

Después de darse todo el amor del mundo. Claudia abraza a Alberto pues lo notaba intranquilo y piden algo de cena en la habitación. Había sido un día muy largo. Se planearon para mañana, vieron una película, brindaron con champagne y disfrutaron de su primera noche en aquella suite de lujo imprevista.

Días en Noruega

Día lluvioso en la capital noruega, como casi siempre. Claudia y Alberto amanecieron sobre las nueve de la mañana. Bajaron a desayunar al buffet. Estar de vacaciones y desayuno con buffet equivale a pasar un día maravilloso. Era un buffet exquisito. Con gran variedad en cuanto a tipos de leche, de zumos, de pan y por supuesto, de fruta. También había diferentes tipos de bollería y tartas, todas caseras. Se pegaron un auténtico festín mañanero. Los empleados eran extremadamente respetuosos y amables. Y el ambiente que tenía el hotel era totalmente serio. Había pocas parejas de sus edades. Después del desayuno, Claudia subió a la habitación a prepararse. El congreso empezaba a las once y media. Alberto decidió salir un momento a tomar el aire. Esa fue la excusa. Realmente quería saber si el hombre que ayer andaba rondando estaba por allí. No lo vio por lo que se tranquilizó. Luego subió también a prepararse. Su reunión era a las doce.

Una vez listos, Alberto con su traje Hugo Boss y Claudia un poco más sencilla con unos pantalones grises de cuadros con una blusa blanca y una americana a juego con los pantalones, Alberto le acompañó a la sala de conferencias donde se realizaba el congreso. Se despidieron y quedaron en que Claudia le avisaría cuando terminara.

El congreso estuvo de lo más interesante. Claudia lo entendía a duras penas. Menos mal que había traductores simultáneos a través de auriculares. Salieron tres ponentes, directores de origen noruego. Después tuvieron un pequeño piscolabis para terminar el día con varios ejemplos audiovisuales de películas con éxito. Claudia plasmó todo en una libreta y en su mente y a la par iba subiendo historias a Instagram donde sus followers las recibieron con gran impacto. Sobre las seis de la tarde terminó el congreso. Era ya muy de noche. Alberto la estaba esperando en el hotel, pero a Claudia se le ocurrió una maravillosa idea que siempre había querido llevar a cabo y estaba en el lugar correcto. Se dirigió a una agencia de vuelos y compró dos billetes destino Ålesund. Ciudad que se encontraba a menos de una hora en avión de Oslo. Rodeada de islas. Pero, ¿por qué Ålesund? Sobre las ocho y media volvió al hotel.
-Hola guapísima. Anda dame todos los besos que no me has dado en todo el día. ¿Cómo te ha ido? Cuéntamelo todo.
-Hola precioso. -Claudia estaba eufórica. -Ha sido todo impresionante, Alberto. ¿Nos damos un baño y te lo cuento? Empezó a quitarse la ropa y tentando a un Alberto que ya estaba medio desnudo y erecto.
El agua caliente subía y se deslizaba por sus cuerpos que no paraban de besarse. Unas bombas de espuma y el ambiente ya estaba creado.
-Bueno empieza tu si quieres, ¿cómo finalizó la reunión? -preguntó Claudia.

-Pues la verdad es que todo bien. Hoy hemos firmado. Los noruegos son gente muy entrañable y super responsable. Creo que va a ser muy buena inversión. Llamé a Víctor nada más terminar. Nos da muy buena vibra. El planteamiento es muy similar que el de Mánchester y Víctor me ha comentado que han llegado los primeros informes y todo está dando beneficios. Después de la reunión me invitaron a comer. Comida tradicional que estaba deliciosa. Y sobre las seis llegué al hotel. Baje un rato al gimnasio mientras llegabas, asique ha sido un día super productivo la verdad. Pero ya tenía ganas de verte. Espero que ahora si podamos disfrutar bien de las vacaciones, pequeña. Te toca, ¿cómo te fue a ti?

Alberto le abraza por la espalda y sitúa sus manos por los brazos hasta llegar a los pechos. Las manos ya se estaban arrugando por el agua caliente.

-Me alegro muchísimo Alberto. Era impensable que estos noruegos no supieran apreciar la calidad de tu vino. Además, yo ya sabía que ibas a engatusarlos muy bien. Tienes un don para eso -se ríe dándole besos- Mi día ha ido genial. El congreso ha estado super interesante. Menos mal que había traductor simultáneo porque todos hablaban un inglés perfecto. He aprendido muchas cosas que no se me habrían ocurrido y para nada se me ha hecho pesado. Nos han puesto un picoteo para comer y luego hemos seguido. Ha sido una experiencia única. Como todo esto, cariño. Muchas gracias. -Se vuelven a besar- Hemos salido a las seis, pero después... he ido a hacer unos asuntos que el sábado te enterarás.

-No me vuelvas a dar las gracias Claudia, eres lo mejor que me está pasando en mucho tiempo, pero anda dime, nena, ¿qué asuntos son esos?

-Sabía que tu manía de tenerlo todo controlado te iba a desconcertar mucho, pero es una sorpresa que no vas a saber hasta el sábado. Puedes estar tranquilo. Creo que te va a encantar.

-Joe, Claudia... haces lo que quieres conmigo eh... Pero anda ven aquí que tengo mucha hambre de ti.

Se dejaron deslizar por aquella bañera infinita, donde subían y bajaban al ritmo de las burbujas. Se sumergieron en un amor sin previo aviso que había llamado a dos corazones fugaces, salvajes y con miedo a sentir lo que justamente estaban sintiendo en ese momento. Los días siguientes los aprovecharon para conocer la ciudad.

Una de las cosas que sí o sí tenían que hacer en la capital era dar un paseo por el sugerente Parque de las Esculturas de Vigeland. En total, había 212 esculturas de granito y de bronce de tamaño natural que representan varios estados de ánimo y expresiones. Lo más alucinante fue el enorme monolito de 14 metros: una columna tallada hecha de una sola piedra en la que se podían contar hasta 121 figuras humanas. Decidieron pasar la mañana paseando y dedicar la tarde a visitar el Museo de los barcos Vikingos. Ambos tenían ese interés compartido. Habían visto la serie de Vikingos por lo que era un tema que les llamaba totalmente la atención. Por la noche, bajaron la cena dando una vuelta por el centro histórico de la capital hasta llegar a la ópera real de Noruega. Todo un espectáculo arquitectónico.

Durante todos esos días, Alberto se dio cuenta que Claudia disfrutaba con los pequeños detalles. Se ilusionaba con las historias que los guías les contaban. Y disfrutaban descubriendo nuevas culturas y nuevas comidas. También descubrió que le costaba levantarse de la cama y que hasta que no tomaba el primer café no era realmente persona. Pero también, que era preciosa recién levantada que le costaba una hora prepararse y qué no entender bien el idioma le desquiciaba. Claudia por su parte descubrió que Alberto era un chico sencillo que le gustaba el buen comer y descubrir todos los entresijos de la ciudad. Que tenía mucha paciencia y que muchas noches tenía pesadillas. Que seguía desayunando leche con cola cao y un batido de frutas y que el deporte era una prioridad en su vida. Pues todos los días amanecía una hora antes que ella para ejercitarse. Pero también que era muy amable con todo el mundo, que era una persona muy inteligente y que estaba colado por ella.

El mejor día por Oslo fue sin duda el día que fueron al fiordo. Era el primer día que lograron ver el sol en la capital por lo que subirse a un barco para explorar el fiordo de Oslo era una idea de lo más gratificante. Sentir como navegas por esos mares tan fríos era una sensación que les hacía totalmente libres. Además sentían otra extraña sensación de calor que siempre sentían cuando estaban juntos.

-Siempre me siento caliente a tu lado, Alberto –le dijo Claudia.

-El frío no existe guapa. -Alberto abrió Google y le leyó: Llamamos frío a la ausencia de calor. El frío es en realidad una pérdida de energía térmica. De hecho, en concreto, llamamos frío a la capacidad que tenemos de sentir esta diferencia de temperatura. Conmigo nunca tendrás esa ausencia de calor.

Claudia lo miró y suspiró, pero ¿cómo podía ser todo tan perfecto? Terminaron la tarde dando un paseo por la fortaleza de Akershus que es uno de los principales iconos de Oslo, y posiblemente de Noruega. Esta fortaleza está situada a orillas del fiordo. Y desde lo alto de sus murallas pudieron ver un atardecer de lo más espectacular. Decidieron cenar por el interior de aquella fortaleza llena de gruesas puertas medievales y majestuosos edificios y museos de una fortaleza del siglo XIII que hoy hacía la función de un gran parque. Ya era viernes y Alberto no podía aguantar más con la sorpresa. Menos mal que mañana todo se aclararía. Se dieron amor del salvaje pero siempre bueno y un sueño profundo les acechó. Claudia estaba excitada porque el sábado Alberto tendría que hacer todo lo que ella dijera. Él ya lo había aceptado aquella noche del viernes.

Fran

Estudiar criminología hoy en día era algo sumamente difícil. Cuatro años dedicados íntegramente a estudiar para luego no obtener un buen resultado. Aunque lograras terminar la carrera sin frustración, luego tenías que opositar. Y eso sí que es difícil. La carrera era un mundo de aventuras. Si había vocación eran cuatro años buenos. Fran era criminólogo en la Policía Nacional y ahora agente activo en misión secreta para atrapar a 'El Gusano'. Pero todo esto empezó hace dos años. Con sus treinta y cinco años y una mente privilegiada, Fran decidió aceptar pertenecer a la mayor banda de tráfico de armas de España con el único objetivo de exterminarla. Iba a ser un proceso largo, donde la cabeza le iba a pasar malas jugadas, pero era el tipo perfecto para desempeñar este trabajo. Frío como el hielo, al igual que su corazón. Su vida eran números. Nada sentimental. Se presentó ante José como el mejor detective 'negro' que podría encontrar en España. 'El

Gusano' investigó y no encontró nada fuera de lo normal. Obviamente la Policía se había encargado de todo. Estuvo un par de meses siendo el chófer de José. Sin preguntas, solo con actos, poco a poco fue acercándose a terreno pantanoso. Pero por muy capacitada que una persona esté, todas las personas tenemos un caparazón, que con experiencia y buenos consejos, poco a poco se va rompiendo. Y eso mismo le pasó a Fran con José. En su cabeza tenía muy claro que todo esto había que pararlo, pero con el paso del tiempo se dio cuenta que José no era una mala persona y no se merecía morir en la cárcel que era lo que le deparaba cuando confesara. Por lo que cada vez que le pedían pruebas, Fran decía que no tenía. Fue dejar pasar el tiempo y su corazón ya no sabía para quién trabajaba. Se había convertido en una de las manos derechas de 'El Gusano'. Éste le trataba siempre como un hijo. Idolatrándole le hacía sentir válido y capacitado para aceptar cualquier reto. Era francamente extraño que Fran sintiera aquella mansión y aquella banda como su casa y su familia. Realmente la familia de Fran estaba en República Dominicana. Madre natal del país y padre de Bilbao. Había heredado totalmente el carácter rudo paternal. No tenía hermanos. Pero había encontrado una familia.

Metro ochenta y cinco, piel café con leche y pelo negro corto, pero rizadísimo. Fran era un auténtico bombón de chocolate. Labios carnosos y ojos verdes bastante pequeños. Espaldas anchas en armonía a sus brazos. Abdomen totalmente definido y un culo perfectamente duro. Siempre iba en traje a todos los lados con sombrero a juego. Era un tipo totalmente peculiar. En ocasiones especiales se permitía el lujo de sonreír. José le había aportado el cariño que sus padres nunca fueron capaces de darle. Con dieciséis años lo trajeron solo a España para que trabajando les pudiera mandar dinero. Fran tuvo que madurar muy temprano y logró forjarse un buen futuro que quizás estaba echando a perder. No sabía nada de sus padres desde los dieciocho cuando decidió dejar de mandar dinero. Su futuro pronto estaría resuelto.

Ahora estaba en misión en cubierto para 'El Gusano'. Su objetivo: Seguir a Alberto a todos los lugares allí a donde iba. Por lo que actualmente se encontraba en Oslo. Hospedado en el hotel de al lado. Normalmente siempre trabajaba codo con codo con José, pero en esta ocasión y por como José se lo pidió, era de vital importancia que Alberto no cometiera ninguna locura. Fran sabía que Alberto significaba prácticamente lo mismo que él para José. No se conocían. Solo de oídas, pero nunca habían coincidido. Por eso, también Fran, era la persona idónea para este trabajo.

-Buenas tardes compañero, ¿cómo va todo por Oslo? -le escribió José a través de un móvil indescifrable.

-Buenas tardes jefe. Todo sigue igual. Siguen viendo la ciudad, muy enamorado.

-Buen trabajo Fran. Espero verte pronto.

La mañana del sábado estaba desayunando en el balcón del hotel divisando la puerta del hotel de Alberto cuando de pronto los vio salir a eso de las once de la mañana. Se acabó de vestir lo más rápido que pudo y los siguió hasta el aeropuerto. Esto no entraba dentro de los planes. Vuelo con destino Ålesund. ¿Pero a dónde van? Eso no estaba en la agenda de Alberto. Mierda. El próximo vuelo no salía hasta el día siguiente. Solo había un vuelo nacional al día. Los había pedido. En transporte público eran más de ocho horas.

-Jefe, han cogido un vuelvo a Ålesund. No estaba en la agenda de Alberto. Son ocho horas en trasporte, ¿Qué quiere que haga?

-Relájate Fran. Va con Claudia no creo que se le ocurra hacer ninguna tontería. No estaría en su agenda porque quizás es idea de Claudia. Infórmate cuando van a volver y tómate esos días para relajarte y desconectar un poco.

-De acuerdo, jefe.

En el hotel de Alberto y Claudia pudo descubrir, a través de sus encantos latinos, que el lunes tenían de nuevo reserva. Solo pasarían el fin de semana fuera. Era sábado se tomaría el fin de semana para reflexionar. La Policía le estaba presionando mucho y debía tomar una decisión pronto. El lunes el jefe de la Policía Nacional de Madrid se puso en contacto con Fran.

-Hola Fran. No podemos esperar más, necesitamos ya una dirección. Tienes tres días.

Por supuesto, Fran no había revelado nunca ninguna información que pudiera afectar a la banda. Era un cartucho que tenía por si lo pillaban para chantajearles.

-Hola Antonio. Este va a ser mi último contacto con vosotros. Se equivocaron de persona a la hora de mandarme a esta misión pues ahora me he dado cuenta que pertenezco a esta banda. No os molestéis en rastrear ningún paradero ni ninguna señal móvil porque profesional sigo siendo. Siento mucho haberles fallado, pero ni los buenos son tan buenos ni los malos tan malos. Estoy seguro que nos volveremos a ver. Un saludo. Cuidaros.

Y con ello finalizó la poca relación que quedaba entre Fran y la Policía Nacional. Ahora podría implicarse sin miedo a la banda. Y sabía que debería estar siempre alerta. Por suerte, él contaba con la experiencia de los dos bandos, pero José no podría enterarse de la traición. Quizás no podría personarle.

Ålesund

Amaneció otro día más lloviendo en la capital noruega. Eran las nueve de la mañana. Unos besos cálidos despertaban a unos ojos oscuros despeinados. Unas piernas se entrelazaban al mismo tiempo que unas manos acariciaban una espalda que descendía por unas caderas con curvas perfectas. Claudia y Alberto despertaban siempre derrochando una buena dosis de amor hasta que llegaba el momento del desayuno. El ansia de Alberto volvía loca a Claudia. Alberto tenía la capacidad de en cinco minutos estar totalmente activo, en cambio Claudia necesitaba dar vueltas por la cama como mínino veinte minutos. Así que todos los días era una odisea para bajar al buffet a desayunar. Alberto cogía a Claudia como si fuera una princesa, pero totalmente recién levantada. Claudia se vengaba despertándole algún día con agua bien fría. Era un pique muy divertido y totalmente sano que hacía que el día empezara con risas, pero ese sábado fue distinto. Claudia estaba nerviosa porque su plan saliera como se esperaba. A las nueve y cuarto de la mañana ya estaba en pie bajo la antenta y asombrada mirada de Alberto. Desayunaron, se dieron una ducha bastante calentita y terminaron de prepararse. Sobre las once de la mañana salieron del hotel.

-Clau, ¿pero qué día volveremos? Me tienes que decir algo. Sobre todo, para que nos reserven la habitación. ¿O de allí nos vamos directos a Madrid?

Claudia le mira con cara de poca paciencia.

Bueno vale... Volvemos el lunes. Y ya no te digo nada más. Venga date prisa que ya vamos muy justos.

Claudia estaba un poco acelerada. Normalmente sus planes no salían como ella había imaginado, por eso tanta intranquilidad.

En menos de dos horas habían llegado al aeropuerto. El vuelo salía a la una y media. Alberto estaba muy intrigado, la verdad. Estaban ahí esperando nuevamente otra cola para embarcar destino a Ålesund. ¿Pero qué había en aquella ciudad?

-Ålesund. Claudia, ¿Por qué vamos a esta ciudad?

-No preguntes Alberto. Déjate llevar. Te aseguro que no lo olvidarás. Llegamos en menos de una hora. Es rápido el vuelo.

Las puertas de embarque cerraron, los pasajeros que la verdad es que eran muy pocos subieron a un avión nacional bastante pequeño. Cinturones abrochados. Preparados para el despegue. 3, 2, 1... VOLANDO.

Rodeada del mar de Noruega se encontraba esta atípica ciudad llena de bloque de pisos de colores que le daba un toque cálido a aquella ciudad helada. Al fondo, montañas con acantilados asombrosos. Era un lugar totalmente natural que dejaba brillar la belleza de sus lugares. Toda la región eran pequeñas islas que conectaban con grandes puentes. El aeropuerto estaba dos islas más arriba geográficamente. El destino era Ålesund pero Claudia había preparado algo antes de llegar. Cogieron un taxi hasta Roald que era la ciudad más al norte de la isla. Una ciudad más fría con poca vida. Una vez allí, se dirigieron a una tienda de rutas. Alberto no podría imaginar qué es lo que le esperaba pero había hecho demasiadas preguntas y Claudia ya se había enfadado un poco por lo que no abrió su boca.

-Quédate aquí fuera, cariño. Vuelvo en cinco minutos. -le dijo Claudia.

Pasaron unos veinte minutos. Alberto estaba desquiciado. Claudia salió con dos mochilas enormes que le sobresalían por encima de su cabeza, un mapa y un par de botas.

-Alberto, comienza nuestra aventura. ¿Estás preparado?

Alberto la miraba perplejo. Solo pensaba "¿pero a dónde vamos a ir ahora? Madre mía, está loca, pero mírala que emocionada, está eufórica".

-Vayamos al fin del mundo, yo te sigo- le contestó.

Claudia se emocionó aún más y le plantó un beso que calentó la bragueta del señorito. Luego, comieron algo en un bar típico. Comenzaron la caminata, alejándose del pueblo en dirección noroeste a través de los frondosos bosques repletos de acantilados. Alberto preguntaba constantemente si Claudia sabía por dónde iban. La idea de perderse y no tener el control era algo que le aterraba. Llevaban dos horas andando y no habían llegado.

-Ya estamos casi -dijo Claudia

-¿Estás segura? Porque yo creo que te has perdido.

-¿Qué quieres decir Alberto?

-Nada. Pero quizás esta aventura no está del todo bien planeada.

-¿Perdona? Estoy intentando tener un detalle que me hace ilusión y creo que a ti también. No sé. Podrías ser un poquito más paciente y positivo. Porque ahora mismo no me estás ayudando nada.

-No hace falta que me hables así, Claudia.

-¿Ah no? Y entonces, ¿cómo quieres que te hable eh? Si llevas toda la ruta quejándote. Que no me dejas disfrutar del paisaje.

-No te preocupes. No hay más quejas.

Y se hizo el silencio. Primera bronca sin sentido de los millones que les quedaban. Porque eso consistía el amor. En dar y recibir. En las buenas y en las malas. En conocerse y respetarse. El silencio los llevó a poder contemplar donde estaban. Olía a humedad por lo que el mar estaría cerca, pero solo se podía divisar la hermosura de la naturaleza. Un sendero bien estrecho los acompañaba junto a varios árboles altos muy exóticos y con pocas ramas. No se oía el cantar de los pájaros. Solo la sinfonía que el viento y las ramas componían con un mar de fondo. Era tremendamente relajador. Sin cobertura. Solo se tenían a ellos. Anduvieron otra media hora hablando únicamente con sus pensamientos cuando de pronto ambos supieron que habían llegado.

El final de sendero acababa en un acantilado de más de veinte metros de altura con una playa pequeña y virgen. Unas escaleras un poco destruidas conectaban aire con tierra. El mar era totalmente oscuro y el sol estaba escondido en alguna nube. Era una imagen completamente hermosa. Un paisaje idílico. Algo que no habían visto nunca. Divisaron el horizonte y entonces se miraron.

-Hemos llegado -dijo Claudia. Vamos a acampar en la playa. Pasaremos la noche aquí y espero que puedas entender porque quería venir.

-Claudia, espera. Lo siento. Siento haberte hablado así. Creo que estaba un poco nervioso. Este sitio es maravilloso. Hacía muchísimos años que no acampaba.

Alberto se acerca. Claudia no huye. Se besan. Se vuelven a besar. Se miran. Se quieren. Descienden esas escaleras un poco peligrosas sin problema. Menos mal que Claudia había cogido esas botas en la tienda. Estaban solos en la playa. Bueno más bien era una calita de arena. Se ponen en marcha con la tienda de campaña. Bueno les llevó cinco minutos porque era de esas que sueltas y se abre sola. Unas esterillas, un par de sacos de dormir, bien de mantas y enseguida tenían su nidito de amor montado. La noche les había pillado por completo. Eran las nueve, pero todo estaba completamente oscuro. La luna comenzaba a salir. Estaban muertos de hambre, por suerte Claudia había cogido un par de bocadillos y algo para picotear. Y una botella de vino blanco. Vino de la zona, porque no consiguieron ningún Rioja y mucho menos un vino González. Comieron plácidamente y se tumbaron dentro de la tienda. La verdad es que la ausencia de calor se notaba por todas las partes y el hecho de estar muy cerca del Polo Norte aun daba una sensación más heladora. Menos mal que iban bien equipados. Las estrellas salieron a pasear. Era una noche muy rara. Se notaba en el ambiente. Y entonces a Alberto se le ocurrió una idea.

-Se que es una locura Claudia, pero dicen que las aguas del mar de noruega son muy ricas para la circulación de la sangre en la piel y beneficiosas para la salud. Vamos a darnos un baño. Igual no tenemos otra oportunidad.

-Alberto, pero sí estará helada el agua.

-Ya lo sé guapa esa es la idea. Yo lo voy a hacer.

Eran las doce de la noche y empezó a quitarse la ropa como un loco cuando ha encontrado una nueva locura, eufórico. Corriendo a través de la arena, dejó atrás los calzoncillos y la camiseta y poco a poco entre gritos entró en el agua. Claudia lo miraba atónita desde la tienda de campaña. Estuvo dos minutos y entonces cuando lo vio ahí, desnudo y feliz, despreocupado, empezó a quitarse ella también la ropa y empezó a correr por la arena y a gritar como una loca. Alberto la miró y la cogió en sus brazos. Se besaron. Dos personas en un lugar desconocido, estaban solas dándose todo el amor que podían. Enseguida salieron de aquel baño helado. El cielo estaba dando pequeños destellos. Estaban secándose en la tienda cuando de pronto pasó. El cielo se deslumbró con una armonía de líneas curvadas verdes que parecían bailar al compás de un cielo oscuro que les dejaba paso. Era una aurora boreal. Duró tan solo dos minutos, pero fueron dos minutos maravillosos. No era época de auroras, así que eso había sido completamente un regalo.

-Claudia ha sido fascinante. No tengo palabras para describir lo que acabamos de ver.

-Te dije que iba a merecer la pena. Ha sido alucinante.

-Muchas gracias, te quiero.

-Yo también te quiero, Alberto.

Entraron en la tienda, pero algo en ellos había cambiado. En general, el viaje les había cambiado totalmente la manera de verse. Se habían unido, se habían sentido, se habían conocido muchísimo más. Aprovecharon estar medio desnudos para darse un poco de calor. Alberto acarició la cara de Claudia, y poco a poco fue descendiendo sus dedos por su espalda. Hacía frio, pero les dio igual. Claudia besaba con fuerza a Alberto y se enredaba por su pelo. Se comieron mutuamente en un sinfín de gemidos. Luego Claudia se subió en ese abdomen que la esperaba con ganas y cabalgó hasta entran en un calor mutuo. Un par de embestidas más y ambos llegaron al clímax más romántico que se había visto nunca bajo un cielo estrellado.

Vuelta a la normalidad

El avión aterrizó en Madrid el 24 de junio sobre las cinco de la tarde. Ya era verano. Un verano madrileño puede ser destructivo. El sudor es un complemento más. Y las piscinas municipales se convierten en una guerra por localizar un sitio donde poner la toalla. Pero Alberto y Claudia anhelaban ese calor. Pies en tierra firme y el sol directamente en sus caras. Era un síntoma de que todo iba a ir bien. Claudia había quedado con Dani para cenar y ponerse al día. Según lo que había contado Claudia a Alberto, Dani pensaba que ella se había cogido unas vacaciones para desconectar e intervenir en el congreso. Parece que Alberto no se enteraba de la estrecha relación que tenían ambas amigas porque se lo creyó sin dudarlo. Alberto aprovecharía para ponerse al día en cuanto al trabajo. La vuelta a la normalidad siempre es dura. Tienes que volver a poner la mente en el suelo y continuar tu vida, tus ocupaciones y tus responsabilidades. Eso sí, ambos lo harían con más facilidad. Alberto dejó a Claudia en casa y se fue a la suya. Quedaron para verse en un par de días. Ambos necesitaban volver a conectar.

A Claudia le daba una pereza increíble tener que deshacer la maleta, por lo que siempre echaba toda la ropa a lavar. Así se deshacía antes. Puso tres lavadoras, picoteo algo y se dio una ducha relajante. Mañana ya volvía a las clases del gimnasio y al videoclub. La verdad es que tenía ganas. Eso lo bueno de trabajar en tu pasión, que no te supone esfuerzos dedicar tiempo en ello.

-Hola nena, te hablo desde el sofá de mi casa. Sé que he estado desconectada todos estos días. Perdóname. ¿Te paso a recoger al curro? -Claudia escribió a Dani.

-¡Hola Claudia! ¿Cómo ha ido el viaje de vuelta? Te he echado mucho de menos. Pero bueno he estado bastante liada. Saldré sobre las ocho. ¿Te dará tiempo?

-Si nena. Solo tengo que vestirme. Te veo en un rato.

-Vale. ¡Hasta ahora!

Eran las siete de la tarde. Normalmente cuando llegas de viaje sueles estar muy cansada, pero a Claudia le pasaba lo opuesto. No podía quedarse en casa porque eso le daba un bajón increíble. Además, hacía diez días que no veía a Dani. Optó por un look de verano. Una falda-pantalón rojo carmín y de tiro alto a juego con un top de tirante fino blanco. Salió de casa acelerada, como casi siempre. Dani trabajaba cerca de las cuatro torres de Madrid. Tenía casi media hora de viaje en metro. Menos mal que era línea directa. Llegó sobre las ocho y diez.

Dani le estaba esperando en la puerta del edificio de sus oficinas. Se había cortado el pelo un poco más abajo del hombro. Le quedaba genial. Iba super elegante con un mono de tirantes verde oscuro y con un escolte discreto. Sandalias negras de tacón a juego con el medio ahumado de la sombra de sus ojos que brillaban más de la cuenta. Se le veía muy bien. Se dieron un abrazo inmenso y se pusieron a llorar. De felicidad.

-Claudia, déjame que te miré. Estás espectacular. Qué bien te han sentado las vacaciones nena. Qué ganas tenia de verte. Me tienes que contar absolutamente todo. ¿Dónde te apetece ir?

-Jo Dani. Tú también estás espectacular. Pues si te tengo que contar lo maravillosas que han sido mis vacaciones. Y tú me tienes que contar porque te brilla tanto la mirada. ¿Quieres que cenemos por Chueca?

-Me parece estupendo. Vamos para allí. No creo que tengamos problema por no reservar hoy.

Se dirigieron hacia el centro y mientras Claudia le empezó a contar todo el viaje desde el principio sin obviar los detalles, como a Dani le gustaba, que le contaran las cosas importantes.

-¿Te dijo que te quería? Madre mía Claudia. Le has enamorado. ¿Pero no te parece extraño que esté enamorado de tí y quiera seguir ocultándote?

-No lo sé tía, la verdad es que lo he pensado. Pero yo tampoco le he pedido más, ni que me presente a nadie ni nada. Así por ahora estamos bien. Está siendo todo muy rápido respecto al tiempo que llevamos. Por ahora no me preocupa, y bueno yo también le dije que le quería.

Llegaron a Frida, un restaurante que se encontraba cerca de la plaza de Chueca y que tenía muy buenas referencias. Era muy chic y bohemio. Lleno de colores y con mesas de lo más extravagantes. Tuvieron que esperar un poco. La cena fue totalmente agradable. Claudia le contó absolutamente todo. El congreso. Oslo. La aurora boreal. Pero también le contó, los pequeños defectos que encontró en Alberto. Le gusta llevar el control en exceso, impulsivo y cabezón. También le explicó las buenas que superaban a las malas. Pasaron una noche maravillosa que acabó con unos cuantos gin-tonics de fresa y la confesión de que Dani había tenido unos días muy salvajes de sexo apasionado con un cliente pero que iba a pasar de eso porque estaba bastante centrada en Los Ángeles. Les dieron las cuatro de la mañana entre risas y gin-tonics.

Alberto por el contrario sí era de los que necesitaba descansar para recuperar todas las fuerzas. Lo primero que hizo al llegar a casa fue llamar a Víctor. LLAMANDO.

-Buenas tardes Víctor. Ya estoy en casita. Veo que has cuidado muy bien de Bimba, muchas gracias. ¿Qué tal ha ido todo por aquí?

-Hola Alberto. La verdad es que es un encanto de gata, no ha dado ningún problema. En cuanto a las bodegas, todo está en orden. Por ahora deberíamos centrarnos en el contrato que acabamos de firmar. Paris, Berlín y Mánchester están dando beneficios asombrosos. Pero sí que es cierto que quizás deberíamos implicarnos más en los clientes nacionales porque he tenido un par de problemillas con el empresario de restaurantes de Valencia.

-¿Qué ha pasado exactamente?

-Llamó diciendo que las últimas botellas no estaban llenas hasta arriba. Me pareció una desfachatez porque es imposible. Pero se empeñó con hablar contigo, quizás deberíamos ir. Esta semana es muy precipitada pero quizás la última de junio o primera de julio.

-Vale, me parece bien. ¿Lo demás está todo controlado?

-Sí, en principio sí, pero también te recomiendo que subas a tu tierra a ver las bodegas. Siempre trasmites cercanía y motivas a tus trabajadores.

-Es cierto, eso ya entraba en mis planes. Genial, pues nos vemos mañana en la oficina a primera hora. Hasta mañana. CUELGA.

Seguidamente Alberto mandó un mensaje a 'El Gusano'. "Ya estoy de vuelta, disponible. ¿La entrega en Oporto sigue en pie a finales de agosto? ¿El material ya está en el nido?

Todo estaba siguiendo su curso. Solo había algo que atormentaba a Alberto. Se sentía observado constantemente. Y estaba completamente seguro que el tipo que le estuvo siguiendo en Oslo era un plebeyo de 'El Montes'. Inseguridad y miedo. Necesitaba su Glock. Pero antes hizo una llamada al mejor hacker del mundillo del tráfico de armas, irrastreable y fiel a 'El Gusano' y que además le debía un favor.

-Hola. Soy Alberto González. Necesito que me rastrees quién está hackeando mi teléfono. Me lo debes y es importante, pero no debe enterarse nadie. Gracias.

-No hay problema Alberto, espero que todo vaya bien. CUELGAN.

Inmediatamente salió de casa dirección Cercedilla. Solo tenía en la cabeza recuperar su Glock. Era la única manera de sentirse seguro. Mientras conducía solo podía imaginarse escenas de su juventud. La inteligencia de Alberto le había traído siempre por la calle de la amargura. Sufrió bullying durante los cuatro años de instituto. Ir a un instituto privado rodeado de adolescentes de tu misma edad no era una tarea sencilla. A Alberto no le gustaban los deportes, tampoco se fijaba en las chicas y siempre era el campeón en los concursos de matemáticas. Era muy tímido y poco hablador. Por lo que era normal que hoy en día tampoco tuviera muchos amigos. El acoso empezó siendo verbal hasta que después de las clases algunos le esperaban para 'dar un repaso a las matemáticas'. Fue un trauma que nunca superó porque sus padres lo veían como cosas de adolescentes que solo harían de su hijo una persona fuerte. La educación es una base muy importante que va a definir qué clase de persona quieres ser en un futuro. Y la falta de apoyo en su familia en esa época había formado en la actualidad un Alberto muy duro físicamente pero muy frágil internamente. Y que los secuaces de 'El Montes' le hubieran dado una paliza solo le recordaba a ese trauma del pasado que por supuesto no había superado. Simplemente había aprendido a canalizar toda esa frustración en ira y sobre todo, venganza. Dos principios que, por supuesto, eran erróneos y poco legibles pero eran los que le mantenían con cordura. Llegó a Cercedilla, fue directo a la caja fuerte, introdujo la contraseña y sacó su Glock y con ello la paz inundó su interior. Qué triste era que su único consuelo fuera una pistola y que en ese instante se olvidara por completo que tenía a una persona que lo quería por cómo era y no le importaría su pasado cruel. Volvió a casa y decidió intentar descansar. No podía ser que hubiera estado diez días en plena desconexión disfrutando de la vida y el amor y que llevará medio día en Madrid y la cabeza ya le estuviese pasando estas malas jugadas. Estaba claro que Alberto no estaba muy bien. Estaba medio dormido cuando el teléfono sonó. Era un mensaje con código secreto. Lo abrió y le redirigió a una página imposible de hackear. FRANCISCO LÓPEZ. Criminólogo en la Policía Nacional. Desino Madrid.

Alberto ya tenía a su espía. Ahora necesitaba saber más y para ello necesitaba un plan.

¿Dónde esta Fran?

Una pesadilla profunda desgarraba el interior de un Alberto intranquilo. Del susto, dio un salto en la cama. Despertó a Bimba que estaba a su lado. No pudo volver a dormir. Eran las seis de la mañana. Si había algo peor que 'El Montes' estuviera detrás de él, era que la Policía estuviera siguiéndolo. Necesitaba respuestas. Decidió levantarse, hacer un poco de deporte para despejar su mente, desayunar tranquilamente y prepararse para salir a la oficina. Por supuesto, todas las mañanas le daba los buenos días a Claudia y hablaba un rato con ella. Quedarían el domingo. Llegó a la oficina un poco antes de las nueve y media. Estuvo dando un rodeo y ¡ajá! Allí estaba de nuevo Fran siguiéndolo como un perrito faldero. Era algo que atormentaba y frustraba por completo a Alberto. Si les había seguido hasta Oslo, ya sabía de Claudia y la ponía en peligro. Tenía algo que hacer. Y sabía perfectamente lo que iba a hacer. Llegó a la oficina sobre las diez y coincidió con Víctor en el ascensor. Subieron hasta el piso ocho. Estuvieron toda la mañana trabajando duro. Se dieron un pequeño descanso a las dos para comer. Fueron al restaurante debajo de las oficinas, siempre solían ir allí. El dueño les trataba como si estuvieran en casa. En la comida Víctor aprovechó para preguntar porque decidió irse tantos días solo a Oslo.

-No seas cotilla Víctor. Si lo hice fue porque necesitaba despejarme un poco. Ya lo sabes. Ahora ya estoy aquí y tenemos que dejar todo listo para verano que se paraliza un poco todo.

-Si, si perdona Alberto. Tienes razón. Por cierto, ¿podríamos también hablar de mis vacaciones?

-Joder, estas pesadito eh. ¿Cuándo quieres irte?

-Había pensado las primeras semanas de agosto y luego cogerme Navidades.

-Creo que no habrá problema. No te preocupes.

Después de comer estuvieron un rato más trabajando. Luego Alberto se fue sobre las seis de la tarde. Salió a la calle, miró a todos los lados y allí estaba Fran, tomándose un café en el bar de enfrente como si nada. Fran todavía no sabía lo que le esperaba. Le iba a salir caro seguirle. Alberto llegó a casa, arregló algunos papeles, cogió las llaves del coche y volvió a salir. Salió del parking y tomó la autovía dirección Cercedilla. Un Ibiza negro le seguía, tal y como había planeado. Era Fran. Llegó a Cercedilla, tomó la desviación hacía la sierra. Fran seguía detrás, pero en la tercera desviación, una antes que la del camino privado de Alberto, Fran se desvió. Alberto aparcó como si nada, entró y como siempre, encendió la chimenea. Estuvo esperándolo en la ventana. Unos veinte minutos después, tal y como Alberto se había imaginado vio llegar a Fran por un sendero que conectaba la tercera con la cuarta desviación. Eran casi las ocho de la tarde. Alberto esperó un rato más hasta que empezó a anochecer. Salió entonces de la casa con su Glock detrás del pantalón, directo al cobertizo, imaginando que Fran le seguiría. Cuando estaba a punto de llegar se escondió entre unos árboles. A los quince minutos apareció Fran. Alberto sacó su Glock. Lo tenía a tiro. Se lo pensó durante unos segundos y entonces apretó el gatillo fuerte sobre el muslo derecho de Fran. Un tiro limpio. La bala entró y salió en menos de tres segundos. En menos de siete, Fran estaba desplomado.

Alberto era muy bueno con la pistola. Desde que decidió tenerla, había estado dando clases de tiro y la verdad es que se le daba muy bien. Sabía que era imprescindible saber dominar el arma y no dejar que el arma le dominara. Sabía dar tiros limpios y tiros directos al corazón. Fran estaba inconsciente en el suelo y estaba perdiendo mucha sangre. Alberto lo cogió, lo llevó como pudo hasta la casa, lo ató fuertemente a una silla, limpió la herida y la taponó. Ahora solo había que esperar a que despertara.

Era increíble como Alberto podría tener la sangre tan fría. Cómo tenía la habilidad de estar tan calmado después de lo que había pasado. Las ideas estaban claras, lo que no estaba tan claro eran las respuestas y lo que pasaría después. Alberto no había matado a nadie nunca y tampoco quería hacerlo, pero cuando las cosas se complican hay que buscar soluciones rápidas. A las dos horas, sobre las once de la noche, Fran abrió esos ojos verdes. Lo primero que intentó fue moverse, pero estaba bien atado. Luego intentó hablar, pero también tenía la boca tapada. Y luego se dio cuenta que tenía una herida de bala que estaba perfectamente limpia y en proceso de curarse. Fran no entendía cómo había llegado a esa situación. Él nunca había fallado en un trabajo y mucho menos le habían atrapado. Millones de cosas disparatadas se le pasaban por la cabeza:

"El Gusano me ha descubierto y ha encargado a su pupilo para terminar conmigo". "Alberto trabaja para la Policía y me han atrapado".

Empezó a gimotear. Enseguida apareció Alberto en escena.

-Hola Fran, quizás estés muy confuso, pero te voy a aclarar todo, en cuanto tú me aclares un par de cosillas. ¿Me has entendido? Para eso voy a necesitar que hables. Te voy a quitar el pañuelo y no quiero que hagas ninguna tontería. Tengo aquí mi Glock –le enseña el arma- es la misma que te ha introducido una bala en tu muslo derecho y siempre se queda con ganas de probar un corazón. Así que creo que es mejor que nos portemos bien para no hacerla enfadar. ¿Me has entendido?

Fran responde que sí, subiendo y bajando la cabeza. Frustrado no le quedaba otra opción. Alberto le destapó la boca. Fran estaba todavía muy débil. Alberto le acercó agua.

-Muy bien Fran. ¿Me puedes explicar que hace un criminólogo de la Policía Nacional siguiéndome como un perro? Te daré un consejo. Di la verdad. Porque no hay nada que más odie que sea mentirme en mi cara y con eso me enfadarías mucho.

La escena contenía muchísima tensión. Alberto parecía un auténtico interrogador. Se puso en cuclillas delante de él con su Glock constantemente apuntándolo. Con una mirada fría de esos ojos negros que poco a poco se estaban volviendo más feroces. Fran no paraba de llorar y era normal, el tío que tenía delante parecía un puñetero asesino en serie.

-Mi nombre es Fran, como bien sabes, era criminólogo de la Policía Nacional y estaba trabajando en una misión secreta como agente activo involucrado en la banda de nuestro jefe 'El Gusano'.

A Alberto se le cambió la cara por completo. Era un traidor. Un puto policía. La Glock de Alberto apuntaba inmediatamente la frente de Fran.

-No apretes el gatillo todavía. Llevo más de dos años

dentro de la banda. Sé que estás pensando que soy una mierda de traidor. Pero poco a poco he entendido que mi trabajo no era la dedicación para la Policía Nacional, sino que mi lealtad se la debía a José. Por eso la semana pasada contacté con la Policía para decirles que no contaran más conmigo que mi corazón se había unido a la banda. Si no me crees puedes llamar a 'El Gusano'. Él no sabe que era un agente en cubierto. Tampoco tenía interés en contárselo. Pero entiendo que debes decírselo. Él también te responderá porque llevo casi dos meses siguiéndote. Solo te ruego que me creas y por favor no apretes el gatillo. Antes de que digas nada, debes saber que estamos todos totalmente seguros. En los dos años jamás les dije una ubicación o un destino de intercambio correcto. Yo obviaba darles información, o les daba información falsa. Por esa parte, te juro que la banda está a salvo. No pido clemencia, pero creo que es José el que debería decidir si merezco vivir o morir.

Alberto se alejó un momento, acababa de recibir una información muy desconcertante. No sabía que creer. Pero la mirada de Fran era totalmente honesta. Decidió escribir a 'El Gusano'.

"Hola José, siento molestarte. ¿Qué me puedes contar sobre Fran López? Es importante". ENVIADO.

-Me he puesto en contacto con José. Te voy a dar una oportunidad. En cuanto conteste sabremos la verdad. Hasta entonces te quedarás así atado y sin rechistar. Te curaré la herida todos los días y te daré algo para comer. Espero que esta situación se solucione pronto.

Normalmente José le costaba bastante responder a los mensajes, más que nada porque tenía muchas reuniones, muchos acuerdos y varios intercambios. Acababa el día destrozado, ya no era un joven y esto le estaba pasando factura. Pero en menos de una hora su mundo se le vino abajo. Alberto, su pupilo, había descubierto a Fran, su ojito derecho, y no sabía que habría podido pasar por la mente de aquel desquiciado

Alberto.

"¿Dónde está Fran, Alberto? No le hagas daño. Es de los nuestros. Mierda. Es importante que nos veamos".

-Parece que dices la verdad. -le dijo Alberto a Fran. Pero todavía tengo muchas preguntas. La semana que viene nos vamos a la mansión. Espero que me des un viaje tranquilo. Mi vida sigue. Me pasaré todos los días para curarte y darte de comer. Espero que no hagas ninguna locura. Si tú te portas bien, yo me porto bien.

Le dio un poco de comida y esa noche la pasó en la casa de Cercedilla. Tenía que organizar viaje a Valencia y aprovecharía para tener la reunión con el cliente pedante de los restaurantes. Iban a ser unos días bastante tensos para todo el mundo y no sabía cómo se solucionaría todo.

"Nos vemos la semana que viene. No te preocupes por Fran, te lo llevo sano". ENVIADO.

Y la noche cayó en la oscuridad de la sierra madrileña.

El secreto de José

Domingo. Alberto se había complicado demasiado su vida sin complicaciones. No tenía la certeza si había sido el destino o era una serie de casualidades que se habían topado con él. ¿Existirá el destino, o seremos nosotros los que forjemos un destino a través de las casualidades que nos van apareciendo? Amaneció en Cercedilla con una niebla bastante intensa. La herida de Fran poco a poco iba sanándose. El martes viajarían a Valencia. Por otro lado, Claudia amanecía con el bajón postvacacional totalmente superado y con mil ganas de ver a Alberto. Lo vería por la noche.

El resto del día fue bastante normal. Alberto lo pasó en Cercedilla pendiente de su rehén que poco a poco le surgía la curiosidad y empezaban a entablar alguna conversación calmada sobre los inicios de ambos en la banda. Pero Alberto no podía obviar que era un traidor por lo que mantenía siempre las distancias acompañado con su Glock. Para Claudia el día fue bastante completo. Los domingos solía quedar con Dani para comer, pero ésta iba a pasar toda la semana de vacaciones. Había decidido cogerse una semana antes de irse a Los Ángeles para ir con las pilas cargadas. Había subido al norte de la península, donde sus tíos tenían una casita en un pueblo con playa de Cantabria, Noja. Por lo que Claudia estaba en el videoclub tranquilamente, atendiendo a los clientes que cada vez eran más y más frecuentes.

-Hola Claudia, ¿cómo te ha ido el viaje?

-Hola Adrián. Pues la verdad es que ha sido una experiencia enriquecedora. Vengo con muchas ideas.

-Qué bien. Me alegro mucho. Por aquí te echábamos de menos. Si quieres, la semana que viene podemos quedar y me cuentas esa experiencia.

-Bueno no sé cómo tengo la semana que viene, pero me lo apunto. ¿Qué te apetece ver hoy?

-Venía buscando algo de suspense. ¿Cuál me recomiendas?

Adrián era un joven de treinta y dos años que había estudiado la carrera para ser guionista de cine y televisión. Era un friki de todo lo cinéfilo y además estaba totalmente colado por Claudia. Era un chico bastante guapo. Metro setenta y siete, ojos marrones y pelo negro. Tenía un estilo bastante llamativo y provocador y eso hacía que llamara la atención. Muy creativo y bastante atrevido. Un tío con muy buen rollo, de los que siempre ven el vaso medio lleno, pero solo un amigo para Claudia. La tarde acabó siendo un éxito con más de cuarenta alquileres de películas y reservas con meses de espera. Era una auténtica locura. Lo que Claudia nunca creyó que conseguiría lo tenía delante de sus narices. Cerró el local y ahí estaba Alberto.

-Hola preciosa. ¿Cómo te ha ido?

Claudia se acercó y lo besó apasionadamente.

146

-Te he echado de menos. Todo ha ido genial hoy. Un día super productivo. ¿Tú que has hecho?

-He estado en casa preparando unas cosas para la semana que viene, pero no he podido concentrarme pensando en que hoy te veía.

Alberto le devolvió el beso.

-Joe Alberto, no puedes ni parar un día para descansar. A veces la vida te pide que frenes para que a mitad de carrera puedas adelantar más fácilmente.

Qué razón tenía Claudia. Siempre solía tenerla. En menos de media hora ya estaban en Batán. Se hicieron algo rápido para cenar.

-Está todo riquísimo. Somos un gran equipo en la cocina. - Le sonrió Claudia a Alberto.

-Sí, somos un gran equipo en muchas cosas. Por cierto, tengo que comentarte que la semana que viene voy a estar fuera. Tengo que viajar a Valencia por un cliente pesado.

-¿Toda la semana?

-Si... Es importante Claudia.

Claudia sentía como la relación avanzaba a pasos agigantados y con ello también sus sentimientos. Pero el trabajo de Alberto siempre estaba ahí frenándolos. Al principio le venía genial para no agobiarse, pero ya desde Noruega ya no se agobiaba ya estaba lanzada y dejándose llevar. A veces alejarte, te acerca también.

-No te preocupes, Alberto, lo entiendo.

-Gracias nena, por su comprensión y sobre todo por la confianza. No te vas a arrepentir. Ven aquí que te lo voy a agradecer como es debido.

Claudia empezó a reírse y Alberto la cogió y la llevó hasta la habitación. La conexión era real, la confianza también. Pero Alberto no era consciente que no sirve de nada hacer grandes acciones de confianza si luego ocultas una gran mentira. Todo lo que construyes se desploma en pedazos muy difíciles de recomponer. De todos modos, ahí estaban, disfrutando el momento. Ambos desnudos. Comiéndose mutuamente. Deslizando sus cuerpos en la adversidad de los problemas. Fluyendo. Siendo uno. Gimiendo. Subiendo y bajando. Llegando a un clímax totalmente puro, salvaje y placentero.

Sobre las dos de la mañana, Claudia se quedó dormida en un plácido sueño. Alberto la miraba. No entendía como una persona podría hacerle sentir tan lleno de vida. Como con solo su presencia podía salvarle de lo más oscuro de su ser. Y mientras la miraba sentía que no se merecía la mentira. Tenía que acabar con el tráfico de armas. Por el bien de Claudia. Tenía que salir de ese mundo si quería formar un mundo a su lado.

Ya era martes. Víctor se quedaría en las oficinas de Madrid, abordando todos los asuntos de la zona. Alberto ya estaba preparado y metiendo en el coche a un Fran que a duras penas daba algún paso y que estaba atado de manos y piernas. Esperaban que la Policía no les parara, por el bien de los dos. Sobre las doce de la mañana llegaron a Valencia. Un viaje bastante largo dado a que no hablaron mucho entre ellos y el calor ya les pesaba. Pero no tuvieron ningún problema. Fueron directos a la mansión. Pasaron por el munucipio de Serra tan vacío como siempre. Ambos sabían el camino por ese laberinto de senderos erróneos. Casi veinte minutos y llegaron a ese peculiar parking disimulado por la cantidad de árboles que había en ese rectángulo. Aparcó en el GC66. Alberto bajó del coche caminó los diez minutos y llegó a esa puerta pequeña con los dos gorilas. Les enseñó el código.

-Decirle que traigo a Fran y que necesito ayuda. -Les dijo Alberto.

A los cinco minutos tres hombres salieron de aquella puerta que se les quedaba pequeña. Acompañaron a Alberto hasta el coche. Cogieron a Fran y lo llevaron hasta dentro de la gran mansión. Ahora su destino estaba en manos de José. Alberto procedió a todo el ritual para poder entrar limpio. La puerta pequeña, la puerta grande, el detector de metales, guardar las cosas en la taquilla y esperar en aquella sala de espera repleta de cuadros.

-Alberto, puedes pasar, el jefe te está esperando - le comunicó un segurata.

Alberto entró en aquella sala de mesa infinita, moqueta roja y una gran chimenea rodeada de sofás al fondo. Como siempre, José estaba sentado en el sofá izquierdo. Fran estaba en el derecho.

-Acércate compañero. Tenemos que hablar. -le dijo José señalando el sofá del centro.

Alberto tragó saliva, estaba un poco tenso. Se sentó tranquilamente, bebió un poco de agua y volvió a tragar saliva.

-Alberto, por favor, ¿me puedes contar porque Fran tiene una herida de bala en su muslo? Más vale que sea con detalles.

-Pues todo pasó cuando me tuve que ir por trabajo a Oslo.

-Alberto, ¿por trabajo? ¿Puedes empezar a ser sincero?

-Está bien. Ya veo que sabéis perfectamente la existencia de Claudia. Es algo de mi vida privada que no quiero exponer. Pero ya que os empeñáis, me gustaría que no le pasara absolutamente nada. Estábamos en Oslo por trabajo y decidimos que también de vacaciones. En uno de esos días me di cuenta que alguien me estaba siguiendo. No le quise dar importancia, pero cuando llegamos a Madrid me seguía reconcomiendo. No te voy a mentir. Desde la paliza me siento inseguro. Así que llamé a 'Machine' el hacker que tenemos de confianza para que me descubriera quién me estaba rastreando. Y cuál fue mi sorpresa que un Policía Nacional me estaba rastreando. ¿Qué querías que hubiera hecho José? Sabía que me iba a seguir así que un anochecer lo esperé entre los árboles y le metí un disparo directo y limpio en el muslo. No quería matarlo. Si no, no le hubiera curado. Esa es la historia. Ahora, me gustaría saber por qué un policía esta dentro de nuestra banda y siguiéndome.

-Vale, vamos por partes Alberto. -continúo José- Fran se presentó ante mí hace más o menos dos años. Lo investigamos, como todos, no teníamos nada que sospechar. Siempre ha estado a mi lado en todo lo que he necesitado y me ha demostrado, hasta el día de hoy, su lealtad. No os conocíais. La última vez que nos vimos en este mismo lugar pude ver y sentir en tu mirada el odio, la desesperación y sobre todo la venganza. Eres igualito que tu padre, sabía que no ibas a poder parar. Entonces por precaución y para que no cometieras ninguna irresponsabilidad, le pedí a Fran que te siguiera. Eso es todo. Protección. No quise decirte nada porque sabía perfectamente que no lo ibas a aceptar. Y es una decisión que no te permito que me recrimines. Pero, ¿quién te crees que eres para ir disparando a la gente? Tu padre jamás te educo así. ¿Dónde están tus principios para apuntar a un hombre con sangre fría a la cabeza? Alberto tenemos hombres para eso y claro que lo hacen, pero tú estás a otro nivel. No puedes permitirte tirar así tu vida. No eres consciente de las consecuencias. -José contempla a Alberto con pena en su mirada- Ahora, Fran, es tu turno. ¿Explícame como cojones puedes ser un puñetero traidor?

-Lo primero que quiero decir es que estáis todos totalmente a salvo. No he proporcionado ninguna información que pueda dar con el paradero de la mansión o con cualquier intercambio. -Fran traga saliva, sabe que le toca algo díficil, confesar- Era criminólogo en la Policía Nacional con destino en Madrid. Optaron por mí porque soy una persona muy profesional, discreta y con la sangra bastante fría para meterme en cubierto en la banda. Es cierto. Era la teoría. Pero José llegué aquí y poco a poco fuisteis ablandando mi alma. Me sentía cómodo, aceptado y nunca juzgado. Tú lo sabes bien. Para mí esto es mi familia. No puedo explicar mucho más. Mi contacto con la Policía a día de hoy es nulo. Podéis comprobarlo porque estoy en busca y captura. Soy consecuente con mis actos y respetaré la decisión que tomes, José.

'El Gusano' estaba demasiado callado y serio. Todo esto se le venía encima. Creía completamente a Fran, pero nunca te puedes fiar del todo cuando ya te han traicionado una vez.

-Fran vas a estar unos meses aquí recluido. No van a ser los mejores meses de tu vida. Pero tu vida seguirá estando viva. No tengo más ganas de verte, por favor desaparece de aquí. Chivi sabe lo que hacer contigo.

Fran salió de la sala escoltado por dos gorilas que lo llevaban directo a una habitación de la casa que era temida por todos. La sala de torturas. Le iba a salir caro haber sido un traidor.

En la sala, José y Alberto se quedaron solos a petición del jefe. 'El Gusano' estaba sumamente preocupado por la clase de hombre que se estaba convirtiendo Alberto. Así que optó por una terapia de choque sorpresa para ver si éste abría los ojos.

-Te voy a contar una historia Alberto. Todo esto se remonta a cuando yo tenía mis treinta y pocos años. Yo y mi amigo de toda la vida intentábamos ganarnos la vida de cualquier manera, pero todas eran las erróneas. Hasta que se me ocurrió la maravillosa idea del tráfico de armas. El negocio por esos tiempos era inexistente en la península. Poco a poco fuimos expandiéndonos hasta ser los líderes del negocio. Todo esto bien, ¿no? Ya lo sabías. Mi amigo decidió montar una familia al margen del negocio, pero necesitaba una inversión muy potente para arrancar su nuevo negocio. Y yo, por supuesto, le ayudé. Los años iban pasando y todo iba mejorando, tanto para él como para mí. Pero llegó el día que la avaricia de mi amigo le llevó a suplicarme que le dejara realizar unos encargos para unos clientes que tenía en su negocio. Maldita la hora que acepté que realizara ese negocio -se maldecía 'El Gusano'-. Ese negocio fue una trampa de 'El Montes' que acabó con la vida de mi mejor amigo Rodrigo González. Fundador de una de las mejores bodegas de vino a nivel nacional. Bodegas González. Tu padre. Desde entonces me he preocupado por tratarte como tu padre lo hubiera hecho, prometiéndole que jamás te faltaría de nada y que por supuesto, no seguirías sus pasos. Y es lo que estás haciendo ahora mismo. Por favor, te ruego que pares, que frenes para poder continuar tu vida plenamente.

Alberto estaba pálido. En shock. La muerte de su padre fue un asesinato. Ahora entendía todo. La relación de José con él. La protección constante. Era una información que explotaba en la cabeza de Alberto.

-No hace falta que digas nada compañero. Solo he creído necesario que lo supieras. Tu familia ya tuvo una gran pérdida por culpa de la avaricia. No hagas que tengan otra por culpa de la venganza. Es inútil satisfacer la venganza con venganza; no te curará nada.

Alberto se levantó, le dio un abrazo inmenso a José que se le caían las lágrimas al recordar a Rodrigo.

-Me quedaré a dormir en la mansión. Necesito asimilar toda la información. Muchas gracias por contármelo José.

Y salió de la sala directo a la habitación donde siempre se hospedaba y que nadie más ocupaba. Estuvo todo el día metido en la cama, llorando por su padre difunto. Llorando por la soledad que le había dejado. Llorando como un crío que no ha superado la pérdida de su padre. Los sentimientos afloraban en su interior. Pero, ¿por dónde saldrían esta vez?

Desolación

Hay dos clases de personas: las que prefieren estar tristes acompañadas, y las que prefieren estarlo solas. Alberto claramente era la segunda opción. Fueron unos días muy difíciles e interesantes para el descubrimiento más íntimo de Alberto. Cuando se trata de aceptar la muerte de un ser amado, uno siente, además del terror que causa el espectáculo de sentimientos que afloran en tu interior, algo así como un desgarramiento del alma. Esta herida del alma mata o se cicatriza como una herida ordinaria, pero permanece siempre sensible al menor contacto afectivo. Días largos de reflexión. La cabeza le explotaba con un sinfín de sentimientos encontrados pero al final obtuvo su verdad y tomó una decisión. Empezaría el 2022 limpio. Tenía que eliminar toda esta toxicidad de su vida. Empezaría una vida nueva, totalmente legal y de la mano de Claudia. Quería una familia y quería ser el padre que en algunos momentos no tuvo. Pero antes, por el bien de su locura, debía matar a 'El Montes', aunque fuera lo último que hiciese. Tenía que arrebatarle la vida como se la arrebató a su padre: con sangre fría y sin piedad. Juró por su padre que su descanso estaría en paz. Obnubilado por la idea de venganza, Alberto estaba solo y completamente lleno de oscuridad y necesitaba un auténtico milagro para poder sacarla de su alma.

Claudia llevaba una semana completamente preocupada. Alberto no le había contestado a sus mensajes. Dijo que era importante así que además de preocuparse, no podía hacer otra cosa. El trabajo no le daba tregua. Con el buen tiempo, a las personas nos encanta disfrutar del aire cálido rozando nuestras mejillas, el sol directo a unos ojos entreabiertos que brillan sin cesar. La gente sale, se divierte y por supuesto, consume más. Aparte de trabajo, Claudia no tenía otra vida social. Ni Alberto, ni Dani estaban en Madrid esa semana. Además, ambos estaban incomunicados. "Menudo coñazo", pensó. Era ya jueves, mitad de semana, Claudia estaba con una familia aconsejando una película para las niñas cuando se dio la vuelta y ahí estaba Adrián esperándola.

-Hola Claudia, vengo a recoger Bohemian Rhapsody, me ha llegado el mensaje de que ya estaba disponible.

-Hola Adrián, sí, voy a buscártela.

Adrián se ponía malo cada vez que pisaba el videoclub. Le entraban calores, empezaba a sudar y se quedaba embobado mirando la figura perfecta de Claudia y acababa por matarle esa sonrisa tan pura. Era un sueño inalcanzable, él lo intuía. Pero ese día tuvo un golpe de suerte.

-Oye Adri, he pensado que quizás sí que podemos tomarnos algo el sábado por la noche cuando cierre y si sigues interesado te cuento el congreso de Oslo.

-Sí, claro que sigo interesado. Además, tengo un nuevo proyecto entre manos y seguro que me viene genial la informa-

154

ción. ¿Nos vemos el sábado entonces?

-Vale. Cerraré sobre las doce.

-Perfecto, paso a recogerte. Ten muy bien día.

-Gracias Adri, hasta el sábado.

Claudia era una persona demasiado activa y necesitaba momentos de desconexión y llevaba una semana tan aburrida que cuando vio a Adri no dudo en proponerle quedar a tomarse unas cervezas el sábado. Claramente Claudia no tenía ni idea de lo que Adri sentía, para ella era solo un buen amigo.

Primer sábado de julio. Enseguida entraría el verano en la capital y eso significaba descubrir lo vacía que se queda la capital en los meses de verano. Solo hay turistas. Todos huyen, y con razón, a la gratificante playa. Alberto se disponía dejar atrás la mansión para encargarse del asunto con el cliente del vino.

-Buenos días compañero, ¿cómo estás?

-Buenos días José. Puedo decir que estoy bien. Pero han sido unos días muy duros y he tomado una decisión.

-¿Por qué no te sientas y desayunas algo mientras me la cuentas?

Alberto se sentó a su izquierda. El desayuno tenía una pinta exquisita. Huevos revueltos, zumo de naranja, tostadas de jamón, café con leche, solo, o leche condensada. Qué rico. Sin lugar a dudas, el desayuno es la mejor comida del día.

-He decidido acabar con esta vida, José. Me he dado cuenta que ya no es lo que quiero. Tengo una empresa legal que funciona y nos estamos expandiendo a pasos agigantados, tengo a una chica que me quiere y es lo mejor que me ha pasado en mucho tiempo. Tengo todo lo que un ser humano desea a lo largo de su vida y no quiero perderlo por nada. Por lo que mi decisión es empezar el 2022 limpio de todo esto. Y te prometo que no voy a hacer ninguna locura. Me ceñiré a la entrega de Oporto y la entrega a final de año en San Sebastián.

Después de ello, desapareceré. Espero que puedas aceptar mi decisión.

A 'El Gusano' se le caían las lágrimas escuchando la sabia decisión que Alberto había tomado. Por supuesto era la correcta.

-Estoy muy orgulloso de ti, Alberto. Tu padre también lo estaría. No te preocupes, no hay ningún problema porque te salgas. Arreglaremos todo para que en 2022 estés totalmente limpio y nadie pueda judgarte. Pero antes, me debes garantizar que no vas a cometer ninguna locura. No me gustaría ponerte otro guardaespaldas para que te vigile.

-Es inútil satisfacer la venganza con venganza; no te curará nada. Lo he entendido a la perfección José. No debes preocuparte.

-Si lo prefieres, nos podemos encargar de la entrega de Oporto y la de San Sebastián.

-No hace falta. Yo me impliqué en ambas y cerraré ambas. Dí mi palabra.

-Está bien, lo comprendo. Eres todo un gran hombre, Alberto. Tendrás una vida plena.

-Muchas gracias José. Y si me disculpas debo marcharme, tengo una cita en Valencia con un cliente de las bodegas. Nos veremos pronto.

Ambos se levantaron y se dieron el abrazo más cálido del mundo. Después Alberto se alejó de aquella mansión que tantos quebraderos de cabeza, pero a la vez tantos buenos ratos le habían dado. Salió siendo un hombre nuevo. Con nuevas ideas. Directo a la playa de Valencia. Llegó en menos de una hora. Jacinto, el cliente, le estaba esperando demasiado enfadado. Uf qué pereza daba aquel hombre. Era la típica persona que ve el vaso medio vacío, refunfullón y con un carácter muy peculiar.

-Buenas tardes Jacinto. ¿Cómo va el negocio?

-Buenas Alberto. Por ahora todo bien, esperando a que

vengan los incompetentes de la capital a dejarse su dinerito en la costa.

-Bueno, ¿qué te preocupa? -Alberto se mordió la lengua.

-La última tirada llegó medio abierta no sé, eso es lo que a mí me parece. -Jacinto le entrega una botella perfectamente llena.

-Sí, eso ya me lo comentó Víctor. Ahora, ¿qué es lo que quieres?

-Estaría bien que me hicierais precio para la siguiente tirada.

-Está bien. Háblalo con Víctor. Pero Jacinto –Alberto saca un metro- la cantidad de la botella está perfectamente. Espero que no tengas la osadía de volver a ponerte como un crío. Somos mayores y yo tengo muchos asuntos. No pierdo más mi tiempo, que te vaya bien.

-Pero Alberto...

-Ya está Jacinto, me voy. Pasa buen día.

Se quedó a comer por la capital valenciana, disfrutando de sus buenas paellas, de su playa y sobre todo de ese tiempo tan calentito con brisas marinas. Sobre las ocho de la tarde, salió de Valencia dirección Madrid.

-Hola preciosa. Imagino que estarás enfadada. Perdóname. Ha sido una semana realmente complicada. He podido solucionar todo. Ahora mismo salgo hacía Madrid. ¿Puedo ir a recogerte, si te parece? Claudia por favor, perdóname. Te quiero. ENVIADO.

Claudia llevaba un día de lo más entretenido. Por la mañana estuvo editando y montando el nuevo vídeo que iba a subir en Instagram sobre el viaje a Oslo y el congreso. No había tenido tiempo hasta entonces. Luego se dio una ducha y empezó a prepararse. No paraba de darle vueltas a porque ese cambio tan repentino de Alberto. En otras ocasiones también había viajado por trabajo muchos días, pero perdía, aunque fueran diez minutos en llamarla para saber que todo les iba bien. Claudia estaba enfadada. Era normal. No puedes prometer la luna, llevarla de viaje, ver una aurora boreal, decirle te quiero y ahora actuar como si no hubiera pasado nada. Claudia no quería dar esos pasos, simplemente se dejó llevar y ahora Alberto no podía frenar lo que él mismo había propiciado. No quería saber nada del él hasta la próxima semana. Hoy había quedado con Adri y era consciente que lo iba a pasar muy bien Un vestido ceñido y lleno de estampados de flores rojas, azules y verdes sobre un fondo negro, unas sandalias con un poco de tacón, americana negra, por si por la noche refrescaba y labios rojos. Estaba preciosa. A Claudia le encantaba arreglarse y ésta era la única ocasión que tenía en toda la semana. Estaba claro que Adrián iba a flipar.

Sobre las ocho de la tarde recibió el mensaje de Alberto. No lo vio hasta que se tranquilizó la tienda sobre las diez de la ncohe. Lo leyó. Se enfadó más todavía. Lo ignoró. Tenía miles de reproducciones en el vídeo que había subido. Además, le encantaba contestar a todos los comentarios, eso le hacía más cercana y era un punto a favor. Sobre las once seguía pensando en el mensaje de Alberto. Decidió contestar porque sino iba a ir a recogerla y no tenía absolutamente ninguna gana de verlo.

-Hola Alberto. Me alegro que estés vivo. Lo siento, no tengo ganas de verte. Hablamos la semana que viene. ENVIADO.

Cuando cerró a las doce, la estaban esperando. No era Alberto. Allí estaba Adri. Con un cargo negro y una camiseta de manga corta y cuello alto amarillo nuclear. El pelo despeinado. Claudia pensó: joder, que bueno está ¿no? Porque sí, su diferencia le hacía destacar gratamente.

-Hola Claudia. WOW, estás preciosa- Le dio dos besos.

-Hola Adri. Tú también lo estás. No sabes que ganas tengo de tomarme un gin-tonic. ¿A dónde vamos?

-Pues te voy a llevar a un sitio que hacen unos cócteles

espectaculares. Está cerca de la plaza Santa Ana. ¿Vamos dando un paseo? Por cierto, ¿tienes hambre?

-Vale, si vamos andado que no está tan lejos. No. No te preocupes, picoteé algo en el videoclub. Bueno, ¿por dónde quieres que empiece?

-Pues por el principio.

Ambos se rieron. La verdad es que la conversación con Adri era de lo más cómoda. Era un tipo de lo más interesante, bastante intelectual y con un sentido del ridículo nulo. Iban lanzando risas por el centro de la capital. Claudia le contó el congreso tal y como lo vivió, con todos los detalles y con todas las impresiones. Sobre las doce y media llegaron a un sitio llamado La Fiebre. Era un local bastante amplio con sillones muy cómodos y sofás. Además de una carta de cócteles infinita, también había cachimbas, pero ninguno de los dos era muy fanático de ellas. Se pidieron dos gin-tonics, uno de fresa y otro normal. Pasaron una velada de lo más divertida. Adri le comentó a grandes rasgos su nuevo proyecto para Telecinco. Tenía muy buena pinta. Les dieron las dos de la mañana. Adrián estaba en su salsa motivadísimo y Claudia se dejaba embobar por todas las anécdotas que le había pasado a Adrián con grandes directores de cine. Sobre esa hora, Claudia decidió que era hora de irse a casa. Adri le acompañó hasta Gran vía que era donde pasaba el autobús nocturno. Esperó hasta que llegó.

-Me lo he pasado muy bien, Adri. Eres un bombazo.

-Ha sido mutuo. Pasa muy buenas noches, Claudia. Avísame cuando llegues.

-Sí. Te veo por el videoclub.

-No lo dudes.

Se dieron dos besos y Claudia montó en el autobús. Todos los nocturnos siempre van petados. Nunca encuentras asiento y la pobre Claudia tenía los pies destrozados por los tacones. Estuvo reflexionando sobre la velada. La verdad es que se lo había pasado muy bien y no entendía porque le sorprendía. Fueron treinta y cinco minutos de camino de pie en el autobús, medio tambaleándose, porque al final fueron un par de gin-tonics. Por fin llegó a su parada. Se bajó. Tenía que andar unos diez minutos hasta casa. Era un barrio tranquilo. Siempre caminaba sin miedo. Llegó a casa sin problemas. Pero el problema le estaba esperando en la puerta. Ahí estaba Alberto, sentado, esperándola. Claudia no se lo podía creer.

-¿Qué haces, Alberto?

-Esperarte. ¿Dónde has estado hasta estas horas? Me dijiste que Dani no iba a estar en Madrid.

-He estado con un amigo tomándome unas copas. Ah, espera, ¿Qué te estoy dando explicaciones? ¿A ti? Que no eres capaz de dar señales en una semana y ahora apareces en la puerta de mi casa. Alberto vete.

-Claudia, no me digas eso. Ya sé que no ha estado bien. Te pido perdón, de verdad. Créeme cuando te digo que no he podido, ha sido una semana horrible y necesito estar contigo. Alberto se acerca para poder besarla. Claudia se retira.

-Estoy cansada de creer todo lo que me dices Alberto. Déjame pasar que tengo sueño.

-Claudia vamos a hablarlo. Hablando se solucionan las cosas.

-Resulta que está siendo un fin de semana muy ocupado y ahora mismo no tengo tiempo para poder dedicarte. Quizás la semana que viene tenga un rato. Hasta luego Alberto.

Claudia entró en el portal y dejó en la calle a un Alberto destrozado. Se acostó en su cama y a medida que una lágrima le caía por su cara recién desmaquillada, sus ojos cristalinos se iban cerrando. Había sido dura. Era lo que tenía que hacer. Cuando algo te molesta, por muy superficial que parece, hay que expresarlo para que la otra persona comprenda que las cosas así no están bien. Ella se moría por abrazarlo, por besarlo, pero no era el momento. Alberto se fue a casa con el corazón en la mano. Era capaz de entender porque Claudia estaba así, pero no era broma cuando le había dicho que la necesitaba. Qué difícil es mantener una relación. La tristeza perforó el corazón de ambos.

Reconciliación

Julio seguía su camino llevándose el verano por delante. Claudia seguía sin contestar los mensajes de Alberto. Ya habían pasado tres días. Alberto tampoco entendía que se hiciera tanto la dura. Hasta empezó a pensar que igual no deberían estar juntos. Claudia por su parte, también se estaba cansando de esa situación. No era de estar mucho tiempo enfadada, pero tenía tanto jaleo entre el gimnasio y el videoclub que no sacaba tiempo para sentarse y tener una conversación. Por suerte, Dani ya había llegado a la ciudad.

-Nena, estoy llegando. Ve pidiéndome una cerve porfi -Dani le mandó un WhatsApp a Claudia que la estaba esperando en una fábrica-bar de cerveza artesanal situada cerca de Malasaña.

Éste era un local muy pequeño donde se podía respirar el aroma de la cerveza recién salida del barril pues tenían los bidones detrás de la barra. El dueño del local era el típico alemán con acento español de lo más peculiar y divertido. El resto del local estaba decorado con monedas aleatorias de gente que pasaba por el bar y decidian incrustar en esa pared de piedra pidiendo un deseo. Era un lugar muy interesante y además la cerveza, en todas sus variantes, estaba exquisita. Las dos amigas habían quedado para comer. Dani entró sigilosa al local y tapó los ojos de Claudia.

-Soy tu peor pesadilla –le susurró.

-¡Ay, Dani! Que ganas tenía de verte. Ya veo que las vacaciones te han sentado de maravilla. Estás morenísima. Cuéntame.

Dani bebió un par de sorbos a la cerveza, siempre solía llegar sedienta.

-Jo pues tampoco hay mucho que contar. Estuve en la casa de la playa de mis tíos en Noja, eso ya lo sabías. Y nada, una semana completa de desconexión, de ir a la playa, tampoco te pienses que me he metido mucho en el agua, joder, el mar en el norte está helado. He leído mucho, me he mimado mucho y me he relajado del todo. Pero novedad ninguna. Y tú, ¿cómo has pasado esta semana? ¿Cómo está Alberto?

-Bueno nena, desconectar siempre es la mejor opción para luego volver con más ganas. ¡¡¡Pero que te me vas en menos de dos semanas!!! Tía que emoción. Si es que lo pienso y me siento tan feliz por ti... Por aquí no hay novedades tampoco. Igual que no he sabido nada de ti en toda la semana, de Alberto tampoco. Y bueno te crees que el sábado por hacer algo, quedé con Adri para tomarnos algo, bueno pues cuando llego a casa a eso de las tres y pico de la mañana, y además un poco piripi, ahí estaba Alberto esperándome. Tía pues lo quería matar. ¿Qué le hace pensar que podemos vernos siempre cuando él pueda? Así que llevo pues desde el sábado sin contestarle. ¿Qué te parece?

Dani la miraba un poco confusa y entonces soltó ese "vamos por partes" que siempre soltaba cuando tenía mucha información de golpe, pero nada de desarrollo.

-Vamos por partes. Lo primero, ¿quién coño es Adri? Lo segundo, ya te dije que Alberto era muy extraño y hacía cosas muy extrañas, pero ahora te planteo lo tercero. De mí no has sabido tampoco nada y has quedado conmigo como si nada y a él llevas cuatro días machacándole sin contestar... No es muy lógico ¿no?, además cuando sé que te mueres por hablar con él.

-A ver Dani... Si lo miramos así pues no es muy lógico, pero si te digo que tú eres mi talón de Aquiles y no puedo negarme a no verte ¿qué? Empezaron a reírse a carcajadas.

-A ver que soy tu talón de Aquiles está más que claro nena, pero deja de reírte y contéstame a todo.

-Que sí. Que tienes razón como siempre. Mañana le escribo y arreglamos todo. Y Adri es un amigo. Un chico que viene al videoclub bastante porque trabaja en el mundo del cine y la televisión y como no había hecho nada en toda la semana pues le dije de tomar algo y la verdad que me lo pasé genial. Es muy probable que te reemplace por él, el tiempo que estés fuera.

-No me hagas reír, Clau, yo soy irremplazable y lo sabes. Pues si habla con Alberto y ya me cuentas.

Se bebieron un par de cervezas y como el sitio estaba cerca del videoclub de Claudia, comieron tranquilamente en un restaurante de la zona. Disfrutaban los momentos juntas al máximo. No necesitaban mucho más, sabían aprovechar los pequeños placeres que la capital les ofrecía. Sobre las cuatro, Dani acompañó a Claudia al local y se despidieron. Dani había vuelto muy relajada en cuanto a trabajo. Por las mañanas solía acabar con todo el trabajo por lo que tenía la tarde para disfrutar de ella. Solía salir a correr por su zona. Algunas veces iba al cine. Le gustaba ir sola porque era cuando mejor podía introducirse en la película. Y otras veces, llamaba a algún amigo para tener un encuentro de sexo salvaje. Tenía muchísimas ganas de irse ya. Ya le quedaba poco.

Por otra parte, las tardes de Claudia eran más de lo mismo. Esa tarde estuvo un poco más distraída por lo que Dani le había dicho. Era una tontería estar sin contestar a Alberto. Madre mía se sintió un poco cría inmadura. Mañana quedaría con él. La tarde se pasó rápida. Adrián le escribía de vez en cuando, pero la verdad eran conversaciones muy cortas. Ambos eran más del cara a cara. Sobre las once y media, el videoclub empezó a desalojarse y Claudia comenzó a recoger todo para cerrar. Estaba en el fondo de la tienda barriendo cuando Alberto entró con una caja enorme de palomitas dulces, las preferidas de Claudia.

-Hola Claudia. No sé si he hecho bien en venir, pero creo que tenemos que hablar. Te he traído palomitas.

Le pilló totalmente desprevenida. No sabía cómo reaccionar. Estaba precioso, sencillo y sobre todo, tierno. Se lo quería comer y a las palomitas también.

-Hola Alberto, perdona he estado muy liada. Iba a contestarte mañana, pero podemos hablar, por supuesto. ¿Qué tienes que decirme?

Claudia se acercó provocando a Alberto y cuando éste pensaba que le besaría, agarró un par de palomitas.

-Solo quiero volver a pedirte perdón. He estado pensando mucho y entiendo perfectamente tu enfado. No volverá a pasar. Pero tienes que entender que va a haber momentos en los que voy a estar muy ocupado. Yo haré el esfuerzo por llamarte todos los días, pero necesito que tú también te esfuerces. No veo normal que estés cuatros días ignorándome como si fuéramos unos críos.

-Tienes razón Alberto, me he comportado como una cría, pero estaba muy enfadada. Espero que eso que dices sea cierto, yo también pondré de mi parte, no te preocupes. Te he echado de menos y estás guapísimo.

A Alberto se le cambió la cara cuando se dio cuenta que Claudia ya no estaba enfadada.

-Me alegro preciosa, tú también estas impresionante, como siempre. Te necesito.

Claudia interpretó sus palabras. Se acercó lentamente, lo agarró por la espalda y mientras las yemas de sus dedos acariciaban su espalda, Alberto la cogió en un abrazo volador para besarla tiernamente. Los besos fueron transformándose poco a poco en besos más fuertes y salvajes. La adrenalina ya se estaba notando, el ambiente estaba caliente, los corazones latían cada vez más rápidos. Las lenguas se entrelazaban. Claudia le quitó la camiseta y arrodillada le bajó los pantalones y luego los calzoncillos. Alberto estaba muy duro. Claudia la saboreo, se sació y la dejó totalmente preparada. Alberto gemía al mismo tiempo que dejaba a Claudia desnuda. Contra la pared, Alberto comenzó a deslizar su lengua por el cuello, bajando por la espalda, mientras sus manos abrazaban los pechos erizados de Claudia. Y de rodillas también, saboreó lo más íntimo de Claudia para dejarla también preparada. Claudia se dio la vuelta, lo tumbó en el suelo frio del videoclub y se sentó encima, penetrándose hasta el fin. Subían y bajaban sin parar. Claudia tenía el control. Subía y bajaba. Alberto gemía al mismo tiempo que Claudia lo miraba. Alberto estaba preparado, demasiados días. Claudia paró dando la señal a Alberto, que se levantó la cogió con esos bíceps sudados y contra la pared se la introdujo de nuevo. La espalda de Claudia pegaba fuerte contra la pared, estaba colgando, pero segura porque Alberto la subía y bajaba. Claudia gemía. Alberto la miraba. Se miraron, estaban preparados. Un par más de embestidas y llegaron al orgasmo más esperado de estos días. Estaba claro que lo mejor de los enfados eran las reconciliaciones.

El plan de 'El Gusano'

Dos cuerpos se unían de nuevo al ritmo que dos corazones se volvían a juntar para latir con más fuerza. Al mismo tiempo 'El Gusano' partía hacía A Coruña para desencadenar el plan que tenía perfectamente atado. Llevaba a cinco de sus mejores hombres, tampoco era necesario más. Si todo salía acorde al plan, esperarían en una pedanía, les entregarían el cargamento y se lo llevarían. No había opción para las complicaciones. Era jueves 23 de julio. Las siete de la mañana. Habían decidido desplazarse en coche. Era lo que menos llamaría la atención. José se había empeñado en ir, tampoco era necesario, Chivi lo tenía controlado, pero José era muy cabezón. La entrega se realizaría en Cabreira, la banda los esperaría en Breixo. Ambos pueblos estaban a menos de un kilómetro. Por supuesto, la entrega se realizaría al anochecer. Iban con tiempo, todo sale como es debido siempre que impliques el tiempo necesario.

Galicia era una tierra increíble. Sus bosques frondosos y siempre vivos, dado al clima, hacían que la belleza de la naturaleza te absorbiera de tal manera que te podías sentir completamente libre. El mar Atlántico chocaba con fuerza en sus acantilados que eran completamente robustos y puntiagudos. Y ese olor a humedad sólida, a puerto repleto de pescados. Era algo que por lo menos tenías que sentir un par de veces en tu vida.

Era un viaje interminable. Unas ocho horas y media en coche. Llegaron sobre las cinco de la tarde. Un viaje largo, pero sin incidentes. Pararon a comer a mitad de camino, algo rápido. La Policía había perdido por completo en rastro desde que Fran les dejó tirados. Tenían un gran problema. Era inexplicable que la Policía Nacional de España no pudiera dar con esta banda de delincuentes. Pero claro, todo el mundo tiene su precio y la verdad es que personas honradas, por desgracia, quedan muy pocas, por lo que 'El Gusano' también tenía sus fuentes bien pagadas dentro de la Policía Nacional. Eran solo chivatazos de por dónde podrían estar vigilándolos. Fueron directos a una granja a las afueras del pueblo donde sus contactos les estaban esperando.

-Buenas tardes Gusano, te damos la bienvenida a nuestra zona. Seguro que habéis llegado cansados y con hambre. Hemos preparado una buena merienda para que recarguéis fuerzas.

Les acogió un hombre de unos cuarenta años con la piel bastante arrugada y una mirada peligrosa que acompañaba una sonrisa con dos dientes negros. Se hacía llamar 'El Gallego', la verdad es que no se curraban los motes. Se llamaba así porque era el líder en la zona gallega. Tenía muy buena relación con 'El Montes' hasta que éste se enterara de la traición. 'El Gusano' había prometido seguridad y protección a todos sus hombres. Y los juramentos de José siempre salían bien.

-Muchas gracias Gallego. La verdad es que llegamos un poco secos. Venga compañeros sentaros y disfrutar de este manjar. Gallego acompáñame un momento, tenemos algo de qué hablar.

Ambas bandas se juntaron en la mesa como si de hermanos se tratara. A la hora de divertirse, eran unos profesionales aunque siempre con cabeza. La traición en estos mundos siempre dependía de un hilo y las puñaladas traperas eran el pan de cada día. 'El Gallego' y 'El Gusano' se retiraron al cuarto que estaba conjunto a la sala.

-¿Está todo controlado, Gallego?

-Sí, señor. Todo acorde el plan. El Montes no sospecha nada. Vendrán dos hombres a realizar la entrega, yo iré con otros dos hombres míos. Solo me falta el dinero. Lo demás está todo bajo control.

José sacó de su bolsillo un sobre con más de un millón de euros y se lo entregó.

-Aquí lo tienes. -'El Gusano' lo miró profundamente a los ojos- Espero que no me falles. No tengo que comentarte las consecuencias. Dos de mis hombres te estarán cubriendo por si acaso. A la una de la mañana te estaré aquí esperando. No hagas tonterías.

-Sí, señor. Todo está controlado. No tienes por qué dudar de mi lealtad. No habrá sustos. A la una estaré aquí con el cargamento.

José había apostado mucho por este asunto. La confianza era algo que no podían permitirse. Por eso dos de sus hombres los iban a estar 'cubriendo' o más bien vigilando para que el plan siguiera hacía adelante. Demasiadas traiciones. No podría con una más. Por otro lado, 'El Gallego' tenía muy claro a quién ser leal. 'El Montes' era muy buen negociador, pero carecía de honradez. Todo el mundo del tráfico de armas en España sabía la mala jugada que 'El Montes' le hizo a 'El Gusano' al asesinar a su mejor amigo. Fue algo que marcó un antes y un después en el negocio. 'El Gusano' llegó a la cima, de la cual no había bajado. Todo el mundo le respetaba, le admiraba por haber tenido el valor de no tomar represalias después de dicho asesinato. Al final los malos actos siempre tienen consecuencias negativas. Y si 'El Montes' seguía teniendo negocios era por la necesidad de los traficantes del norte. Las armas eran más económicas y la inmediatez era mayor. Pero nada más. Si 'El Gallego' tenía que traicionar a alguien tenía muy claro que iba a ser a 'El Montes'.

Enseguida llegaron las doce de la noche. Quedaron en un camino bastante oscuro entre el pueblo y la costa. A las doce y diez, 'El Gallego' con dos de sus hombres ya habían llegado a ese camino sin asfaltar lleno de altos árboles. Dos de los hombres de 'El Gusano' estaban vigilando, cada uno con una M40 en lo alto de una colina, donde el camino estaba totalmente despejado. Sobre las doce y media de la noche llegaron los dos hombres de 'El Montes'. Se bajaron del BMW directos al maletero, cogieron dos bolsas grandes de deporte negras. La escena parecía como una película del antiguo oeste. 'El Gallego' a la izquierda, los hombres de 'El Montes' a la derecha. Se iba a proceder a la entrega, cuando del BMW salió el propio Montes.

-Buenas noches Gallego.

-Buenas noche Montes, ¿cómo tengo el placer de verte?

-Me quería asegurar que todo estaba en orden.

El Montes era un hombre de unos cincuenta años, metro setenta y cinco, sin pelo, pero con una barba canosa en forma de pico. Vestía de traje, bastante extravagante, camuflaje rojo y unos zapatos negros de punta. Mirada desafiante y cara muy ruda. La voz nunca era cordial, siempre grave y con muy mala hostia. 'El Gallego' se acababa de acojonar. 'El Montes' cogió las dos bolsas de deporte y las tiró en la mitad de la distancia que ambas bandas de encontraban. Los hombres de 'El Gusano' estaban con el punto de mira en los hombres de 'El Montes', solo tenían que apretar el gatillo.

-Todo está en orden. Aquí tienes el dinero. 'El Gallego' lanzó también su bolsa de deporte en la mitad de la distancia.

Los hombres de 'El Montes' la cogieron, la revisaron. Era cierto, todo estaba en orden. Volvieron al BMW y cuando pasaron al lado de los hombres de 'El Gallego', la ventanilla del BMW se bajó y la cara de 'El Montes' apareció en escena.

-Ha sido un placer Gallego. Te veo en el infierno.

'El Gallego' se quedó petrificado. ¿Qué quería decir ese comentario? Abrieron las dos bolsas de deporte. Todo estaba en orden. No había nada extraño. Recogieron todo, eran ya la una menos cuarto. Volvieron a encontrarse con 'El Gusano'. Todo el mundo subestimaba a 'El Montes'. Un tipo duro que usaba la fuerza porque carecía de cerebro. Un tipo que solo le preocupaban los números, no las personas. Un tipo cerrado sin vistas a un futuro próximo. 'El Gusano' hizo mal en subestimarle. Nunca se subestima a un rival. Era la una menos diez. La banda de 'El Gallego' estaba llegando a la granja cuando de repente se escuchó una gran explosión. La banda de 'El Gusano' salió inmediatamente de la granja para ver como el coche de 'El Gallego' explotaba en mitad del camino, dejando chamuscados e inertes los cuerpos de los tres hombres. Una de las bolsas llevaba un compartimento secreto donde habían metido dos kilos de dinamita que llevaron a 'El Gallego' directamente al infierno. Fue la última vez que se supo de 'El Gallego'. Su traición le había costado la vida. La desolación de José fue brutal. Empezó a llorar. No podía con tanta muerte. 'El Montes' había cruzado la línea, pero la banda estaba totalmente descompuesta y necesitaría recuperarse. Hicieron un gran acto íntimo con la familia de los tres fallecidos, se despidieron y volvieron a la mansión. Pero lamentablemente, no volvieron siendo los mismos. La banda necesitaba volver a conectar. Cuando el dolor perfora tu interior es muy complicado que tu vida siga adelante. 'El Montes' había hecho un acto reivindicativo y ahora ese acto tendría consecuencias que nadie podría imaginarse.

Los Ángeles

Julio estaba a punto de cerrar su capítulo. Estaba siendo un año muy intenso. Alberto y Claudia por su parte ya volvían a estar como antes. Habían retomado la relación con más ganas que nunca. Volvían a dormir juntos todas las noches. Iban al cine, se escapaban a la sierra. Julio había florecido en ellos como una bomba explosiva. Una parecida a la que 'El Gusano' había presenciado hace menos de una semana. Habían decidido acordar una asamblea donde determinar qué era lo que la banda necesitaba. Estaban marchitos, desolados. Alberto no sabía absolutamente nada del asunto, así lo decidió José. Por otra parte, Dani estaba demasiado enérgica. Estábamos a viernes y la mañana del sábado salía su vuelo hacía Los Ángeles, su futura residencia hasta final de año.

-Hola nena, ¿cómo vas con los preparativos? -Claudia le mandó un WhatsApp.

-Hola Clau, pues creo que tengo ya todo preparado.

Hoy me han dado el día libre en la oficina. Ya tengo el check in y las maletas facturadas. Qué ganas tengo tía.

-Eso es genial. Te hablaba porque había pensado que podíamos pasar la noche juntas y mañana te acompaño al aeropuerto. Tu vuelo sale a las 10 de la mañana, ¿no?

-Sí nena, me parece una idea estupenda. Seguro que me tranquilizas un poco, estoy bastante nerviosa. ¿Cómo quieres quedar?

-Pues cuando salga de currar paso por tu casa, o si te apetece venirte al videoclub y nos tomamos unas cerves y luego vamos a tu casa, como tu prefieras.

-Vale, pues seguramente me pase por el videoclub. Saldré a dar una vuelta por el centro y unas últimas compras. Te veo luego.

-Valee.

Ambas amigas estaban ilusionadas, pero al mismo tiempo tenían esa sensación de miedo aterrador. Desde que se conocían nunca se habían separado tanto tiempo, se querían mucho y ahora ya no se iban a tener la una a la otra. Ya lo dijo Alberto Moravia: La amistad es más difícil y más rara que el amor. Por eso, hay que salvarla como sea. Los caminos de ambas de dividían por una temporada y tenían claro que iban a aprovechar los últimos momentos juntas hasta el final. Ambas sabían que la palabra amistad era siempre pensar primero en la otra persona.

Dani decidió darse uno de esos baños relajantes, lleno de bolas de espuma, de vaho en los espejos y de mente despejada. Se puso música de fondo y se sumió a su imaginación. Era increíble las películas que se montaba en la cabeza. Empezó a pensar cómo serían sus días allí. Cómo sería el director que le enseñaría el trabajo, obviamente se lo imaginó alto, moreno y un auténtico pibón. Se imaginó a ella como una diosa comiéndose Los Ángeles. Se imaginó y se vio, sobre todo, feliz.

Dani tenía un punto que para ella siempre era positivo, pero para la gente que no la conocía no lo eran tanto. Tenía una autoestima por las nubes. Era realista. Sabía sus puntos fuertes, pero también sus débiles. "Si no me quiero yo, ¿quién me va a querer?", siempre decía eso. Y estaba claro, si una persona no es capaz de quererse y aceptarse a sí misma, ¿cómo va a estar preparada para querer y aceptar a otra persona? La verdad es que Dani tenía un pensamiento profundo muy elaborado y con gran valor personal, debe ser que también tenía a unos padres encantadores que le habían trasmitido todos los valores esenciales para una persona y Dani había conseguido ponerlos todos en práctica. Pero no todo lo que reluce es oro. Somos seres humanos, también tenemos días malos, días de bajón, días de llorar y gritar. En eso consiste vivir, ¿no? Y en esos días quizás es cuando más se aprende de uno mismo. Dani había tenido una racha un poco frustrada y ahora sentía que era su momento. Estuvo dos horas metida en el baño y cuando las manos ya estaban super arrugadas salió y comenzó a prepararse. Eran las ocho de la tarde. Un look casual. Falda larga hasta las rodillas gris con pliegues y un top naranja chillón por debajo del ombligo y con un escote en triángulo. Unas sandalias de tacón, pelo liso y unas sombras a juego con el naranja de su top. Estaba increíble.

Claudia por otro lado, pasó toda la tarde en el videoclub. Ya le había dicho a Alberto que hoy dormiría con Dani. Alberto lo entendió perfectamente.

"Pasarlo muy bien guapísima, y mímala mucho", le escribió.

El resto de tarde se pasó muy rápido, como de costumbre, había trabajo. Como todas las semanas, Claudia recibía un día la visita de Adrián. Era las diez de la noche. No se habían vuelto a ver desde la última vez que fueron a La Fiebre.

-Hola Claudia. ¿Cómo va la semana?

175

-Hola Adri, pues como todas la verdad, con mucho trabajo no me puedo quejar. Y tú proyecto, ¿ya se ve más claro?

-Poco a poco, ya sabes cómo se mueve este mundo. -se río.

-Ya, ya me imagino. Bueno estoy segura que todo te va a ir bien. ¿Vienes a por una película?

-La verdad que no. Pasaba a verte por si te apetecía quedar la semana que viene a tomar unas cerves.

En ese momento, entraba Dani por la puerta del videoclub. Miró a Claudia. Ese hombre no era Alberto. ¿Quién era? Se acercó y como siempre y por tocar las narices, se metió en la conversación.

-Hola nena, ya estoy aquí. - le saludó dándole un beso y poniendo ojitos a Adrián.

-Hola Dani, mira éste es Adrián, un amigo. Adri ella es mi mejor amiga, Dani.

A Adrián le dolió en el alma eso de amigo. Se dieron dos besos.

-Bueno Claudia, me voy ya. Ya me dirás y nos vemos la semana que viene.

Adrián se marchó del videoclub desilusionado, el pobre no sabía que no tenía ninguna opción. Pronto tendría que descubrirlo.

-Claudia, me puedes explicar porque este chico, que, por cierto, es muy guapo, te estaba invitando a salir y te estaba poniendo ojitos de quiero empotrarte.

-Pero, ¿qué dices Dani? Estás loquísima tía, no sé qué voy a hacer sin estas suposiciones tuyas. Es Adri, ya te hablé de él, es el tipo con el que estaba la noche que apareció Alberto en casa. Es un simple amigo. Nada más de verdad.

-Si, si, si me creo que por tu parte seas un simple amigo, cariño, pero me da que, para él, tú no seas una simple amiga. Ya sabes que mi instinto nunca falla.

-Bueeeno... te tendré informada si hace algo extraño.

-Pero, ¿vas a quedar con él?

-Pues seguramente, Alberto se sube a La Rioja la semana que viene y tú me vas a abandonar... No tendré nada mejor que hacer. Pero si pasa algo pues le comentaré mi situación y listo, amiga.

-Ay nena no digas eso, que me haces sentir mal. Yo no te voy a abandonar nunca eh, lo sabes ¿no?

-Claro que lo sé.

-Bueno, y Alberto ¿qué tal? Cuéntame.

-Ay tía, todo vuelve a estar genial. Dormimos casi todas las noches juntos, me siento muy segura a su lado, la verdad. Es una sensación extraña, pero reconfortable. No hay novedad, todo está estupendamente. Me ha dicho que te mime mucho. -Claudia se ríe-.

-Me alegro un montón tía. Para mí es importante irme sabiendo que aquí todos os quedáis contentos y tranquilos.

Estuvieron largo rato hablando de todo en general. De las películas que se había montado Dani, de las que también se había montado Claudia y acabaron llorando de risa imaginándose ambas como actrices famosas en la alfombra roja de Hollywood. Eran únicas en su especie. Cuando Claudia cerró eran ya las doce y pico y decidieron ir directas a casa de Dani. El camino era largo. Tenían que coger metro y cercanías. Llegaron sobre la una. La casa de Dani era pequeñita. Vivía ella sola. Una cocina-salón abierta, con un sofá de lo más incómodo. Una habitación de invitados/despacho/gimnasio/vestidor y su habitación que era bien grande, con baño incluido. Se metieron en la cama y estuvieron hablando hasta las tres de la mañana cuando Dani cerro los ojos. Siempre se quedaba dormida antes que Claudia.

RING, RING. Sonó el despertador a las siete y media de la mañana. Menudo sueño tenían ambas. Menos mal que estaban algo acostumbradas a acostarse tarde y levantarse temprano. El vuelo salía a las diez, para las nueve tenían que estar en el aeropuerto. Desayunaron tranquilas y para las ocho y media ya estaban saliendo hacía Barajas. Dani se aseguró que cerró bien el piso, introdujo la alarma. Listo. Le dejó las llaves a Claudia para que una vez cada dos semanas fuera controlar que todo estaba en su sitio. Cogieron taxi directo y para las nueve y poco habían llegado a la terminal T4. Estaban en la puerta de embarque, Dani tenía que entrar y entonces se produjo la despedida. Qué tristes son todas las despedidas.

-Si yo sé que tú eres, y tú sabes que yo soy, quién va a saber quién soy yo cuando esté en Los Ángeles nena... -empezó Dani mientras una lágrima se le escapaba.

-Dani, tu sola, por ti misma brillas. No necesitas nada más que a tí para comerte el mundo. Todo te va a ir bien.

Se abrazaron y ambas comenzaron a llorar. En verdad eran unas lloronas, pero es que llorar es algo totalmente positivo.

-Te hablo en cuanto llegue. Te quiero mucho Claudia.

-Cómete Los Ángeles Dani. Te quiero muchísimo.

Estuvieron como cinco minutos abrazadas. Dani hacía el amago de irse, pero volvía a abrazar a su amiga. Eran unas dramáticas. La gente que les rodeaba las miraba un poco incrédula, pero a ellas les daba igual. Eran únicas. Claudia esperó hasta el final y vio como su amiga montaba en el avión desbordando ilusión. Una ilusión que le había trasmitido totalmente a ella, que ahí estaba, llorando, triste y alegre a la vez, viendo marchar a su confidente, amiga y casi hermana. La distancia siempre es difícil.

Un poquito de agosto

Agosto fue el mes más caluroso del año, también fue el mes más tranquilo por la capital. La vida seguía a su ritmo y aunque había pequeños detalles que habían cambiado, nuestros personajes se habían adaptado perfectamente. En eso consiste. En estar totalmente preparado, sobre todo mentalmente, para aceptar las adversidades y adaptarte de la mejor manera posible a los nuevos cambios. Así que ahí estaba Claudia, dando clases de GAP por las mañanas, trabajando en el videoclub por las tardes y sumando momentos con Alberto. Su vida seguía, pero con una ausencia clave. Dani llevaba un par de semanas en Los Ángeles. Se estaba adaptando muy rápido. Sería porque le encantaban las aventuras, porque le estaban cuidando como a una princesa, porque tenía una capacidad de ver el lado positivo de las cosas muy alto o quizás porque todo hasta entonces había salido bien, pero estaba completamente feliz. Había nueve horas de diferencia entre Los Ángeles y Madrid, pero ambas amigas intentaban coincidir para verse un rato por videollamada todos los días y contarse las novedades.

Por otro lado, la banda de 'El Gusano' había realizado la asamblea general con todos los distribuidores exceptuando Alberto, por decisión de José. Una reunión que englobó todo un fin de semana, donde cada uno expuso su opinión y solución, hasta que pudieron llegar a un acuerdo en común. La Policía estaba acechándoles y muy cerca de poder capturarlos, por lo que tenían que dejar pasar el tiempo y que la situación se paralizase. No podían jugársela, eran demasiadas vidas en juego. Decidieron esperar hasta comienzo del año próximo, 2022 y entonces se produciría otra asamblea para maquinar un plan que terminara con la vida del 'El Montes'. José decidió que 'El Montes' no era merecedor de su propia vida, que había hecho sufrir a muchas personas y estaba completamente convencido de que esa maldad que había aflorado en él no tenía antídoto de cura. Hasta entonces se dedicarían a hacer lo que mejor sabían. Producir y distribuir armas a sus clientes. Después de dicho asesinato, José tomaría una decisión. Su retirada activa de la banda.

Alberto era el que había tenido que aceptar más cambios. El asesinato de su padre. Alejarse un poco de la banda para poder volver con más fuerza. Apostar por el que sabía que era el amor de su vida, Claudia. Cambiar su vida por completo. Alejarse de toda aquella toxicidad. Pero en su cabeza seguía firme con su plan que iba a ser totalmente maestro para acabar con la vida de 'El Montes'. Parece que 'El Montes' no tenía ni idea de la cantidad de enemigos que querían verle muerto. Alberto era una persona muy realista pero su odio y venganza no le dejaban ver con claridad los valores importantes de una vida plena. Agosto entró en su vida como un chute de relax. Una calma para sus tempestades. Un alivio. Estaba pacífico y totalmente involucrado con Bodegas González. Por ahora, no tenía otra cosa en mente, por lo menos hasta pasado septiembre. Pero agosto era un mes importante. Tenía que realizar la entrega acordada en Oporto a sus clientes de Reino Unido que no habían puesto pegas a desplazarse a Oporto. Respecto a Claudia, había dado un cambio importante que, por supuesto, Claudia había percibido. Estaba mucho más entregado, más cariñoso y totalmente enamorado. Esa semana tenía que subir a La Rioja, también anhelaba a su familia. Invitó a Claudia, pero a ella le pareció muy temprano para conocer a familias. Llevaban unos cinco meses. Alberto estaría de lunes a viernes en su tierra. Se vería con Claudia el fin de semana. Iba a ser una semana larga.

Los viajes a La Rioja siempre traían una ternura especial para Alberto. La Rioja era una tierra maravillosa. Una de las comunidades más pequeñas, pero con un gran corazón. Repleta de gente honrada con valores esenciales, que siempre acogen a forasteros y les ofrecen siempre probar su denominación de origen. Tierra repleta de paisajes de en sueño, de puestas de sol a lo alto del Isasa. Tierra de sueños y de diversión. Era una aventura cada vez que Alberto pisaba su tierra. En el fondo le había dolido que Claudia no quisiera acompañarlo. Sabía que todo esto le iba a encantar. Pero la entendía.

Claudia se quedó en la capital un poco estresada por todo el trabajo. Llegó el miércoles por la tarde y con él un WhatsApp de Adrián.

-Buenas tardes Claudia. ¿Cómo va la semana? Me preguntaba si te apetece que comamos uno de estos días.

Claudia leyó el mensaje de inmediato, pero antes de contestarle no paró de darle vueltas a lo que Dani le había dicho sobre que este chico quería algo más que una simple amistad. Bueno tendría que descubrirlo, ¿no?

-Hola Adri, pues esta semana tengo mucho trabajo, pero sí que tengo un hueco mañana, si tú puedes, claro. Un saludo.

-Perfecto, ¿te veo mañana en Plaza de España sobre la una?

-Vale, genial. Hasta mañana.

El resto del día continuo como otro cualquiera, cuando llegó a casa picoteó algo, puso al día la página web y sobre la una y media llamó a Alberto por videollamada.

-Hola Alberto, ¡estás guapísimo! ¿Cómo te ha ido el día?

-Hola guapa. Pues la verdad, todo muy bien, todo por aquí está en orden. Las bodegas produciendo más que nunca y mi familia muy feliz por verme. Bueno me han preguntado por mi corazón y les he hablado un poco de ti, espero que no te moleste.

-Jo, me alegro que todo esté bien. Yo también echo de menos a mi familia, a ver cuándo puedo escaparme. Claro que no me molesta mientras solo hayas dicho maravillas de mí- Claudia se ríe.

-Hombreee, eso no lo dudes guapa. Ay tienes cara de estar cansadita, ¿mucho curro hoy?

-Ha sido un día ajetreado la verdad, pero sin ninguna novedad, he ido al gimnasio y luego directa al videoclub. Me estoy agobiando un poco porque no paro de tener trabajo. A ver antes de que digas nada, no me agobia que haya mucho trabajo, eso es algo enormemente bueno, me agobia que no pueda responder a tanto.

-Bueno Claudia no tienes que preocuparte por eso. Eres una persona muy valiente y super trabajadora. Si ves que necesitas más tiempo siempre puedes dejar las clases del gimnasio. Pero... ¿a qué no te gusta la idea?

-No, no, quita, quita, eso me da mucha vida. Tienes razón soy una persona muy capaz, es lo que siempre había querido, ¿no? Pues venga a por ello.

-Qué fácil es motivarte cariño. Eres maravillosa.

-Que tonto eres eh, pero bueno, hacemos buen equipo. Bueno guapo, voy a irme ya a la cama, mañana he quedado a comer con Adrián después de las clases.

-¿Con Adrián? Pero, ¿este tipo de dónde ha aparecido?

-Es un amigo y cliente del videoclub. No tienes por qué preocuparte.

-Vale, cariño. Mañana hablamos.

-Hasta mañana guapo, que ganas tengo de que vuelvas y tenerte aquí a mi lado.

-Yo también. Te quiero

-Y yo a ti.

CUELGAN.

Alberto acababa de experimentar lo que se llama celos. Por suerte, la confianza de la pareja estaba al máximo y Alberto estaba totalmente seguro por Claudia. Lo que no confiaba era en ese tal Adrián. Los celos siempre llevan a la inseguridad que es lo que Alberto estaba experimentando. "Y sí ese tal Adrián le hace sentir mejor que yo, le aporta cosas que yo no soy capaz…" Alberto estaba un poco confuso, nunca había sentido celos y no tenía ni idea de qué hacer. Así que no hizo nada. Confiaba en Claudia y en que lo que ella sentía por él era real. No había nada de lo que preocuparse. Estaban bien, se querían. La verdad es que Alberto era muy inteligente a la hora de gestionar sus emociones. Era realista y nada dramático. Un punto a favor a la hora de llevarse malos ratos por películas que tu propia cabeza inventa.

Amaneció el jueves con un sol radiante. Claudia estaba a punto de salir de casa para ir al gimnasio. Llevaba un look bastante casual. Unos vaqueros largos blancos, sus Nike y un top color camel que le bajaba por el ombligo y le dejaba entre ver un escote apretado. A la una estaba esperando a Adrián en Plaza España. Llegó a los cinco minutos.

-Hola Claudia, ya estoy aquí.

-Hola Adrián, ¿dónde te apetece comer?

-Pues había pensado ir a un mexicano que hay aquí cerca, no sé si tienes mucha hambre.

-Si, sí, después de las clases siempre estoy hambrienta.

-Vale, genial está aquí a diez minutos. Se llama La venganza del Malinche. No sé si has estado alguna vez.

-La verdad que no, pero me encanta la comida mexicana, así que genial.

Llegaron al sitio que estaba ambientado toralmente al estilo mexicano, colores totalmente vivos y extravagantes que combinaban con las calaveras y esos sombreros gigantes. De fondo, música de mariachis. Era un lugar que trasmitía muy buen rollo. Pidieron unas fajitas y unos nachos para compartir y unos cócteles con lima y ron para acompañar. Tuvieron una comida de lo más normal hasta que a Adrián se le ocurrió la maravillosa idea de estropearlo todo proponiéndole que un día podrían ver una peli de Netflix en su casa. Vamos a ver, Claudia no era tonta. En ese momento se imaginó a Dani de fondo partiéndose el culo de ella. Adrián, el pobre, estaba de lo más nervioso, temblando y sudando, esperando la respuesta de Claudia.

-Sería una velada estupenda, pero Adrián, creo que no estamos en el mismo punto. Para mí, eres mi amigo, y siempre vas a ser mi amigo. No tengo otro interés. ¿Lo entiendes?

-Sí, claro que lo entiendo Claudia. Lo siento, tenía que asegurarme.

Claudia se moría de ganas por decirle que ya tenía un hombre maravilloso esperándola para hacerla feliz, pero claro, relación en secreto...

-No te desanimes, ¿sabes la de mujeres que estarían encantadas de esa película en tu casa? Eres un buen tipo Adri, a mí me encantaría poder conservar tu amistad.

Adrián estaba completamente cortado. Más que nada porque era consciente del ridículo que había hecho, menuda manera de preguntarle a la chica que te gusta si ella siente lo mismo... En fin, los nervios siempre juegan una mala pasada.

-Gracias Claudia, eso nunca va a pasar. Mi amistad siempre la tendrás. Oye que ricos están los cócteles, ¿no?

Cambiaron de tema radicalmente. A Claudia le daba mucha ternura. Después de comer ambos se fueron a sus respectivos trabajos. Sobre las cinco de la tarde, ocho de la mañana en Los Ángeles, Dani llamó a Claudia después de leer el mensaje: "Tenías razón con Adrián".

Estuvieron un rato hablando sobre la declaración, la verdad es que Dani no podía parar de reírse. Siempre transmitía muy buena armonía. Se echaban mucho de menos. Madre mía con agosto. Estaba dando mucho de sí y todavía quedaba la mejor parte.

Entrega en
Oporto

La última semana de agosto fue intensa para Claudia y Alberto. El fin de semana, Alberto llegó de su tierra con las pilas totalmente recargadas. Se llevó con él varias botellas de su vino que a Claudia le tenía enamorada, sobre todo el blanco dulzón. Pasaron el fin de semana en casa de ella. Solo salían de la cama para comer y en su defecto, Claudia para ir a trabajar. Claudia le había dado una copia de su llave a Alberto y él había hecho lo mismo. Por lo que para cuando Claudia llegaba a casa, Alberto le esperaba desnudo con la cena preparada. No había nada más gratificante que llegar a casa y encontrártelo así. La última semana decidieron pasarla en casa de Alberto, ese finde él tenía un viaje de negocios a Oporto y tenía que preparar todo. Estuvieron toda la semana dándose amor del bueno.

En las oficinas, todo el papeleo y trámites de las Bodegas González estaban controlados. Víctor se había conver-

convertido en la mano derecha de Alberto y sabía dirigir totalmente todos los negocios. Poco a poco la confianza entre ambos había aumentado. Quedaban muchos días para comer o después de trabajar para tomar unas cervezas. Además, desde que Víctor se había echado novia parecía una persona más calmada y sobre todo, feliz. Al final la chica que conoció antes de Noruega le h,bía tocado el corazón a un Víctor desilusionado. En septiembre se iría de vacaciones y estaba muy emocionado porque Laura, su novia, iba a ir con él a su tierra. Cómo cambian las personas cuando encuentras el amor, es cierto que se vuelven un poco más tontas, pero también más tiernas, comprensivas y empáticas. Alberto le alegraba enormemente por su amigo y deseaba contarte todo acerca de Claudia, pronto podría hacerlo.

Por otro lado, Claudia había hecho un gran esfuerzo interior por conectar con su organización, su valentía y su coraje para poder sacar todo su trabajo adelante. Lo había conseguido con creces. Por las mañanas, aprovechando que Alberto amanecía sobre las ocho, se levantaban juntos y después de desayunarse y antes de las clases del gimnasio, Claudia dejaba todas las reservas de la web preparadas, además de todos los vídeos editados para Instagram, así cuando salía de trabajar solo tenía que hacer un repaso de todo. Adrián se había pasado esa semana por el videoclub para dejar claro que las cosas seguían como siempre. Había considerado que la amistad de Claudia era más preciada que no tener nada de ella. Por las noches, tanto a Claudia como a Alberto les gustaba dedicarse uno al otro. Había muchísima comunicación. Claudia le había contado sin reparos que Adrián estaba colada por ella, y que se moría de ganas por decirle que ya tenía un hombre que la completara.

-¿Hasta cuándo vamos a estar así, Alberto?

-Pronto Claudia, prometo empezar el año de otra manera. Sin secretos. Prometo no perderte.

Alberto había decidido que Claudia le contara a Dani toda la historia. El pobre no tenía ni idea de que obviamente Dani ya estaba enterada de todo. El viernes Alberto marchaba a Oporto por lo que el jueves tuvieron una noche muy especial. Alberto estaba atormentado por las mentiras que le decía a Claudia y dedicarle tiempo, amor y algún regalo, le hacía sentir algo mejor. Había decidido comprarle un coche. Alberto tenía dinero de sobra, pero era dinero negro. Siempre tenía mucho cuidado a la hora de gastarlo, no podía levantar sospechas ante la Policía. Pero bueno un Audi A3 azul oscuro tampoco era mucha sospecha, la empresa de vino también le generaba muchos ingresos. Claudia llegó sobre las doce y media a casa. Alberto le estaba esperando medio desnudo, que era como a ella le encantada, con un delantal cubriendo sus zonas intimas y un poco de sushi en la mesa.

-Hola cariño, ya estoy aquí-. Claudia entró en la cocina. -Mmmmm, mi chico ya me está tentando-. Se acercó y se dieron un beso apasionado.

-Hola guapísima, ¿cómo te fue la tarde?, ¿tienes hambre?

Claudia le contó su tarde tal y como había pasado. La verdad es que siempre contaban todo con todos los detalles, a ambos les gustaba recrear las escenas, mientras Claudia picoteaba algo de sushi. De pronto, Alberto sacó una caja.

-¿Qué es esto, Alberto?

-Pues un regalo. He estado pensado que hace cinco meses que te conozco y que te has convertido en mi otra mitad, me apetecía tener un detalle contigo por lo comprensiva que has sido, lo bien que me estás tratando y cómo me estás salvando.

-Alberto... pero eso lo hago porque recibo exactamente lo mismo de ti y no necesito un regalo como agradecimiento, porque lo que hago, bueno lo que hacemos nos sale del corazón.

-Ya lo sé cariño, pero me apetecía. Venga ábrelo.

Claudia lo abre y dentro de la caja encuentra unas llaves de coche.

-No puede ser Alberto.

-Claro que puede ser tonta, era lo que querías desde hace tiempo, pues ya lo tienes. No quiero que te pongas pesada con que no hacía falta, que no lo quieres y más cosas qué sé que estás pesando. Es tuyo. No le des más vueltas.

Claudia no sabía cómo reaccionar. ¿HOLA? Le había regalado un coche. Pero, esto qué era, ¿una película? No podía creérselo. Era demasiada adrenalina que explotó únicamente como dos personas que se quieren saben hacerla explotar. Con buen sexo. Claudia le miró a los ojos mientras se acercaba sutilmente. Se sentó encima de él, lo abrazó con sus piernas duras y comenzó a comérselo con besos muy pasionales y largos. Alberto reaccionó enseguida, mientras continuaba esos besos salvajes, agarraba a Claudia del culo para ir subiendo poco a poco las yemas de sus largos dedos por la espalda curvada de Claudia hasta llegar a los pechos que estaban erizados. Los besos cada vez eran más sexuales. Claudia comenzó con el cuello mientras la bragueta de Alberto estaba a punto de explotar. Alberto la cogió. Claudia se escapó. Se hacía la interesante, ahí de pie, en frente de él mientras iba bajando poco a poco sus jeans e iba quitándose la camiseta. A Alberto se le caía la baba observándola. Era un sueño tenerla así para él. No pudo más. Se levantó, la cogió de nuevo, le arrancó el tanguita rosa y la tumbó en la mesa de la cocina que aún quedaba restos de sushi. Se desnudó, dejó ver a Claudia su gran erección y seguido agarró las piernas de Claudia, las abrió y se sumergió en su maravilla. Joder, que bien lo hacía. Claudia gemía, estaba chorreando. Alberto no paró hasta que le hizo estallar en un orgasmo largo y lleno de gemidos. Cómo le ponía hacer sentir tan viva a Claudia. Seguido se subió en la mesa, volvió a coger las piernas de Claudia las elevó hasta dónde pudo y la embistió poco a poco hasta que su miembro llegó bien al fondo. Entraba y salía, sin presión, con amor. Claudia seguía gimiendo. Alberto le agarraba con fuerza los pechos. Entraba, volvía a salir hasta que Claudia decidió tomar el control. Se subió encima de él. Poco a poco se iba deslizando hasta entrar bien adentro. Subía y bajaba esas caderas que le pedían más. Subían y bajaban. Alberto empezó a gemir. Claudia le agarraba con fuerza del pelo. Alberto acompañaba las subidas y bajadas de Claudia con su cadera. Estaban compenetrados. Se miraron. Claudia le dio la señal y ambos explotaron con una dosis de amor salvaje, bueno y real.

Fue una noche larga, pero a la mañana siguiente enseguida sonó el despertador para Alberto. Eran las seis de la mañana. Le esperaba un viaje largo hasta Oporto. Tenía que ir obviamente en coche para transportar la mercancía en un doble compartimento que había equipazo en el maletero de su Mercedes. Para las siete de la mañana estaba saliendo de casa. Dejó a Claudia con Bimba y una nota que ponía: Te veo el lunes, preciosa, te quiero. Puso rumbo a Cercedilla. Cogió el cargamento, lo escondió en el maletero y puso rumbo a Oporto. Eran ya las ocho y media de la mañana. Le esperaban más de cinco horas y media de camino. Se puso de fondo música y comenzó a conducir. Era algo que le encantaba. La sensación de sentirte independiente a todo y sobre todo, libre. Mirar como el paisaje va cambiando a medida que vas atravesando comunidades autónomas. Es una experiencia totalmente enriquecedora. Sobre las dos de la tarde llegó a aquella pequeña mansión que se encontraba entre la mayor refinería de la zona, Matochinos y la playa das Salinas. Protegida por los directores sobornados de la refinería, era el lugar idóneo donde hacer cualquier actividad ilegal. Aparcó y le abrieron la puerta dos gorilas. En el fondo del salón estaba Michel. El cliente que se encontró en su viaje a Mánchester. Tenía muy buen aspecto, mejor que cuando lo vio hace unos meses.

190

-Buenas tardes, Alberto. Bienvenido. -le saludó con ese español con acento tan inglés.

-Hola Michel. Te veo con muy buen aspecto. ¿Cómo va todo?

-Pues la verdad es que todo va bien. No problemas. Nos estamos haciendo con el negocio en mi tierra. Estamos contentos. Todo okey.

-Me alegro muchísimo. He dejado fuera el cargamento en el cobertizo al lado de la piscina. Como me dijeron tus indicaciones.

-Okey. No problema. Relaja Alberto. Nos espera un fin de semana muy divertido.

Michel era un tipo de lo más encantador. Siempre se preocupaba porque todo el mundo estuviera agusto y cómodo. Era un tipo honesto y leal. Por eso a 'El Gusano' le encantaba hacer negocios con él. Era algo seguro. Alberto se acomodó en su habitación. Oporto siempre le gustaba. Era una ciudad totalmente interesante. Preciosa en todos sus aspectos, sus playas, sus jardines, la desembocadura del Duero, los puentes, sobre todo el de Luis I, las bodegas de vino... Era una ciudad espectacular, pero lo que más le llamaba a Alberto la atención era el contraste de lo bonito con esos edificios antiguos medio quemados que había por todas partes. Hacían de la ciudad algo misteriosa, pero con encanto. Un lugar totalmente recomendado para viajar.

El fin de semana se estaba pasando rápido. Muchas conversaciones, mucho vino, mucha comida y mucha fiesta. Era increíble lo locos que se ponían los ingleses cuando se trataba de una fiesta. Todo iba bien hasta que Michel se fue de la lengua.

-Oye Alberto, y ¿cómo está José después del incidente?

-¿Qué incidente, Michel?

-El incidente que ocurrió hace un mes con 'El Montes', llegó a mis oídos que 'El Montes' le tendió una trampa y murieron tres de vuestros hombres...

Alberto se quedó bloqueado. Pero, ¿qué estaba diciendo Michel?, ¿Estamos locos?, ¿Cómo iba a pasar algo tan sumamente fuerte y no se lo habían comunicado? Era imposible. No podía ser. No, no claro que no. Michel se equivocaba. Estaba claro. Alberto improvisó.

-No te creas todas las historias que cuentan, Michel. Ya sabes cómo es la gente, la envidia corrompe y solo nos quieren ver en el suelo.

-Deberías asegurarte, friend, pero dejemos de hablar de esto. Vamos a divertirnos un rato.

Michel se levantó, cogió una botella de vino y empezó a bailar. Para tener sus cincuenta años movía la cadera a la perfección. La fiesta se desató para todos, menos para Alberto. Se había quedado con una sensación muy extraña. Bien sabía que lo que decía Michel era cierto, más bien no sabía porque José se estaba comportando así. No eran más que problemas en este mundo. Ahora que había conseguido estabilizarse y centrarse en lo que de verdad le importa, vuelta a la incertidumbre. Pasó un rato con la banda de Michel y enseguida volvió a sus aposentos. Eran la una de la mañana del sábado. Llamó a Claudia.

-Hola guapa, ¿cómo te ha ido el día?

-Hola bombón. Todo en orden. Sin novedad. Deseando que vuelvas para darte una vuelta en mi maravilloso coche, me encanta Alberto, ¡M-E   E-N-C-A-N-T-A! El color, los asientos de cuero, todo, todo, muchísimas gracias.

-Me alegro pequeña. Estoy deseando verte.

-Por allí, ¿todo ha salido bien?

-Sí, estoy teniendo mucha suerte últimamente.

-No es suerte, Alberto, eres tú que trabajas en profundidad tu suerte. Me alegro muchísimo. ¿A qué hora llegas mañana?

-Por la tarde, ¿voy a recogerte y vamos a tu casa?

-Perfecto. Y así me cuentas todo con detalles.

-Está bien cariño. Te veo mañana entonces, voy a descansar.

-Buenas noches guapo, te quiero.

-Te quiero Claudia.

CUELGAN.

Septiembre, ¿tranquilo?

El paso del tiempo es inevitable, por eso hay que exprimir los momentos de felicidad al máximo, porque una vez que pasen esos mismos momentos no vuelven. Volverán otros y quizás ya no sean tan felices. No somos conscientes de lo importante que es el tiempo por eso la mayoría de las veces lo perdemos. Perdemos tiempo en cosas banales como mirar el Instagram de famosos que nunca pararan su tiempo por ni siquiera contestar un comentario. Perdemos tiempo en mirar millones de páginas de ropa que luego nunca compraremos. Perdemos el tiempo enganchándonos a series ficticias cuando deberíamos estar creando nuestra propia serie de nuestra vida. Vivimos ahogados en la tecnología, que, por supuesto, es necesaria. Pero no es tan fundamental como para dejar de quedar con tus amigas por ver una película, o dejar de ir a ver a tu familia porque no hay tiempo suficiente. El tiempo es el mismo para todas las personas, pero cada uno en su esencia decide como gastarlo. Por eso, si amas, que sea de verdad, si arriesgas, arriesga hasta el final y sobre todo si vives, vive exprimiendo todos los días la mejor versión de ti, para que cuando tu tiempo termine puedas sentirte totalmente realizado y mentalmente pleno. El tiempo se había llevado más de la mitad del año, septiembre siempre era un mes increíble. El verano acababa y con ello se llevaba los últimos anocheceres cálidos, las últimas fiestas de los pueblos, últimos festivales y últimos alientos de vacaciones. Para Alberto y Claudia había sido un mes más de amor. No había novedades. Víctor se había ido de vacaciones con su novia las dos primeras semanas y Alberto se había encargado del negocio sin tener ningún tipo de problema. Claudia seguía a tope de trabajo en el videoclub, pero se las estaba apañando muy bien. Todo seguía prácticamente igual que el mes pasado con dos pequeños matices. Claudia estaba preparando el viaje a Los Ángeles para ir a visitar a Dani en octubre y Alberto estaba con la mosca detrás de la oreja con su última conversación con Michel.

Dani y Claudia habían decidido que octubre era un mes estupendo para que Claudia la visitara, los vuelos no estaban excesivamente caros, que aun así lo eran, pero bueno tenía alojamiento en casa de Dani que ya estaba totalmente adaptada y podría dedicarle el tiempo suficiente. Iba a ser increíble, lo que ambas amigas siempre habían querido, cruzar el charco y juntas. El vuelo salía el lunes 12 y regresaría el domingo 25. Dos semanas de absoluta felicidad.

Por otro lado, 'El Gusano' se puso en contacto con un Alberto que estaba decepcionado por la situación.

-Hola compañero, ¿cómo ha pasado el verano? ¿Todo bien con Michel? Me resulta extraño que no te hayas puesto en contacto conmigo. ¿Todo bien?

-Hola José. Todo ha ido como debería ir. Supongo que te llegaría la bolsa con el dinero. El verano ha sido muy tranquilo. Todo está bien, solo me atormenta el hecho de que 'El Montes' te la haya vuelto a jugar y no hayas sido capaz de contarme nada.

-Si, llegó el dinero. Alberto no me malinterpretes. Fue algo que se nos escapó de las manos. Hemos realizado una asamblea y hemos llegado a una conclusión que llevaremos a cabo el año que viene. La policía está muy encima de nosotros. No he querido decirte nada, porque tu trabajo con nosotros ha concluido. Puedes abandonar este mundo cuando lo veas necesario. La entrega de final de año se ha suspendido. No hay explicación, así lo he decidido, por lo que eres una persona libre para comenzar tu vida de la mano de aquella chica tan encantadora.

-¿Se os escapó de las manos? Y no me vas a contar nada más. José una cosa es que quiera salirme de este mundo y otra que me trates como a un desconocido. Soy yo, Alberto. ¿Y por qué se ha cancelado?

-Compañero, no hagas preguntas. Las cosas están así. Siempre serás bienvenido a la que siempre será tu casa. Por aquí no es seguro que te explique mucho más. No te atormentes, no le des más vueltas. Todos estamos bien. Y solo quiero que tú también lo estés.

-Está bien, José. Nos veremos pronto, te lo aseguro. Un abrazo enorme.

-Hasta pronto, Alberto. Un abrazo.

Alberto estaba en modo indignación. No entendía cómo era posible que con todo el trabajo que ha dedicado a la banda se le excluyera tan fácilmente, le dolía en lo más profundo de su ser. Obviamente no entendía que todo esto, José lo hacía para protegerlo. Habían cancelado la entrega de finales de año, entrega dónde Alberto iba a intentar asesinar a 'El Montes', todo se había ido a la mierda. Joder. El tiempo se le echaba encima. No tenía medios, ni ayuda. Su idea de venganza no salía de su cabeza, pero poco a poco el modus operandi estaba decayendo. Lo que todavía no sabía es que el destino o una casualidad más iba a llamar a su puerta con un entusiasmo por vengarse desgarrador.

....

Despertaba colgando de unos garrotes que le sujetaban las manos y los pies. Un cubo de agua helada penetraba hasta lo más profundo de sus huesos. Había perdido toda su musculación y como si de un perro de pruebas se tratara, ahí estaba recibiendo todo tipo de golpes, sin lamentación, creyendo que era todo lo que merecía. Su traición debía ser castigada. Y, entonces, aparecía el tipo de casi dos metros con una catana bien afilada y en el momento que iba a atravesarle todo el corazón ya frío, sin ningún tipo de sentimientos, esperando su muerte, Fran despertaba de golpe como si hubiera renacido. La situación que había aceptado el pobre Fran era totalmente desoladora. Estuvo casi un mes en aquella sala tan oscura, tan fría y tan inhumana. Les contó todo desde el principio hasta el final. Cómo iba a ser el plan original, quiénes eran los detectives encargados en el caso, les contó sus vidas, sus planes, mientras recibía golpes a diestro y siniestro. Y después de casi un mes de sufrimiento, de golpes, de dedos rotos, Fran no tenía fuerzas para más y aceptó la situación como algo que merecía. No hay peor desolación que una persona que todavía respira, pero está muerto por dentro. Estuvo dos semanas recuperándose en sus aposentos con todo tipo de lujos, era el propio José el que se encargaba de curarlo, de darle de comer y de estar pendiente de él. No era para nada comprensible que la misma persona que le había tenido casi un mes de torturas ahora le estuviera sanando. Pero José era así. Hacía justicia a su manera. No se podía entender. Solo se podía respetar.

-Ahora eres un hombre nuevo Fran. Me ha dolido en el alma que hayas tenido que pasar por esto, pero me dolió muchísimo más tus mentiras, la manipulación y que hayas intentando jugar con la vida de tantas personas. Ahora puedo decirte que no te guardo ningún tipo de rencor, que eres un buen hombre y mi confianza en ti volverá, estoy dispuesto. Ahora es tiempo de descanso. La banda y yo tenemos un asunto por el norte. Te veré la semana que viene con más ánimo. Ahora debes descansar.

Fueron las palabras de José antes de su plan en A Coruña. Era su manera de pedirle perdón y perdonar al mismo tiempo. Fran apenas podía hablar todavía. Tenía una fuerza mental increíble y había reflexionado mucho ante la situación en la que se encontraba. La conclusión era que todo se lo había merecido y le habían dado una segunda oportunidad que está vez sí que iba a aprovechar. La tristeza es tan tremenda cuando ves que un hombre que aprecia su vida se resigna a pensar que todas las desgracias que le ocurren le son totalmente merecidas. Por supuesto que Fran no se merecía ese mes horrible, pero también era consciente de en qué mundo se había metido. No había marcha atrás. Había renacido, un nuevo Fran.

Cuando José y la banda volvieron de aquella inesperada trampa, todo era tristeza en aquella infinita mansión. No había fiestas, el trabajo se había paralizado y José ya no era el de antes, poco a poco su alma iba muriendo, tardó más de tres días en ir a su habitación. Su mirada estaba totalmente pérdida, su alma se había encogido y había encogido su delicada espalda.

-¿Cómo estás compañero?, espero que te hayan cuidado bien en mi ausencia. Acaba de pasar una tragedia.

Y como si Fran jamás lo hubiera traicionado o como si José no lo hubiera torturado estuvieron consolándose mutuamente. José le abrió su corazón, lloró lo que no se había permitido llorar delante del resto y agonizó como nunca antes. Se desahogó contándole absolutamente todo lo que había pasado. El recibimiento, el intercambio, el engañó, la explosión, las muertes carbonizadas, los entierros... Y a ello le sumaba cómo José se sentía. La desolación, la tristeza, la ira, la frustración y sobre todo, la venganza. Tampoco era una venganza personal, que tenía mil razones para ello, era ya una venganza pública para que ese demonio dejara de causar daño.

Fran lo abrazó como a un padre, le secó las lágrimas y le apoyó en todas las decisiones que tomó. Nunca había visto a José así y era algo que le dolía en lo más profundo de su ser. Había que tomar decisiones. Fue por ello que un día de septiembre marcó un número de teléfono conocido. Porque había otra persona que al igual que él, tenía el mismo respeto y apreció sobre José. Había otra persona que quería venganza, otra persona que no estaba al corriente de las novedades y que sabía dominar su Glock a la perfección. Tan meticulosa, organizada y seria como él. Con una inteligencia por encima de la media. Había otra persona en la faz de la tierra que era la indicada para un último trabajo. Y esa era Alberto. LLAMANDO.

Juntas todo
es mejor

No puede haber amistad donde no hay libertad. Claudia estaba sentada en el avión apunto de despegar. Eran las tres de la mañana. Los nervios se le estaban acumulando en el estómago. Eran doce horas y media de vuelo. El vuelo más largo de Claudia. Todo era insignificante porque iba a encontrarse con su amiga. Claudia llevaba en una libreta todos los lugares que quería visitar que no eran pocos. Llevaba su réflex en el cuello como siempre que viajaba. La película que Claudia se había imaginado en su mente no tenía desperdicio. 3, 2, 1... DESPEGANDO.

El viaje fue muy pesado. Al principio no podía dormir, pero no le importó porque le había tocado ventanilla y aunque era todavía de noche no le importaba mirar hacia abajo e imaginar que estaba volando por el infinito del Océano Atlántico. A mitad del viaje logró dormirse unas cuatro horas, pero cuando abrió los ojos ya estaba amaneciendo por lo que la curiosidad por explorar nuevos paisajes la despertó de inmediato. La verdad que los aviones de los vuelos trasversales son bastantes cómodos, hay mucho espacio entre los asientos que son muy confortables. Los azafatos están siempre muy pendientes por lo que transmitían mucha seguridad. A las tres horas de despertarse anunciaron que en poco más de media hora llegarían.

Dani estaba totalmente emocionada. La vida en Los Ángeles era diferente. Todos los días amanecía a las cinco de la mañana porque para las siete ya estaba en la oficina. La única ventaja es que, para la hora de comer, sobre las dos, acababa su jornada laboral teniendo toda la tarde por delante. Era una vida mucho más cosmopólita, todo a grandes rasgos y exagerando, pero se había adaptado a la perfección, nunca le habían agobiado las acumulaciones de gente. La oficina era totalmente impresionante y el equipo totalmente preparado. El director, Josep, venía de ser director de uno de los bancos más importantes allí, por lo que enseñarle era pan comido. Dentro de la oficina había dos chicas con las que había congeniado a la perfección y se habían encargado de enseñarle la ciudad de la fama. Marina era nativa de New York, pero el trabajo le había trasladado a Los Ángeles. Tenía un look espectacular de gringa que le acompañaba siempre sus trenzas y lentillas azules. Era todo bondad. Emily era un huracán. Todo carácter que acompañaba un pelo totalmente rizado rubio y unos ojos azules verdosos claros. Era todo locura. Las tres hacían una combinación de lo más peculiar. Dani estaba ansiosa por presentarles a Claudia. Cuando salió de trabajar fue directa a ese espectacular aeropuerto con vistas al mar. Claudia llegaba sobre las tres y algo de la tarde. El avión aterrizó.

Dani la estaba esperando con una pancarta enrome que ponía Claudia con muchos corazones, era el típico detalle de Dani que Claudia odiaba, pero no le importo lo más mínimo, cuando la vio de lejos empezó a correr hacía Dani y cuando ésta la vio empezó a correr hacia ella. Se unieron en un abrazo infinito, muchos gritos y lloros. Una escena de lo más normal en una película de Hollywood. Pero no. Eran dos amigas que se acababan de encontrar.

-Estás preciosa Dani, ¡madre mía, que bien te han sentado Los Ángeles!
Claudia no paraba de observarla parecía distinta con un brillo más espectacular. Iba vestida muy empresaria con un traje azul cielo, una blusa blanca y tacones amarillos a juego con el mini bolso. Estaba increíble, como siempre.

-Gracias Claudia, tú también estás espectacular. Vamos a por el coche ya casita. Habrás llegado muy cansada.

-¿A por el coche?

-Sí tía, no te lo vas a creer, pero eso de vivir el sueño americano es totalmente real. Me han dejado un coche de empresa. Lo llaman Land Rover, esto está siendo un sueño Claudia.

-Tííííaaa. Empecemos la aventura ¡YA!

Condujeron unos veinticinco minutos hasta llegar a Montebello. Ciudad que se localizaba al este de Los Ángeles y a tan solo quince kilómetros del centro. Dani vivía en la décima planta del edificio más alto de la ciudad. Rodeada de un inmenso parque verde y de árboles frondosos. La zona parecía muy tranquila. Durante el viaje no pararon de hablar. Tenían que contarse muchas cosas. Claudia sobre el videoclub, Alberto y las novedades en su día a día. La verdad es que, si no fuera por Alberto, Claudia no tendría ninguna novedad, pero era Dani la que más tenía que contar. Subieron las diez plantas en menos de quince segundos en ese ascensor que parecía más una nave espacial. Entraron en el piso de Dani. Era enorme. Todas las paredes acristaladas, le daban paso al sol todas las mañanas que le acompañaban el bamboleo de las ramas de los árboles del parque con el cantar de los pájaros. No podía ser un sonido más placentero. La cocina era enorme, demasiado para Dani, y abierta al salón con un sofá que rodeaba toda la sala de cuero mullidito blanco y una televisión de más de setenta pulgadas. El baño estaba incorporado en la habitación que parecía una suite. La cama de metro cincuenta en el fondo al lado de los ventanales que daban al otro lado del parque. Nada más entrar el cuarto de baño con bañera, pero lo más alucinante de todo es que la ducha estaba en mitad de la habitación. Unas mamparas acristaladas opacas y una alcachofa como una canasta de baloncesto descendía del techo.

-Es un pisito de soltera que no recibe muchas visitas. Empezó a reírse Dani como una loca. Te va a tocar dormir culo con mi culo. Claudia todavía estaba flipando con la habitación.

-Menos mal que tienes un culazo muy confortable. Y le siguió la broma.

-Te he preparado un armario para que puedas meter la ropa y no se te arrugue.

La zona vestidor estaba en el ala sur de la habitación enfrente del baño. No era un vestidor como tal, pero había por lo menos tres armarios empotrados y un zapatero maravilloso.

-Gracias, Dani, me encantaría darme una ducha.

-Si claro nena, no te preocupes, si quieres relajarte es mejor la bañera, si no la ducha no tiene pérdida. Voy a hacer algo para comer, tienes hambre, ¿no?

-Sí, tía muerta de hambre me hayo. ¿Podrías decirme el wifi? Muchas gracias.

-Mariposavoladora. El primero que te salga.

Dani volvió a la cocina y empezó a picar unas verduritas para hacer con un poco de pollo. La comida en América era lo que más le había costado adaptarse a Dani. Lo más saludable era lo más caro. Casi todo el mundo no perdía tiempo para comer, siempre se pillaban algo rápido de camino a la oficina, pero Dani había conseguido llevarse casi siempre a trabajar un tupper con su comida. Al principio la miraban un poco extraño, pero poco a poco, bastantes habían cogido ese hábito. Llegó a la oficina revolucionando la manera de pensar de los estadounidenses. La calidad, responsabilidad y resultado era igual de impecable, pero desde que llegó se permitían tomarse un café a mitad de mañana y reírse un buen rato. Dani abrió un buen vino blanco, para nada eran como los de España y mucho menos como los de Bodegas González. Mientras Claudia se estaba relajando en la bañera, se había distraído tanto que se había olvidado de Alberto. Cogió el móvil. Mensajes de Alberto.

-Clau, avísame en cuanto toques tierra y tengas wifi. Pásalo en grande pequeña, te lo mereces todo. Te espero aquí con ganas.

-Hola guapísimo. Todo ha ido bien, el viaje ha sido increíble. Al principio no podía dormirme de los nervios, pero no veas que sensación de comerme el mundo me ha entrado. Luego ya pude dormir un poco y cuando llegue estaba Dani con una pancarta esperándome, me la he tenido que comer entera. Ya estamos en su pisazo. Alberto estoy flipando, cómo se lo está montando. Esto es increíble.

Ambos sabían que solo podrían hablar cuando Claudia tuviera wifi, no iban a poder comunicarse mucho pero bueno eran solo dos semanas.

-Clau, llevas más de una hora. ¿Todo bien? La comida ya está lista.

-Sí, si nena, tenías razón que la bañera relajaba. Dijo entre carcajadas. Ya salgo. ¿Vamos a salir hoy o me pongo el pijama?

-No, nena, hoy mejor nos quedamos en casa, nos ponemos al día, nos bebemos unas botellitas de vino y así descansas.

-Ay sí, era justo lo que quería.

Comieron en el suelo, en unos pufs que Dani tenía. La televisión americana era alucinante. Decidieron poner una pelicula de fondo, porque no la vieron. Eran como las siete de la tarde. Empezaron a hablar sobre absolutamente todo. Claudia tenía la impresión de que tanto lujo igual había cambiado a su amiga. Enseguida se dio cuenta que eso era imposible.

– Se que estarás flipando con el piso, yo también. Parece todo muy guay, pero no lo es. Cuánto más grande, más espacio vacío y cuanto más espacio vacío más anhelas a tus seres queridos. Porque sé cuidarme y me gusta mi soledad, pero también me gustan los abrazos sin sentido o las cenas preparadas. Por eso no te quería contar que si los detalles del piso, el coche, porque todo el banal Clau, lo único que me reconforta además de mi evolución profesional es que ahora estás aquí, conmigo.

Se abrazaron y volvieron a brindar y otra botella más. Acabaron a media noche bailando encima del sofá de Dani y decidieron irse a dormir. Dani amanecía a las cinco, aunque se puso el despertador a las seis, no tenía que hacerse comida. Empezaban bien las vacaciones.

Los Ángeles City

Todo estaba saliendo a la perfección. Había mil planes por hacer y se encontraban en la ciudad del cine. Algo que obviamente Claudia había apuntado en su lista. Lo que no sabía es que la organizada de Dani ya había preparado un calendario de todas las cosas que hacer cada uno de los días y había que seguirlo sí o sí. Ella trabajaba por las mañanas, pero pidió jueves y viernes de las dos semanas libres, por lo que solo trabaja de lunes a miércoles hasta las tres de la tarde, ni tan mal para poder disfrutar el máximo tiempo posible con su amiga. Lo primero de la lista era Hollywood.

La noche no fue muy larga pero si intensa, por lo que Claudia había descansado lo sufcientemente bien para que a primera hora de la mañana, el ansia por descubir cosas, la despertara. Estuvo pensando el Alberto unos minutos y cuando su sonrisa ya era desgarradora, dió los buenos días a Dani. Ambas tomaron un café rápido, pues no se podía perder mucho más tiempo y comenzaron a prepararse.

Las dos amigas se pusieron sus mejores y más extravagantes galas para recoger esas calles tan exitosas. Claudia optó por un look divo. Un vestido largo y ancho de estampados amarillos y naranjas con un escote provocador y botines de tacón caoboys blancos. Melena suelta, labios rojos y gafas de sol grandes y blancas. Estaba increíble. Llevaba una americana igual de larga que el vestido blanca también. Dani, por su parte había optado por una falda de tiro alto y por encima de las rodillas negra de cuero, un top azul claro que llegaba hasta por encima de la falta y también dejaba entre ver sus pechos, unos botines de tacón negros de aguja y una americana con hombreras negra. Gafas de sol azul también claro y grandes. Labios rosas. Parecían salir de un estreno importante pero la ocasión lo requería, cogieron bolso, cámara y llaves y salieron de casa para comerse Los Ángeles.

Recorrieron el Walk of Fame y Dani pudo sentir la ilusión y emoción de una Claudia que estaba cumpliendo su sueño. Los pelos de punta, las miradas de complicidad. Todo era especial. Recorrieron aquellas calles tan magnificas y llegaron en taxi hasta el Hollywoos Forever Cementery, parque donde descansan las tumbas de Rudolph Valentino, Douglas Fairbanks, Judy Garland y Cecil B. DeMille, entre otros. El camposanto se encontraba en Santa Mónica Boulevard, justo detrás de Paramount Studios, por lo que también aprovecharon para descubrir aquellos mundos donde estaban rodando varias escenas. Eran días de mucho turisteo, pero los días pasaban demasiado rápido. Otro día lo invirtieron en visitar el indescriptible Downtown de Los Ángeles y pasear en medio de sus rascacielos. Visitaron el centro cívico y conocieron el punto neurálgico de la ciudad de las estrellas. Pasearon por el Ayuntamiento y la catedral de Nuestra Señora de Los Ángeles.

Se impresionaron con la arquitectura contemporánea del Walt Disney Concert Hall e hicieron shopping en el Fashion District de Los Ángeles.

Todos sabemos que existe un lugar llamado Beverly Hills. Y era el punto número dos en la lista de Claudia. Su fama se debe a que en él se esconden gran parte de las estrellas de Hollywood y, además, el barrio ha salido en numerosas series y películas. Ambas amigas tuvieron la oportunidad de ver grandes mansiones de la ruta que hacía el trolley americano (un minibus con apariencia de tranvías antiguos), además también pasearon por la famosísima calle comercial Rodeo Drive y, por supuesto, visitaron Warner Brothers, uno de los estudios de cine más importantes del mundo. La información que Claudia iba recopilando eran tantísima que las notas de su móvil ya ni se entendían. Tenía mil ideas para el Instagram del videoclub. Los días pasaban muy rápido, pero eran muy agotadores. Había tantísimas cosas que ver...

Llegó el primer fin de semana. Decidieron pasear el sábado por la mañana por la playa de Santa Mónica y relajarse con el sonido del mar al fondo. Tumbarse en la arena, aunque no hiciera muchísimo sol, pero sentir esa paz y armonía que tenía esa playa. Ambas amigas se estaban conociendo muchísimo más. Qué bonito es querer, pero querer bien. Sin prohibiciones, ni malas caras. Aceptándose siempre la una a la otra y sabiendo en todo momento lo que la otra estaría pensando. Después de comer y tomarse unos gins en aquellos chiringuitos decidieron sobre las ocho volver a casa. El domingo iba a ser de ensueño y Claudia todavía no lo sabía.

Amaneció el domingo. Eran las nueve de la mañana. Dani se levantó sin despertar a Claudia, fue a la cocina y empezó a hacer el desayuno. Puso YouTube en la tele con el sonido al máximo nivel y de fondo la canción de Mulán. Claudia empezó a despertarse. Dani apareció cantando como una loca la canción y se tiró encima de su amiga.

-Buenos días bella durmiente, hoy toca ponerte cómoda. Nos vamos al país de ensueño.

-Buenos días loca, ¿y cuál es ese país?

Dani sacó de sus bolsillos dos entradas para Disneyland y se las plantó en la cara a Claudia.

-No puede ser Dani, no puede ser.

-Sí, pequeña, nos vamos a Disneyland a pasar un día rodeadas de princesas.

Ambas empezaron a gritar y a saltar encima de la cama. Comenzaron a cantar todas aquellas canciones con las que se habían criado y volvieron a gritar, a saltar, a abrazarse. Qué bonito era todo.

-Venga vamos a desayunar y a prepararnos que para las once he quedado en el parque con Marina y Emily, tengo muchas ganas de que las conozcas. Va a ser un día estupendo. Siempre hemos querido ir a Disney.

Claudia se encontraba en un estado de "flipando" todo el día. Cogió el teléfono y escribió a Alberto.

-¡Nos vamos a Disney! Esto está siendo increíble Alberto. Ojalá estuvieras aquí conmigo. Te echo de menos. Espero que tengas un día maravilloso. Me haré mil fotos para darte envidia, hablamos cuando llegue a casa de Dani. Te quiero.

Desayunaron tranquilamente, aunque no tenían mucho tiempo porque ambas tenían que ducharse. Para aligerar un poco, Dani utilizó la ducha y Claudia la bañera. Se pusieron muy cómodas. Dani optó por unos vaqueros de tiro alto y una camiseta de manga corta blanca y sus Nike. Pelo con coleta. Claudia optó por unas mayas fucsias con una camiseta de manga larga blanca también, pero larga. También optó por sus Nike. Gafas de sol, gorra y mucha ilusión. Salieron de casa sobre las diez y media pasadas. Para las once y poco estaban aparcando en el infinito parking de Disney. Marina ya estaba llamando a Dani. Enseguida se reunieron e hicieron las presentaciones. Las cuatro entraron por primera vez al parque

que era un recinto enorme. Todo era impresionante. Se cogieron de la mano y comenzaron la aventura. Nada más entrar estaban los recintos de parques, de taquillas, información Hollywood land... Y luego hacía en norte empezaba la fantasía. El inmenso palacio reinaba en toda la plaza, a la derecha Tomorroland, a la izquierda Adventureland, Frontierland y New Orland Square y en frente, Star's Wars y Micky. Madre mía. Mucho que ver en solo un día. Se pudieron manos a la obra. Habían acordado cuáles eran los espectáculos que no se podían perder y las atracciones que sí o sí tenían que montarse.

Fue un día muy intenso pero muy, pero que muy emocionante. La adrenalina subía y bajaba recorriendo sus cuerpos llenos de ilusión. Cuales niñas pequeñas disfrutaron de algo mágico. El parque cerraba sus puertas a las doce de la noche y a las doce de la noche les estaban invitando a salir. Fue un día que las cuatro recordarían por siempre. El resto de la semana que todavía les quedaba por delante la invirtieron en descubrir Little Tokyo que, como su nombre indica, es el barrio japonés de Los Ángeles y Chinatown donde se adentraron a través de sus templos, museos, calles y plazas. Otro día lo dedicaron a realizar la ruta por la autopista Pacific Coast Highway que atraviesa las montañas de Malibú por un lado y abraza el océano por el otro. Fue una experiencia totalmente recomendable ya que tuvieron la suerte de ver altos acantilados, playas vírgenes y fauna salvaje, desde leones marinos hasta mismísimas ballenas. Acabaron la tarde en Zuma Beach, una playa ideal para broncearse y relajarse después de tanta adrenalina. Estaba siendo una experiencia increíble que ninguna de las dos amigas olvidaría nunca. Se reservaron el último fin de semana para subir al Observatorio Griffith, donde se encuentra un espectacular mirador situado encima de una colina en la zona sur de Hollywood y donde pudieron disfrutar de un atardecer divisando el skyline de Los

Ángeles. Y cómo no, fueron a visitar el Planetario Samuel Oschin, lugar donde se hicieron la típica foto al lado del famoso letrero de Hollywood.

La semana ya había terminado y rápido llegó el domingo. Las cinco de la mañana. El vuelo salía a las siete. Ambas amigas salieron dirección al aeropuerto. En sus mentes, mil recuerdos inolvidables. Una experiencia que les había unido muchísimo más y que les había cambiado por dentro. Qué gran palabra es la amistad. Qué gran sentimiento. Y ahí estaban de nuevo, en el embarque. Otra despedida más. Pero esta tenía un sabor diferente. En menos de dos meses, Dani volvería a casa. El megáfono llamaba por última vez a los pasajeros con destino a Madrid. Claudia y Dani se miraron, empezaron las lágrimas, esta vez de felicidad, por todos los momentos, todas las risas, aventuras y descubrimientos. Un abrazo eterno y reconfortante. Claudia se iba alejando y Dani no paraba de mirarla y llorar. Estaba muy orgullosa de Claudia. Claudia se perdió entre la multitud.

La obra
maestra

Alberto estaba muy contento por Claudia. El viaje a Los Ángeles era necesario para que ella pudiera salir de la rutina, además había descubierto el significado de la palabra amistad gracias a ambas amigas. Sintió una punzada de tristeza al entender que él nunca había experimentado tal conexión con alguien del mismo sexo, pero no quiso profundizar en ello. No era el momento. Además de sentirse ilusionado por Claudia, el viaje le iba a venir genial para poder desplazarse hasta Valencia, hablar con José y por supuesto, y por lo único que ahora mismo le rondaba en la mente, verse con Fran.

Hace una semana Alberto había recibido una llamada de lo más inusual, pero al mismo tiempo interesante. Fran se había puesto en contacto con él en una conversación muy misteriosa e inquietante que solo le dejó claro que estaba dispuesto a contarle todo lo que había pasado y que tenía en mente una idea descabellada que necesitaría de su ayuda. No hay nada más frustrante para el ser humano que la curiosidad, la incertidumbre, ese afán por descodificar lo que no se logra entender. Pero la curiosidad mató al gato. Alberto necesitaba saber qué se estaba ideando en la cabeza de Fran y necesitaba saber porque él podría ayudarlo. Sabía perfectamente que Fran no era un tipo común. Había logrado seguirlo durante mucho tiempo, un cerebro intelectual y una maestría para el camuflaje. Tenía mucha información en la cabeza y sabía el modus operandi de la Policía y también de las bandas de armas. La idea estaba claro que iba a ser brillante.

Puso rumbo a Valencia, pero antes, dejó a Víctor dirigiendo la empresa, como ya era de costumbre, había decidido subirle el sueldo, porque la verdad es que nunca se quejaba de nada y siempre daba su mejor versión profesional. El amor le había traído alegría, ilusión y sobre todo, felicidad. Alberto entendía todo eso, por eso estaban conectando de una manera diferente, siempre a bien. Tres días después de que Claudia volase a Los Ángeles, preparó todo para su viaje a Valencia que iba a demorarse hasta el domingo. Alberto había avisado a José y éste estaba deseando de abrazarlo. Alberto tenía en mente que sería la última vez que pisaría la mansión. El viaje en coche fue muy ameno la verdad, tenía tantas propuestas sobre la idea de Fran que estuvo divagando todo el viaje. En menos de cuatro horas ya estaba por esos laberintos de caminos que había que memorizar para poder llegar hasta ese aparcamiento tan inusual. Aparcó en su GC66. Respiro profundamente, era consciente de que iba a experimentar muchos sentimientos, y salió del coche. Llegó sobre las cinco de la tarde del jueves. Los gorilas de la primera puerta de la entrada le dejaron pasar, sin poner impedimentos. Alberto era esperado y todos lo sabían. Recorrió ese camino hasta llevar a la puerta de entrada principal. Pasó por el detector de metales, dejó sus pertenencias en la taquilla y lo llevaron hasta esa maldita sala de espera que solo le hacía desperarse aún más.

Estuvo esperando veinte minutos. José estaba reunido. Después uno de los gorilas le dio paso. Alberto estaba decepcionado con 'El Gusano', pero el primer sentimiento que experimentó fue ternura. Cuando entró en aquel salón de moqueta roja y cuadros extravagantes vio al fondo, siempre al lado de la chimenea, a un José diferente. Su mirada estaba perdida, su espalda había encogido y se respiraba un ambiente desolador. Se acercó observando todo y una vez en frente de él, José lo abrazó como si no hubiera un mañana hasta que algunas lágrimas salieron de aquellos ojos tan cansados.

- Buenas tardes compañero, ¿cómo ha ido el viaje?

- Hola José, todo en orden. ¿Cómo estás?

- Todo en orden. -José mentía y Alberto lo sabía- No hay muchas novedades. El negocio sigue viento en popa.

- He venido por lo que me dijiste la última vez de que ya puedo acabar con este mundo. Lo voy a hacer José, pero no antes sin una buena despedida.

-Claro que sí, muchacho, es lo que necesitamos, una buena fiesta, y aunque sea de despedida, aquí siempre tendrás una casa y una familia, Alberto, ya lo sabes.

- Claro que lo sé, José. Lo que deberías saber tú también es que aquí tienes un brazo en el que apoyarte siempre. Para lo que necesites. -Alberto quería indagar en el tema de la trampa en A Coruña, pero enseguida comprendió que José no quería hablar del tema.

- Lo sé, Alberto. Muchísimas gracias por todo. ¿Cómo está la familia? ¿Y esa chica tan guapa?

- La familia está muy bien. Mi madre poco a poco está volviendo a ser la misma, tiene mucho apoyo de mi hermana. La vida pasa y hay que recuperarse lo antes posible de todos los incidentes. Con Claudia todo está bien, también. Ahora se ha marchado a Los Ángeles a visitar a una amiga. No te preocupes por ella, no sabe nada acerca de esto y es mejor. Pero mi vida ha cambiado, creo que la he encontrado. No me veo sin ella.

- Ay Alberto, no sabes que feliz me haces sabiendo todo esto. Me alegro un montón por ti. El amor puede ser el arma más poderosa del mundo, pero también puede ser el mejor antídoto para la felicidad. Hay que cuidarla día a día, no lo olvides. Bueno te quedas hasta el domingo, ¿no? Qué bien. Vamos a hacer una fiesta por todo lo alto. Si quieres vete a descansar y esta noche lo celebramos.

- Claro que sí, José. Luego nos vemos.

A medida que Alberto iba saliendo del salón dirección su habitación empezó a experimentar tristeza. Tristeza por todo lo que la banda y, sobre todo, José le habían enseñado en su vida. La superación, el cumplir sueños y metas. Un hogar, una familia y lugar donde descansar, desconectar, desahogarse y lugar donde resurgir. Dejar todo eso atrás era una tarea complicada pero necesaria. En su corazón siempre habría un hueco para todos los buenos momentos. Alberto era parte de la banda y aunque su retirada era inminente, siempre se sentiría parte de ella. Llegó a sus aposentos y decidió descansar un rato. También estaba experimentando el nerviosismo porque no había parado de pensar en Fran desde que había pisado la mansión. ¿Qué habría sido de él? Lo entregó a José sin pudor y siendo consciente de lo que le esperaba y ahora quería hablar con él, todo era muy extraño. Sobre las nueve de la noche bajó al salón donde el festín ya estaba preparado. Las botellas de vino tinto de Bodegas González estaban ya abiertas en la mesa. De fondo, música tranquila. Poco a poco se fueron reuniendo todos los que en esos momentos se encontraban en la mansión, unas treinta personas. Antes de empezar a comer, José siempre hacía un pequeño brindis de apertura. "Hoy estamos aquí para celebrar la vida, celebrar que somos personas que nos levantamos y seguimos luchando y celebrar también que hay más vida que no solo la banda", le guiñó el ojo a Alberto. "Así que compañeros que hoy solo haya sonrisas, por todos nosotros". La cena con fiesta incluida empezó. Alberto estaba muy desconcertado, Fran había aparecido en la escena, pero ni siquiera se había dignado a mirarle. Después de cenar recogieron todo menos las botellas de vino que seguían apareciendo de la nada. Sobre las doce de la noche, José se retiró a sus aposentos. Los demás se quedaron celebrando. Alberto que no era un bebedor común, ya se había bebido una botella entera de su vino y estaba planteándose retirarse también, pero aguantaba porque Fran seguía ahí. Para las dos de la mañana, más de la mitad se retiraron, era jueves y el viernes había que seguir trabajando. La fiesta para el resto seguía. Cantaban, bailaban como podían y reían, sobre todo reían, se relajaban. Fue a eso de las tres de la mañana cuando Alberto ya estaba rebentadisímo y casi no soportaba su cuerpo, cuando Fran se le acercó y le susurró, mañana a estas horas en la sala de torturas. Seguido desapareció y con él, Alberto también. Confuso y borracho. ¿En la sala de torturas? Pero, ¿por qué ahí? No entendía nada, pero su cabeza le daba muchas vueltas así que nada más llegar a la habitación cayó en un sueño profundo. Amaneció al día siguiente con una resaca de esas que sabes que la noche anterior fue maravillosa. Lo mejor para estos casos es darse una buena ducha. Alberto estaba ya desnudo cuando el agua empezó a caerle por todo su cuerpo, recorriendo sus glúteos, sus abdominales. Estaba pensando en Claudia cuando se dio cuenta que su pene estaba muy erecto. Decidió tocarse mientras el agua seguía cayendo, pensando en su reencuentro con Claudia, empezó a jadear y cuando el agua empezaba a calentarse, explotó dejando atrás la resaca. Estaba como nuevo. Fue un día de lo más tranquilo, todo el mundo estaba con su trabajo. Tenían entrega la semana que viene así que estaban de preparativos. Igual que había amanecido pronto anocheció. Alberto salió con el sentimiento del miedo de su habitación a las tres de la mañana dirección la sala de torturas. ¿Y si Fran le quería castigar con el mismo castigo que obtuvoél? Muchas preguntas que enseguida tendrían respuesta. Fran le estaba esperando solo dentro.

- Buenas noches, Fran.
- Hola Alberto.

Alberto se encontró con una persona totalmente diferente a la que recordaba. Había perdido gran parte de su musculación, su mirada estaba demasiado activa y se notaba como con nerviosismo.

- Antes que nada, quería decirte que me imagino lo que han podido hacerte, Fran. Pero debes entender que era mi obligación entregarte a José y espero que el rencor que me guardes se pueda sanar.

- Todo lo que te hayas podido imaginar, estoy seguro que no es ni una tercera parte de lo que realmente he sentido, pero gracias por tus disculpas. No te guardo ningún rencor, sabía dónde me estaba metiendo y ahora soy un hombre totalmente nuevo. Es un tema que tampoco quiero recordar.

- Si, claro. Lo entiendo Fran. Me tienes muy intrigado. ¿A qué se debe tu llamada? -Alberto estaba bastante más tranquilo, veía la verdad en la mirada de Fran. Sabía que era un tipo muy parecido a él y eso en el fondo le gustaba, porque significaba que a la hora de la verdad, ambos llegarían hasta el final.

- Empezaré por el principio. He decidido quedar en este lugar porque dada mi experiencia sé que es un lugar que no se suele frecuentar a no ser que alguien lo esté ocupando, que no es el caso. Por lo que tenemos vía libre. Quedaremos todas las noches aquí y es muy importante que esto no lo sepa absolutamente nadie más. ¿Lo entiendes?

- Lo entiendo.

Fran empezó a contarle paso por paso, tal y como José se lo había contado, la trampa de El Montes en A Coruña. Alberto lo escuchaba muy concentrado para no perderse ningún detalle. Continúa con la vuelta a la mansión de la banda, la desespeción, la frustración y desolación, con la mirada perdida de José, con sus agonías y sus miedos. Sus lágrimas, sus malestares, sus preocupaciones. Le contó la asamblea, los puntos de vista de cada uno de los integrantes, las soluciones puestas encima de la mesa. Y finalmente le contó la solución final de José. Asesinar una vez por todas a aquel demonio que se había llevado tantas vidas por delante. Después le contó la idea de salirse de la banda y ceder su trono.

- Después de todo aquello Alberto, se me iluminó la idea. Y por más vueltas que le doy, sé que tú y yo somos los elegidos para llevar a cabo este plan. Porque yo sé que José no puede más. El Montes es para él su fin y no podemos permitir el fin de José.

- Estoy totalmente de acuerdo Fran. No entiendo porque no ha querido contarme nada de esta historia tan trágica. Se me ha encogido el corazón.

- Él solo quiere protegerte Alberto. Para él eres como su hijo. Yo lo puedo entender. Mi obra maestra acaba con la vida de El Montes a finales de año. Y para poder asesinarlo, necesito tu ayuda. No sé si estás dispuesto. Tengo el plan, tengo la información, tengo los medios, solo necesito un socio.

- Cuéntame, ¿de qué se trata?

- Empezaré por el principio. A principios de diciembre, dentro de exactamente un mes y medio tiene lugar el Festival Internacional de Cine en San Sebastián. Es uno de los festivales de cine más importantes de España y tiene el cierre de la temporada. Gracias a mis contactos y fuentes se a ciencia cierta que 'El Montes' va a aprovechar esa ocasión para realizar una entrega a la banda de Cantabria. Toda la seguridad, Policía y focos van a estar en el famoso festival de cine. Y según mis fuentes de la banda de Cantabria la entrega va a tener lugar en mitad del festival. Sobre las doce de la noche. Mi obra maestra es simple y sencilla. 'El Montes' va a estar tranquilo porque parece ser que tiene controlado, quién entra y quién sale en su zona. Y sabe perfectamente que El Gusano todavía se está recuperando puesto que ha decidido cancelar la entrega de finales de año. El plan es entrar en San Sebastián sin que los hombres de 'El Montes' nos localicen, buscar una ubicación perfecta en el sitio de la entrega y pegarle un tiro en la distancia, directo al corazón. Cuando se produzca, la banda de Cantabria y uno de nosotros dos, qué estará integrado en la banda de Cantabria, nos encargaremos de deshacernos de los secuaces que le acompañen, cogeremos los cuerpos y los trasladaremos a un punto seguro dónde podamos deshacernos de ellos. Es sencillo y efectivo. ¿Qué opinas?

- No tiene mala pinta, pero es fundamental la confianza que tienes en la banda de Cantabria, a estas alturas no podemos confiar en nadie.

- 'El Montes' no tiene ni idea de la cantidad de enemigos que ha ido generando a fuego lento. La banda de Cantabria perdió al número tres de la banda en una entrega con 'El Montes' cuando uno de sus secuaces disparó directamente a la cabeza del número tres porque estaba haciendo movimientos, según él, extraños. Desde entonces, siguieron sus negocios, porque la vida sigue, pero nunca han podido olvidar lo sucedido. La venganza comenzó a aflorar en ellos cuando entré en sus vidas contándole las desgracias que nos ha generado ese sinvergüenza. Y entonces la opción de cooperar conmigo fue inminente. Confío plenamente en ellos, llevó varios meses preparando y negociando con ellos.

- Está bien. El plan me parece totalmente aceptable. La ejecución es sencilla y el plan parece perfecto.

- Yo puedo encargarme de que entremos en San Sebastián sin sospechas, encontrar el lugar perfecto y meterle ese tiro directo al corazón,pero necesito que estés en el lugar del crimen, con la banda de Cantabria pues ellos me piden alguien de mi confianza que se la juegue a su lado y he pensado en tí.

- Fran, quiero ser yo quién mate a 'El Montes'. Se llevó la vida de mi padre, me dieron una paliza y ahora están matandolentamente a 'El Gusano', tengo muchísimas más razones que tú para matarlo.

Alberto no pensó mucho si la idea era perfecta o no, ni siquiera si él estaba más expuesto que Fran o que si su vida correría más peligro. Solo quería su venganza.

- Por eso mismo, Alberto. Porque tienes razones suficientes para hacerlo, no debes hacerlo, si no la destrucción y la muerte entrará en tu vida para quedarse durante mucho tiempo. Convertirse en un asesino no es una tarea fácil. Tienes una vida por delante y una mujer con la que formar una familia. Yo no tengo absolutamente nada. Créeme que estoy más preparado que tú. Además, es mi plan y se va a ejecutar tal y como yo lo he maquinado.

- No me parece una razón de pecho, pero sí, tienes razón. Es tu plan. Y yo me ceñiré íntegramente a tu obra maestra. Cuenta conmigo para lo que necesites.

Se dieron la mano en señal de pacto sellado y durante las siguientes noches estuvieron acordando todos los puntos estratégicos para que el plan fuera una auténtica obra maestra, sin ningún tipo de fallo. Días intensos, de dormir poco, pero días productivos. Alberto se fue el domingo de aquella mansión que le había convertido en el hombre que era. Dejó atrás a José con mucha tristeza y ternura.

"Siempre estarás en mi corazón, Alberto. Esta será siempre tu casa. Y no dudes en pedirme cualquier cosa que necesites, te quiero mucho compañero".

Fueron las palabras de José seguidas de un abrazo acogedor, lleno de paz y de amor, de esos que te salvan la vida.

"Nos veremos pronto José. Esto no es una despedida, es un hasta luego"

Alberto se alejó lentamente sin querer mirar atrás para que las lágrimas no salieran de sus ojos negros. José le despidió llorando, dándole igual que el resto lo viera llorar porque el resto de la banda estaba en su misma situación. Una parte, tanto de José como de Alberto, se desgarró porque quizás no volvieran a verse más. Otra parte, se liberó, porque una nueva vida comenzaba. José no paraba de llorar como aquel padre que ve irse a su hijo buscando una vida por sus porpios pies, sin ya necensitar su ayuda. Alberto entró en el coche y dejo de escribir ese capítulo de su vida. Punto y aparte.

Punto y
seguido

Eran las siete y media de la tarde del domingo. Alberto estaba esperando en las llegadas de la terminal cuatro. El corazón se le salía del pecho, estaba nervioso y ansioso por ver a Claudia. Le había echado mucho de menos. Claudia estaba aterrizando, pisando por fin suelo español, sintiéndose en casa. Desbordaba alegría y mucha ilusión. No sabía que Alberto la estaba esperando. También lo había echado mucho de menos. Estaba bastante cansada, habían sido unas vacaciones de no descansar. Despeinada y en chándal, salió por la puerta de salidas cuando de pronto lo vió. Estaba precioso. Se había cortado el pelo y llevaba barba de por lo menos dos semanas. Su mirada brilló al verla. Estaba preciosa con esa media melena despeinada, algo de legañas en los ojos y un chándal que le dejaba ver su ombligo. Claudia corrió hasta él y a medida que se acercaba, la adrenalina de la sorpresa, el reencuentro y las ganas de besarlo desataron todo su cuerpo.

Se tiró encima de su él, Alberto la cogió sin problema. Y mientras los megáfonos anunciaban la salida de un vuelo con destino Cuba, ambos se besaron como si fuera el fin del mundo, apasionadamente, acabando en unas carcajadas conjuntas y varias lágrimas de felicidad. El resto del mundo les daba igual. En ese instante, ellos eran lo importante.

-Te he echado mucho de menos, Alberto, gracias por venir a recogerme. Estás precioso.

- No veía el momento en que regresaras Clau. He echado mucho de menos tus tonterías, tus besos, tus ánimos. A ti entera. Te quiero.

Se volvieron a abrazar y a besar. No hay nada más bonito en la faz de la tierra que el amor correspondido. Un amor libre, sin preocupaciones. Un amor basado en la confianza y en el dialogo, donde ninguno de los dos se permita no hacer algo por el otro, si no que haya cooperación por buscar sueños juntos y hacerlos realidad. Todavía no sabían la suerte que habían tenido de conocerse. Era un amor maduro, real y bueno, sobre todo bueno. Alberto cogió la enorme maleta de Claudia y salieron juntos de la mano hacía el coche.

- ¿A dónde vamos? -preguntó Alberto.

- Vamos mejor a mi casa, para dejar la maleta. ¿Mañana trabajas?

Claudia no volvía a trabajar hasta el miércoles. Odiaba la vuelta a la normalidad inmediata. Necesitaba dos días para prepararse mentalmente todo lo necesario para volver.

- Sí, pero creo que para la hora de comer habré terminado. No te preocupes vamos a recuperar estas dos semanas.

Llegaron a casa de Claudia sobre las ocho y media de la tarde. Claudia estaba muy hambrienta. Decidieron pedir sushi. En media hora había llegado. Ambos lo devoraron porque realmente lo que tenían ganas era de devorarse mutuamente. Claudia se metió en su ducha minúscula. Alberto no pudo esperar. Abrió la mampara, asustando a Claudia. La miró. Ella le sonrió. Alberto entró. El agua estaba caliente. Alberto la besó salvajemente. Claudia le respondió. Alberto la cogió, colocando de golpe la espalda de Claudia contra la pared. Claudia le rodeaba su cuerpo con sus piernas. El agua descendía por sus cuerpos desnudos. No necesitaban mucho calentamiento. Alberto estrujó aquellos pechos que se lo estaban gritando. Claudia deslizó sus labios por el cuello de Alberto. Pudo ver que Alberto estaba muy duro y por supuesto, preparado. Ella sentía la adrenalina del momento y se sentía, sobre todo, muy mojada. Cuando estaba subiendo por el cuello le susurró cerca de la oreja. "Métela, por favor". Los pelos de punta de Alberto delataban su nivel de erotismo. Hizo todo lo que le pidió. Lentamente fue bajándola hasta poco a poco penetrar sus zonas más profundas. Las embestidas eran cada vez más profundas, más fuertes. Claudia gemía sin parar. Alberto repetía el mismo procedimiento, una y otra vez. Entraba y salía al ritmo de los gemidos de Claudia. Claudia empezó a dar pequeños botes para sentirla bien adentro. Alberto se excitó demasiado. Los dos estaban compenetrados. Seguían subiendo y bajando. Alberto la miró. "Claudia…". Claudia no paró. Aumentó la intensidad. Más rápido, más fuerte. Y entonces explotó gritando todo el placer que Alberto le estaba dando. Alberto excitado por sus gritos se dejó llevar explotando en el mismo acto. Qué maravilla es esto del buen sexo. Se pasaron la noche hablando sobre el viaje a Los Ángeles. Claudia le contó todas las anécdotas sin dejarse ningún detalle. Alberto se embobaba mirándola. Sobre las tres de la mañana quedaron sumidos en un profundo sueño. Abrazados. Ya estaban juntos de nuevo.

Amaneció la última semana de octubre. El sol había ido desapareciendo poco a poco y ahora el escenario era para las nubes y el viento. Los árboles se habían teñido de marrón y las hojas se iban cayendo al suelo. Octubre había sido un mes muy movidito y Alberto llevaba unos días reflexionando, sobre todo lo ocurrido. Con Claudia todo estaba bien, bueno, mejor que nunca. A veces se necesita distancia para poder ver desde lejos, lo que realmente quieres. Y Alberto quería a Claudia. Eso estaba claro, pero poco a poco se iba sintiendo mal por el hecho de la mentira. Pero esa reflexión era muy delicada. Si le contaba algo a Claudia seguramente le dejaría. Era lo más normal. Su relación era real, pero basada en una mentira. Y si no le contaba nada, la mentira iba a ir pudriéndose dentro de su cuerpo. Ninguna opción era viable, pero algo se le ocurriría. Ahora solo podía pensar en el plan de final de año. Alberto le había asegurado a Fran que seguiría su plan al pie de la letra, pero Alberto nunca ha sido de trabajar en equipo. Por eso, llegó a la conclusión de que no iba a empezar a estas alturas a cooperar. Iba a seguir todo al pie de la letra, pero iba a ser el propio Alberto el que en el lugar de la escena y de la mano de su Glock iba a disparar directamente en el corazón de 'El Montes'. Después se encargaría del resto. Sabía que era un plan arriesgado y sabía que había probabilidades de que el plan fallase eran muchas, y que pudiera salir herido o incluso muerto, también. Pero si era lo último que iba a hacer en la banda y por José, lo iba a hacer bien. Además, el que no arriesga nunca gana. Estaba decidido. La venganza por fin iba a ser plena. Qué irónico es todo cuando tienes la mente nublada. Estaba decidido a perderlo todo en su vida por ganar un poco de tranquilidad ¿mental? No era una buena decisión. Claudia por su parte no tenía ni idea de lo que Alberto estaba maquinando. Ella seguía con su vida que hasta ahora era de ensueño. Volvió a la rutina. En el gimnasio le habían echado mucho de menos. Era la mejor profesora sin ninguna duda. La más paciente y la más enérgica. Volvió con muchas ganas, ganas de darlo todo, y así fue. Por el videoclub todo estaba según lo había dejado. Echaba de menos sus películas. Sobre las cinco de la tarde ya estaba completamente sumida a la rutina. Actualizó su Instagram y subió el vídeo que había estado preparando estos días de Hollywood. Con el viaje, tenía material para por lo menos todo el mes siguiente. Los clientes estaban un poco más relajados en octubre. No alquilaban películas con tanta frecuencia, pero bastante más que el octubre pasado. A final de la tarde Adrián apareció en escena.

- Hola Clau, ¿qué tal?, ¿cómo lo has pasado?

Claudia se acerca a saludarle con dos besos y un abrazo.

- Hola Adri, buah ha sido el viaje de mi vida, todo ha sido perfecto. Además, he visto muy feliz a Dani que era lo importante. Flipé con Hollywood. Tenías razón, me iba a enamorar. Todas las calles, todo. El ambiente, los estudios. Increíble. Pero qué te voy a contar si tú también lo has vivido.

- Lo sabía, sabía que te iba a encantar. Pues pasaba por aquí para invitarte a comer un día de estos, tengo algo que no vas a poder decirme que no.

- Uy uy, ¿te estás poniendo interesante? Porque te está funcionando. Esta semana estoy algo liada con la incorporación, pero ¿comemos el viernes que viene?

- Me parece bien. Te veo entonces, pasa un buen día.

Se dieron otro abrazo de despedida y Adrián se marchó. La relación de ambos había pasado al nivel de muy amigos. Adrián había logrado aparcar sus sentimientos para dar pie a una relación totalmente sana de amigos que compartían intereses comunes y se lo pasaban muy bien juntos.

Noviembre

Quedaba un mes para la gran obra maestra. Alberto mantenía el contacto con Fran a través de esos móviles infranqueables. Se llamaban una vez a la semana para contarse novedades, pero Alberto esperaba su visita la segunda semana de noviembre. Fran tenía que desplazarse hasta Cantabria para dar los últimos retoques del plan con la banda e iba a aprovechar para parar en Madrid. Tenía que contarle varias cosas a Alberto. Mientras tanto, Claudia y Alberto seguían disfrutando de lo que poco a poco iban formando. Iban a ser ocho meses totalmente increíbles. A veces no necesitas todo el tiempo del mundo, ni muchos momentos especiales o maravillosos para saber que te has topado con alguien único. Y eso mismo les había pasado. La conexión era tan alucinante que pareciera que se conocían de toda la vida. Exceptuando claro, el secreto de Alberto. Amanecieron juntos el viernes. Prácticamente amanecían juntos casi todos los días. No habían tenido la conversación de irse a vivir juntos, porque a Alberto no le interesaba, pero era algo que tenían en mente en cuanto comenzara el próximo año.

- Buenos días preciosa.

- Buenos días.

- Voy a desayunar, ¿quieres que te prepare algo?

- Si, porfa. Hoy me voy a levantar antes, las clases se me han adelantado una hora y luego he quedado a comer con Adrián.

- Muy bien. ¿Qué quiere ahora Adrián?

- Pues no lo sé, dijo que tiene algo que ofrecerme que no podré decir que no, así que esta noche te cuento.

- Me da mala espina, Clau.

Claudia empezó a reírse, le hacía mucha gracia los mini celos que le entraban a Alberto.

- Alberto ya hablamos del tema y te conté todo. Adrián es solo un buen amigo, no tienes que preocuparte.

- Si ya lo sé tonta, anda ven aquí que te mereces un buen despertar.

Alberto se tiró encima de ella y empezó a hacerle cosquillas, Claudia no solía tener muchas, pero lo de los pies era terrible. Alberto, que lo sabía, fue directo a los pies. Empezaron a reírse hasta terminar besándose y mirándose. No había dudas. Solo había mucha confianza. Alberto se fue sobre las ocho y media de la mañana. Claudia se quedó en casa preparándose. Para ir al gimnasio no se preparaba más que la bolsa. Una vez que hacía las clases tenía su propia taquilla con ducha para asearse, arreglarse y maquillarse. Era viernes y las clases de los viernes intentaban ser explosivas, porque eran las últimas. Todos sudaban muchísimo. Había optado por un look bastante cómodo. El tiempo estaba raro, no hacía frío, pero tampoco calor. El entretiempo es la mejor estación del año para las americanas o las chaquetas vaqueras. Había optado por la segunda. Unos pantalones vaqueros blancos más bien anchitos de tiro alto. Una camiseta de manga corta roja y la chaqueta vaquera larga y bastante ancha. Habían quedado en la propia Malasaña para comer pizza. Adrián ya le estaba esperando.

- Hola guapa. ¿Cómo te ha ido la mañana?

- Hola Adri, la verdad que muy motivada. Se han ido todos sudando de las clases, pero tengo un hambre terrible. ¿Tú qué tal?

- Bien, muy bien. -Adri se empieza a reír- No dudo que se fueran sudando, último día y es el que más los machacas. Qué cruel eres.

Entraron al restaurante que tenían reserva por lo que no tuvieron que esperar mucho. El restaurante estaba en la misma calle que el videoclub de Claudia por lo que no tenían prisa, además esas pizzas había que degustarlas porque eran las mejores de todo Madrid. Pidieron dos cervezas para beber. Mientras esperaban a las pizzas, Adrián sacó algo de su bolsillo que dejó encima de la mesa.

- No puede ser, no puede ser Adri. Son entradas para el Festival Internacional de Cine de San Sebastián. No puede ser.

- Claro que lo es. Me han invitado y he pensado que tú debes ser mi acompañante. No pienses mal eh, es porque sé que lo vas a disfrutar. Las otras personas con las que podría ir, están metidas en mi mundo y por tanto, también tienen su invitación. Entonces, ¿qué me dices?

Claudia estaba flipando. Estaba sonriendo como una tonta. Era una oportunidad increíble para conocer a todo ese mundillo. Madre mía.

- Qué, qué te digo. Pues por supuesto que sí. Cuenta conmigo para ello. ¿Es a mitad de diciembre no?

- Genial. Sí, es del diez al veinte de diciembre. Las invitaciones son para el primer sábado que, como ya sabrás, es el importante.

- Genial, madre mía Adri, esto es genial. Muchísimas gracias.

- No las des, Clau para eso estamos. Bueno vamos a comer que esto tiene una pinta exquisita.

Tuvieron una comida de lo más agradable. Claudia empezó con las películas en su cabeza, que si iba a conocer a no sé quién actor, que iba a tener el honor de hablar con no sé quién director, que iba a desfilar en una alfombra roja, que a ver qué se ponía... Hablaron muchísimo pero ya era la hora de volver a trabajar. Se despidieron con un abrazo muy fuerte, pronto se volverían a ver. El resto del día para Claudia fue muy normal. Por la noche, Alberto fue a recogerla. Hoy tocaba dormir en su casa.

- Buenas noches guapa.

- Hola precioso, ¿cómo te ha ido el día?

- Un día más. Esta todo bastante parado la verdad, pero hoy hemos recibido el primer informe de Noruega y todo está yendo a la perfección. -Alberto saca una botella de champagne- He pensado que podríamos celebrarlo.

- Es una idea estupenda, además, tengo que darte una gran noticia. Venga vamos para casa.

- Uy eso tiene pinta a Adrián, ¿no?

- Cómo me conoces eh, anda vamos a casa que no se si voy a poder aguantar hasta entonces.

Fueron andando, como de costumbre, hasta Plaza España donde Alberto había aparcado. Enseguida habían llegado al garaje de Alberto. Subieron al piso, descorcharon la botella de champagne y brindaron por el gran viaje a Noruega. Alberto estaba bastante juguetón, Claudia también, pero estaba más ansiosa por contarle la noticia. Alberto empezó a besarla. Claudia empezó a erizarse.

- ¿No quieres que te cuente eso?

- Más tarde, mejor.

Alberto se lanzó sobre ella sin dejarle decir nada más. Empezó a lamerla desde el cuello hasta su zona intima. Claudia no pudo decir nada, solo se dejó llevar. Un buen sexo oral te lleva al paraíso. Estuvieron más de una hora dándose amor del bueno. Explotando el uno en el otro. El champagne hizo su efecto efervescente. Se abrazaron con mucho amor.

- Bueno, ahora ya puedes contármelo. Le dijo Alberto mientras le acariciaba el pelo. Claudia le miró con cara de pilla.

- Bueno es que no te lo vas a creer, igual tampoco eres consciente de lo que significa para mí, pero... atención redoble de tambores... brbrbrbrbr. ¡Me voy con Adrián al Festival Internacional de Cine en San Sebastián! Le han dado dos invitaciones y me ha invitado y, por supuesto, no he podido decir que no. ¿A qué es maravilloso? Yo recorriendo una alfombra roja, codeándome con lo mejor del cine español. Es un auténtico sueño.

Alberto se quedó en blanco. ¿Cómo era posible tanta mala suerte? Era difícil ocultar una mentira así, pero ahora se le había complicado todo mucho más. Entendía la ilusión de Claudia y estaba muy feliz por ella, pero también le hubiera gustado ser partícipe de tanta ilusión. Sabía que era algo que no podía echarle en cara.

- Es una oportunidad increíble, Clau. Me alegro un montón. La abrazó, se levantó y volvió con la botella de champagne. Esto hay que volver a celebrarlo. Un brindis por lo orgulloso que estoy de mi chica. Espero que disfrutes y saborees todo al máximo. Todo va a ir bien, se decía a sí mismo.

Brindaron, se besaron y Claudia estuvo especulando sobre cómo iba a ser todo mientras Alberto se quedaba embobado y medio dormido acostado en sus pechos. Noviembre seguía su ritmo. El tiempo avanzaba y quedaba un mes para el gran plan. Esta semana Alberto esperaba a Fran por lo que decidió tomar distancia con Claudia. Para que no sospechara le contó que estaban trabajando en otro proyecto importante para comienzos de año y que esta semana iba a estar bastante ocupado. No podría dormir todos los días con ella. Qué complicado es esto de las relaciones. Cuanta más confianza y más complicidad, más explicaciones. Nos empeñamos en que la otra persona no se enfade que al final damos explicaciones sin sentido. Con lo bueno que sería ser libres, sin tener que explicar nada, ni hacernos sentir mal. El filósofo Kant tenía una visión muy lógica sobre las relaciones: "Un mismo fenómeno cobra múltiples significados dependiendo del observador que esté presente, esa que nos recuerda que, de algún modo, no somos poseedores de la verdad absoluta y que la vida tiene tantos matices como personas habitan en el mundo". Esto es lo bonito y lo complicado. Bonito porque nos enriquece y complicado porque, a menudo, conlleva un ejercicio de responsabilidad, humildad y, sobre todo, aceptación. Se necesita un gran proceso de empatía para ser conscientes de que la otra persona interpreta una misma situación de manera diferente. Tener presente que nuestra pareja puede ofenderse con algo que para nosotros puede pasar desapercibido nos mantiene alerta. Porque, a menudo, no es tanto lo que sucede sino cómo lo experimentamos cada uno. Por lo tanto, no se trata tanto de convencer y exigir al otro que asuma nuestra visión sobre la vida, sino de intentar comprenderlo, de averiguar cómo percibe a través de su mirada. Porque solo cuando entendemos que cada persona puede tener una opinión diferente y que se forma sus ideas a partir de su biografía, de su historia, es cuando verdaderamente seremos capaces de establecer relaciones sanas y sinceras. De lo contrario, viviremos en medio de una marea de enfrentamientos y conflictos. Claudia era una mujer bastante lógica por lo que tampoco le pedía muchas explicaciones a Alberto. La verdad es que seguían el estilo de Kant a la perfección. Llegó el día de la visita de Fran. Habían decidido encontrarse en aquella casa de Cercedilla dónde se encontraron la primera vez, solo que ésta vez iba a ser diferente. Eran las siete de la tarde, Alberto salió de la oficina con prisas, tenía que pasar por casa a coger las llaves del coche.

En menos de media ahora había llegado al pueblo. Tomó dirección a la sierra. El tiempo estaba muy revuelto, hacia un viento espantoso. Por fin llegó a su terreno. Entró en la casa y preparó la chimenea. A los quince minutos, un coche aparcó en frente de la casa, era Fran. Alberto salió a recibirle.

-Buenas tardes Fran, ¿cómo ha ido el viaje?

Alberto se acercó, se dieron un buen abrazo con un apretón de manos.

- Hola Alberto. Ha sido un viaje muy ameno la verdad. Tenía ganas de llegar.

- Es tarde ya, he preparado la habitación de invitados, espero que te quedes a dormir.

- Muchas gracias, es un detalle.

- ¿Tienes hambre? Vamos a entrar.

- Un poca sí, gracias.

Entraron en la casa que les acogió con una calidez muy embriagadora. La chimenea desbordaba un olor familiar, como el mismo olor de la mansión. Alberto sacó algo para picotear acompañando de un buen vino.

- Bueno, no tenemos tiempo que perder. Cuéntame las novedades. -dijo Alberto.

- Está bien. El intercambio se va a realizar en la Batería de Monoplás a las doce de la noche del sábado doce. Ese sitio se encuentra en mitad de un bosque a dos kilómetros del Festival Internacional de Cine. La playa de Zuriola está en medio de ambos puntos. Al ser el intercambio en mitad del bosque hay miles de opciones para situarme sin que me vean. Por lo que todo eso está ya atado.

- Perfecto. ¿Cómo vamos a entrar en San Sebastián?

- Entraremos a la vez que entra la banda de Cantabria. Por supuesto, los interrogaran y los cachearan de arriba abajo, es entonces cuando una gran parte de los hombres de 'El Montes' desplieguen sus tropas y se descuiden, cuando nosotros entraremos quinientos metros más alejados a pie. Y nos reuniremos con la banda a un kilómetro. Nos montaremos en su coche y el plan continuará.

- ¿Estás seguro que no nos van a pillar?

- Sí, estoy seguro.

- Vale, confío en ti. ¿Cómo vamos a quedar?

- Entraré en esos detalles estos días con la banda, pero lo más probable es que nos desplacemos hasta Cantabria desde el martes para estar reunidos al menos tres días repasando el plan todos juntos. El mismo sábado por la mañana saldremos hacía el destino. Yo vendré el lunes por Madrid, subiremos a Cantabria juntos en coche.

- Vale, entendido todo.

- Creo que no hay nada más que comentar. Ya está todo atado. Tengo mi M40 preparada para acabar con 'El Montes'.

-Genial, pues entonces solo nos queda brindar. -Alberto coge su copa de vino. Por nuestra obra maestra.

- Por nosotros y por la banda.

CHIN CHIN.

....

Mientras tanto, Claudia estaba cerrando el videoclub sobre las doce menos cuarto de la noche cuando recibió un mensaje de su hermano Lucas.

- Hola Clau. ¿Cómo estás? Necesito que no me hagas preguntas. ¿Puedo dormir esta noche en tu casa?

- ¿Lucas? ¿Pero estás en Madrid?

- Te he dicho que no hagas preguntas.

- Salgo ahora de trabajar, en media hora estaré en casa, claro que puedes venir.

- Ok, te veo en media hora.

¿Qué estaba pasando?

Lucas

Jefe de la Policía Nacional dentro de la comunidad de Castilla y León. Le había costado mucho esfuerzo y sacrificio aspirar a un puesto de ese calibre, pero todo el mundo sabía lo trabajador que era Lucas. Había dirigido la operación Kio, donde habían encanutado más de doscientos kilos de cocaína al mayor traficante de la zona que ahora estaba entre rejas gracias a Lucas. Esa operación lo llevó a la cima de su profesión y ahora era hora de aspirar más alto. El director de la Policía Nacional de todo el territorio se reunió un miércoles con él para proponerle su nueva misión. La operación Casanova. Así es como llamaban a la operación de desarme de la banda de 'El Gusano'. Llevaban varios meses perdidos desde que Fran les dejó en la estacada hasta que por fin pudieron rastrearle. Lucas era experto en este tipo de misiones. El mejor arrestando a traficantes de drogas. Este caso era concretamente de armas, pero estaba más que preparado. El director le explicó el caso desde el principio. Las informaciones, los movimientos realizados, lo que estaba previsto, la historia al completo de Fran. Todo con cualquier tipo de detalle. La cabeza de Lucas ya estaba maquinando. Debería desplazarse a Madrid puesto que habían localizado a un contacto de Fran y creían que estaban preparando un nuevo movimiento después de dos meses parados. Lo único que sabían era el escenario del golpe que sería en el norte de España. La Policía había logrado pinchar malamente los teléfonos de Fran y solo habían podido descodificar la localización del número destinatario, Madrid y el destino de lo que creían iba a ser un intercambio. El norte. No sabían nada más por lo que la misión de Lucas era llegar a Madrid unas semanas antes de que se realizara el intercambio. En misión secreta. Era algo muy complicado pero que Lucas podría llevar a cabo gracias a los equipos y herramientas de investigación que solo se localizaban en dos partes de España, Madrid y Barcelona. A principios de noviembre aterrizó en la capital. Para Lucas era una noticia que en el terreno personal iba a mejorar, puesto que se acomodó en casa de su novia Sonia. No quiso decirle nada a su hermana, puesto que estaba en misión secreta y si en algo destacaba Lucas es que siempre, siempre, siempre, respetaba las normas, suponiendo no poder ver a su hermana. Durante la primera semana, se adaptó a la nueva oficina que era algo totalmente novedoso. Trabajaba con los equipos informáticos que siempre había soñado, siempre de última generación. La eficacia era inmediata. Un mundo de posibilidades se había abierto ante sus ojos. Además de ser jefe de Policía, Lucas había estudiado informática, por lo que la combinación era perfecta. A finales de la tercera semana pudo descubrir que el intercambio se realizaría en San Sebastián durante el Festival Internacional de Cine. Ya tenía el lugar y la fecha. Lo que realmente le estaba dando verdaderos quebraderos de cabeza era localizar la identidad del contacto de Fran. Eso se debía a que Fran había invertido mucho tiempo y mucha tecnología para que Alberto estuviera siempre muy bien protegido, si le pasaba alguna cosa, estaba claro que José jamás se lo perdonaría. Todo iba viento en popa en lo profesional para Lucas, pero no se podía decir lo mismo en lo personal. Lucas era bastante exigente consigo mismo y a la vez era muy intenso. Llevaba casi un mes conviviendo con Sonia y ya no la soportaba. Eran dos polos opuestos, pero al contrario del refrán, no se atraían más que sexualmente. En la distancia habían aguantado perfectamente, no había invasión de espacio, no había problemas por las tareas de la casa y mucho menos había problemas por pasar tiempo juntos. Lo poco que se veían lo disfrutaban. Pero en la convivencia las cosas cambian. Sonia era modelo y nunca estaba en casa. Y cuando estaba, Lucas debía hacer lo que ella impusiera cuando ella quisiera. No podía ser. Lucas estaba demasiado preocupado por su trabajo y Sonia le estaba aportando mucha toxicidad. Una relación tóxica es como tomar el sol en verano. Tu mente ansía ese moreno/dorado de playa por encima de todas las cosas haciendo que el sol te queme hasta los lugares más remotos de tu cuerpo y es indiferente porque vas a seguir ahí expuesta. Este tipo de amor es un dolor emocional que puede llegar a destruir todas las partes sanas de una persona hasta que no quede nada más que el vacío. Decidió dejarla. Fue una buena decisión, pero muy repentina. Cuando algo entraba en la cabeza de Lucas sí o sí tenía que realizarse. Así que aquella noche la dejó y se marchó de su casa para siempre. Pero, ¿A dónde iría? Escribió a Claudia.

-Hola Clau. ¿Cómo estás? Necesito que no me hagas preguntas. ¿Puedo dormir esta noche en tu casa?

- ¿Lucas? ¿Pero estás en Madrid?

- Te he dicho que no hagas preguntas.

- Salgo ahora de trabajar, en media hora estaré en casa, claro que puedes venir.

- Ok, te veo en media hora.

Cuando Claudia llegó a su casa, Lucas le estaba esperando con una maleta. Claudia no sabía cómo reaccionar. Lo hizo con lo mejor que se le daba. Le abrazó. Subieron al piso. Claudia no sabía qué hacer porque estaba muy intrigada. Mientras Lucas se daba una ducha, Claudia sacó algo para picar y un poco de vino. Se sentaron en la mesa. Claudia no aguantaba más.

- Bueno, ¿me vas a contar algo ya?

- Es una situación compleja, Clau. Es mejor que no sepas nada.

- Estás apañado si crees que me voy a conformar con eso. Empieza a hablar.

- Llevo en Madrid como un mes. Es por trabajo y no te puedo contar nada más porque es confidencial. Pero no te preocupes, eso está bien y controlado. Estaba viviendo con Sonia, como puedes imaginar, pero no la soporto más. Ha dado con toda mi paciencia, así que la acabo de dejar y no tenía a donde ir. Ya está no hay más.

- Pero vamos a ver Lucas, ¿cómo que la has dejado? ¿Qué ha pasado?

- No lo sé Clau, en la distancia todo estaba bien y hasta yo estoy sorprendido cómo es posible que en menos de un mes me haya dado cuenta de que no es para mí. Pero es muy caprichosa, nunca está en casa, pero es mejor porque cuando está en casa solo sabe mandar, está siempre negativa y siempre obsesionada con que no hago nada por la relación. Pero, ¿qué puedo hacer? La última vez reservé en un restaurante para cenar y me dejó tirado porque tenía una fiesta con no sé quién. No quiero esa vida Clau. Es muy tóxica. Está decidido. Además, ahora tengo que estar muy centrado en el trabajo.

- Bueno, no te preocupes Lucas. Cuando las cosas no funcionan es mejor dejarlas a tiempo. Además, no me gustaba nada para ti.

Claudia se sintió aliviada por la ruptura, pero a la misma vez la curiosidad le había despertado más- ¿Y no me puedes contar ni un poquito lo del trabajo?

- Claro que no. Ya sabes cómo es mi trabajo. Ya me la he jugado viniendo aquí. No te preocupes que mañana me iré a un hotel hasta que encuentre algo, tampoco voy a pasar mucho tiempo en Madrid. Para finales de año espero que todo salga bien y volveré a casa.

- Bueno, Lucas en mi casa puedes quedarte el tiempo que necesites, ya lo sabes.

Mientras descorchaban la botella de vino continuaban la conversación centrándose sobre todo en lo que Lucas estaba sintiendo. En más detalles sobre la relación con Sonia. Lucas se desahogó con su hermana y Clau le contó la maravilla de viaje a Los Ángeles. Ambos necesitaban un poco de dosis familiar. Siempre es necesaria. Lucas se quedó a dormir abrazado a su hermana, al día siguiente volvió a desaparecer.

Días previos
al golpe

Diciembre había entrado por la puerta principal. El invierno estaba en camino y se podía palpar algo de frío. Digo algo porque cualquiera diría que estábamos en diciembre. Las temperaturas habían bajado, como mucho, cinco grados incluso algunos días sobre la hora de comer el sol podía cegarte. Iba a ser otro diciembre sin nieve. Llevábamos por lo menos dos. No apreciamos el poder de la naturaleza. La destruimos. El cambio climático es algo real que conllevará la destrucción de nuestros ecosistemas y entonces, no se volverá a ver nieve en la capital. Alberto y Claudia estaban en muy buen momento. Al paso que se acercaba la fecha del festival, Alberto consciente del riesgo que iba a asumir, estaba absolutamente implicado con hacer feliz a Claudia. Fran pasaría el lunes siete a Madrid a recoger a Alberto. Claudia subiría el viernes once con Adrián al festival. Quedaba una semana para el festival. La pareja decidió pasar un fin de semana tranquilo, pero Alberto siempre tenía una sorpresa en la manga de su camisa. Habían hablado de que Claudia se tomara el domingo libre para pasar el día juntos antes de la marcha de Alberto. Esa noche de sábado, Alberto fue a recoger a Claudia, como muchas otras noches. Fueron a casa de Claudia. Se dieron una ducha rápida, picaron algo para cenar y se tumbaron en el sofá a ver una película. Alberto le había advertido a Claudia que tenían que levantarse a las ocho de la mañana. Claudia que le intrigaban demasiado las sorpresas, no podía parar de imaginar a dónde irían. La mano de Alberto deslizándose entre sus muslos, le hizo volver a la realidad. Alberto estaba especialmente tierno y sexy. La besó mientras su mano seguía subiendo. Claudia le respondió. Se tiró encima de él. Lo besó por el cuello. Le agarró del pelo y siguió besándolo por todo su abdomen. Alberto agarraba con fuerza sus pechos que estaban a la altura de su plena erección. Claudia lo miró con deseo y después le desnudó completamente para seguido, saciarse con aquella gran montaña. Hicieron el amor salvajemente en el sofá hasta explotar en un orgasmo placentero. Alberto rodeó a Claudia con sus brazos... ¡qué agusto se estaba en esos brazos!

-Te quiero Claudia cómo no había querido a nadie.

Claudia vio la sinceridad en su mirada. Se sentía la mujer más feliz del mundo.

- Te quiero de la misma manera, Alberto. No necesito nada más.

Alberto también se sentía el hombre más afortunado del mundo por haber encontrado una mujer como Claudia.

Amaneció el domingo a las siete y media de la mañana. Alberto se levantó antes para preparar el desayuno. Zumo de naranja y bol de fresas con leche. Espectacular. Así estaba Claudia recién levantada.

- Buenos días preciosa, te he hecho el desayuno.

Claudia abrió sus ojos y vio a un Alberto desnudo en frente de ella. Madre mía, qué buen despertar. Un par de besos mañaneros y desayunaron tranquilamente. Ducha rápida y luego quince minutos intentando Claudia sonsacarle algo a Alberto. Él solo le confesó que se pusiera cómoda, nada de tacones y que preparara una bolsa que iban a pasar la noche fuera. Claudia estaba emocionada. Sobre las diez de la mañana estaban ya montados en el coche de Alberto. Dirección norte de Madrid, pasaron San Sebastián de los Reyes. Claudia no paraba de preguntar. Se estaba poniendo un poco petarda, pero bueno era al mismo tiempo adorable. En menos de una hora estaban entrando en el corazón del valle de Lozoya.

-¡La sierra! Me encanta Alberto.

La sierra estaba completamente verde, había estado lloviendo bastante estos últimos días. Se metieron por un camino pavimentado, subieron un par de cuestas, mientras en la radio sonaba Leiva. Claudia estaba grabando desde su móvil el paisaje cuando llegaron a una explanada.

- Dame un momento, vuelvo enseguida.

Le dio un beso fugaz y a los diez minutos ya había vuelto. Se bajaron del coche cogieron todas sus pertenencias y empezaron a andar unidos de la mano. A los quince minutos habían llegado al destino.

- Y ésta va a ser nuestra acampada rupestre. Dijo Alberto.

Claudia empezó a observar todo el entorno. Solo había árboles. Y cuando miró hacia arriba la vio. Era una casa en el árbol.

- ¡¡NO PUEDE SER!! ¿Vamos a dormir en una casa de árbol?

- Si guapa. Sabía que te haría ilusión.

La casa estaba elevada a cuatro metros de altura y contaba con una terraza con increíbles vistas al Parque Nacional Sierra de Guadarrama. Todo un espectáculo para los sentidos. Claudia empezó a subir por esas escaleras de tronco de árbol. Alberto la seguía también muy entusiasmado. Una vez en lo alto respiraron ese aire tan puro. Se trasmitía paz. Entraron dentro de la cabaña. Era bastante pequeñita, pero les sobraba. Nada más entrar una pequeña cocina que dejaba a la derecha el baño minúsculo y a la izquierda una cama de uno con cinco muy acogedora. Había rosas en un florero y la casa olía a fresas con vainilla, un olor que le recordó al videoclub. Todo era perfecto. Eran las doce de la mañana. Decidieron salir de ruta y descubrir aquellas zonas. Alberto sabía que cerca había un pantano y un restaurante para comer. Fueron en aquella dirección. Caminar por el bosque les trasladó a aquella ruta que cogieron en Ålesund. Todo eran recuerdos bonitos. Pasaron un día increíble, solos. Amándose el uno al otro, sin necesidad de nada más, solo ellos. Y ahí en ese preciso instante y momento se dieron cuenta que no necesitaban nada más para ser felices. La noche cayó y en la sierra sí que hacía frío. Se arroparon con las mantas, estaban totalmente desconectados. No había cobertura, no había televisión. Solo estaban ellos.

- Clau, quiero proponerte algo. Dijo Alberto mientras descorchaba una botella de su vino que siempre llevaba con él.

- Me encantan tus propuestas. Soy todo oídos. -Se reía mientras cogía la copa.

- Me gustaría que acabáramos el año todavía más juntos. -El corazón de Claudia latía cada vez más rápido. Le empezaban a sudar las manos- ¿Te gustaría empezar el 2022 compartiendo casa? -Claudia estuvo pensando la respuesta-.

- Claro que me encantaría, Alberto creo que estamos totalmente preparados para dar el siguiente paso, es la mejor manera de conocernos, la conviviencia.

Se abrazaron. Se sintieron. Se amaron. Se desearon. Qué bonito es encontrar esa persona que te hace ser mejor persona. Qué difícil es tener lo que ambos tenían. El amor llega a aquel que espera, aunque lo hayan decepcionado, a aquel que aún cree, aunque haya sido traicionado, a aquel que todavía necesite amar, aunque antes haya sido lastimado y a aquel que tiene el coraje y la fe para construir la confianza de nuevo. Los muelles de aquella cama sonaron por toda la sierra al mismo tiempo que dos personas apostaban por un futuro juntos. Amanecieron sobre las ocho de la mañana. El cantar de los pájaros trasmitía una vibra llena de armonía. No tenían mucho tiempo, Claudia tenía a las once las clases del gimnasio. Recogieron todo, se despidieron de aquel lugar que por siempre recordarían y se alejaron entre los árboles. Para las once menos cuarto estaban aparcados en frente del gimnasio. Alberto estaba bastante nervioso, tocaba despedirse de Claudia antes del arriesgado golpe.

- Te veo el domingo, Clau. Te quiero por encima de todo. Lo sabes, ¿verdad?

- Lo sé guapo, te quiero de la misma forma.

Estuvieron diez minutos besándose, mirándose. Alberto no la quería dejar ir. Se volvieron a besar y Claudia bajó del coche. Lo miró mientras entraba en el gimnasio y le lanzó un último beso. Alberto puso dirección a la oficina para dejar todo cerrado con Víctor. Estuvo hasta después de comer con él. Víctor se había convertido en una persona importante para Alberto y en la que podía confiar ciegamente. Sobre las seis de la tarde volvió a casa, se hizo una maleta pequeña para pasar toda la semana. Limpio su Glock y la preparó para la gran fiesta. Sobre las ocho y media llegaba a la casa de Cercedilla. A las nueve apareció Fran. Entraron en la casa. Empezaron a darle vueltas al plan, de nuevo. Comieron algo, bebieron vino y también rieron juntos. La vida les había puesto a prueba para convertirlos en amigos. Se dejaron llevar, sin darse cuenta que Lucas estaba esperando a Fran en la entrada a Madrid. Había logrado interceptar la señal GPS para cuando entrara a la capital. Sabía el modelo de coche y también la matricula. Por lo que fue algo sencillo seguirle hasta el sitio más escondido de la sierra de Cercedilla, para aparcar casi un kilómetro de ellos y esperar atento cualquier tipo de movimiento. El destino les iba a jugar a todos una mala pasada.

El gran
día

Llegó el martes. Fran y Alberto madrugaron bastante. A las seis de la mañana ya estaban saliendo de Cercedilla. Llevaban todo con ellos. Las armas y, sobre todo, las ganas de acabar por siempre con todo esto. Tenían cuatro horas y media de camino hasta llegar a Suances, un pueblo precioso situado a escasos veinte minutos de la capital, Santander. Se pusieron en marcha. Lucas no les seguía. Había puesto un rastreador GPS en el coche de Fran por lo que la ubicación siempre era precisa. Lucas sabía a quién se estaba enfrentando, Fran era uno de los mejores cerebros de la Policía, pero no era mejor que él. Volvió al cuartel general y localizó al dueño de aquella casa en mitad de la nada. Alberto González. Por fin había podido poner nombre al socio de Fran. Director general de Bodegas González, enseguida ataron nudos y llegaron a la unión de Alberto con 'El Gusano'. Informó a sus superiores. Después de cuatro horas y media, el coche de Fran se detuvo durante más de tres días. Estaban en Suances, cerca de Santander. Quizás se habían confundido con el lugar del golpe. ¿Qué hacían en Cantabria? Lucas aconsejó a sus superiores que no mandaran un despliegue de tropas, todavía no sabían qué iba a pasar. Se decidió que Lucas viajara hasta el lugar de encuentro y fuera informándoles. Al ser una operación secreta, solo unos pocos privilegiados de la Policía sabían del tema. Lucas se preparó mentalmente para arriesgar nuevamente su vida. El miércoles nueve de diciembre cogió su coche particular y puso rumbo a Suances.

Alberto y Fran llegaron sin ningún problema hasta Suances. La banda de Cantabria, que se hacían llamar Los Revueltos, les recibió con los brazos abiertos. Dicen que la gente del norte es fría pero no tienen ni idea que son personas mucho más cercanas, una vez que las conoces. Se sintieron como en casa. Su mansión estaba en las afueras del pueblo, en un valle frondoso y totalmente verde, cerca del mar. El mismo martes hicieron una última fiesta antes del golpe, donde rieron, bailaron y se divirtieron como si fuera su última vez. Miércoles, jueves y viernes estuvieron implicados en el plan. Todos se lo sabían de memoria. Era imposible que fallaran.

- Salimos mañana de Suances después de comer. Llegaremos a San Sebastián sobre las seis y media de la tarde. La primera prueba es poder introducirnos, Alberto y yo, sin que los secuaces de 'El Montes' se enteren. Pasaremos andando mientras los despistáis y nos recogéis en la gasolinera que se encuentra dos kilómetros más allá de la zona donde os registrarán. Una vez estemos todos reunidos iremos al piso franco que he alquilado en la zona este de la ciudad. Nos estaremos preparando hasta las once de la noche. Os desplazareis con mi coche hasta la zona de la entrega. Alberto irá camuflado para que no puedan reconocerlo. Yo me desplazaré con la furgoneta hasta el alto de la colina donde la visibilidad va a ser perfecta. 'El Montes' llegará sobre las doce, nosotros ya estaremos allí. Para las doce y cuarto, mi disparó entrará en todo el corazón de 'El Montes' y para las doce y media debéis deshaceros de sus secuaces. Yo iré con la furgoneta para recoger los cuerpos y después ya sabéis lo que tenemos que hacer. Es un plan arriesgado, todos lo sabemos, pero todos lo aceptamos. Muy bien muchachos, hagamos justicia. Por todos nosotros. Por nuestros amigos muertos. Por José.

Todos cogieron su copa de vino y brindaron de nuevo. Fue un discurso breve pero alentador. Todos tenían muchas ganas de que el plan saliera bien y todo este sufrimiento terminase. Lucas llevaba dos días observando desde lejos los movimientos de la banda, Fran y Alberto. Había informado a sus superiores que todos permanecían en Suances.

Llegó el gran día. Tal y como habían hablado, la banda salió a las tres de la tarde de la mansión en el coche de Fran y una furgoneta. Lucas decidió esperar hasta que llegaran al destino, que en principio era San Sebastián, como todo indicaba. A las seis y media de la tarde estaban en la frontera límite de la entrada a la ciudad. Era una carretera secundaria bastante mal pavimentada, por lo que nadie entraba en la ciudad por allí. Custodiada por 'El Montes' solo entraba su gente o invitados. En el área de servicio situada a dos kilómetros del registro, Alberto y Fran se bajaron y continuaron andando por el campo que había al lado de la carretera. La banda llegó al registro.

- Buenas tardes, somos Los Revueltos. Venimos en un coche y una furgoneta. -Unas ametralladoras les apuntaban en la cara.

- Bájense todos del coche. Vamos a proceder a registrarlo.

- Muy bien. En la furgoneta hay dos bolsas de deporte donde tenemos el dinero para el intercambio.

Los secuaces de 'El Montes' registraron todo de arriba a

abajo sin encontrar nada extraño. Después les registraron uno por uno. Había que entrar en la ciudad sin armas. Las armas las llevaban Alberto y Fran en otra bolsa de deporte. No tuvieron problema. El campo estaba bastante alto por lo que no les vio nadie. Llegaron a la gasolinera antes que el resto de la banda. Estuvieron casi una hora registrando todo para que estuviera en orden. Los secuaces tenían órdenes directas de 'El Montes' de que la banda de Los Revueltos entrase limpia y sin ninguna sospecha, que dedicaran todo el tiempo del mundo para verificarlo. Por ahora, todo estaba saliendo bien. Sobre las siete y media recogieron a Fran y Alberto y fueron directos al piso franco. Cuando el coche de Fran estacionó, Lucas comenzó su trayecto.

- Jefe, el golpe será en San Sebastián. Llegaré sobre las diez de la noche. No os puedo dar una localización exacta.

El plan estaba saliendo, si no fuera por Lucas, a la perfección.

....

Claudia estaba muy nerviosa. No todos los días puedes vestirte como una actriz famosa y andar por una alfombra roja. Adrián pasó a buscarla el sábado a primera hora de la mañana. Sobre las siete. Tenían casi cinco horas de camino. Adrián prefirió ir con su coche. Le gustaba conducir, aunque no era una buena idea porque llegaría cansado. El viaje fue muy ameno, la verdad es que ambos amigos tenían temas de conversación similares y muy interesantes. Llegaron sobre las doce de la mañana a la recepción de un hotel muy moderno en las afueras de la ciudad. El Festival de Cine comenzaba a las nueve y media de la tarde por lo que sobre las ocho deberían estar por la alfombra. Claudia y Adrián decidieron comer en el restaurante del hotel y después cada uno fue a su habitación a prepararse para la ocasión. La habitación de Claudia era preciosa. Con vistas a lo lejos a un mar tranquilo. Una cama enorme: en el centro de la habitación y en frente, una terraza pequeña pero acogedora donde ver unas puestas de sol increíbles. Eran las cuatro de la tarde. Momento para que Claudia empezará a prepararse. Primero optó por un baño relajante con burbujas. Su piel tenía que estar descansada. A la media hora a remojo, decidió terminar con una ducha para eliminar los restos de la exfoliación del cuerpo. Sobre las cinco ya estaba duchada y con el pelo seco. Empezó a vestirse. Para la ocasión se había comprado un vestido largo negro con pedrería de plata que dejaba la espalda totalmente abierta y los brazos cubiertos porque también era de manga larga. En los pies unos tacones plata a juego con la pedrería y un bolso de mano pequeño y plata también. Estaba espectacular. Era increíble la belleza de Claudia. Sabía sacarse partido, pero tampoco le hacía falta. Alberto tenía razón, cuando más guapa estaba era cuando se despertaba. Qué cuerpazo le hacía su cerebro. Y también esa belleza de vestido. Una vez vestida empezó a maquillarse. Se hizo un semirrecogido para que esos enormes pendientes se vieran bien. Un maquillaje sencillo con sombras delicadas y nudes para destacar el cristalino de sus ojos, un poco de colorete, mucha mascara de pestañas y, por último, unos labios rojos bien marcados. Unas gotas de Narciso Rodríguez y PERFECTA. A lo tonto ya eran las siete y media de la tarde. Adrián fue a recogerla a la habitación.

- Wow, Claudia. Estás impresionante. -Adri lo decía de corazón.

- Gracias Adri, pero que ves mis ojos. ¿Es un traje lo que llevas? Estás realmente guapo y siempre siguiendo tu estilo.

Adrián portaba un traje clásico de Hugo Boss pero de color morado oscuro, con una pajarita roja. Le quedaba impresionante. Se había dejado bigote y le daba un plus a ese look tan él. A las ocho menos veinte un taxi les estaba esperando en la puerta del hotel. Antes de montarse, Claudia recibió un WhatsApp de Alberto.

- Disfruta de esta noche preciosa. Estoy en San Sebastián, también. No preguntes. Te quiero muchísimo.

Claudia con la emoción del momento, no lo vio. Llegaron puntuales, a las ocho de la tarde, a la alfombra roja. Un personal de seguridad les abrió la puerta del taxi. Claudia salió como una diosa. A ambos lados de la alfombra había muchísimos periodistas, fotógrafos y cámaras. Detrás de ellos, todos los fans. Los destellos de los focos y los flashes le hicieron volver a la realidad. Se cogió del brazo de Adrián que le estaba esperando. Caminaron con paso firme pero despacio, saludando a todo el mundo que no tenía ni idea de quién era esa joven que, con tanto glamour, acompañaba al reciente guionista y director de cine Adrián Verdugo. Claudia sonreía y saludaba y en su mente solo se acordaba de Dani. De lo feliz que hubiera sido en este momento a su lado. Fueron diez minutos de auténtica fama y que jamás los olvidaría. Por fin entraron a la grandiosa sala donde tuvieron la oportunidad de hablar con Penélope Cruz, Javier Barden o Antonio Banderas entre otros grandes del cine español. Se sentaron y es entonces cuando Claudia, sobre las nueve menos cuarto, leyó el mensaje.

- ¿Qué haces aquí, Alberto? ¿No estabas en Barcelona?

- No le des más vueltas. Si puedo te lo explicaré todo, pero no tienes que preocuparte, solo necesito que sepas que te quiero incondicionalmente y que esto es real, Clau. Que quiero una vida a tu lado.

Claudia no le contestó. Tenía un presentimiento muy pero que muy malo con esta situación. Las luces se apagaron y el Festival comenzó.

Llegaron las once de la noche. La banda de Los Revueltos junto con Alberto salió con el coche de Fran dirección la Batería de Monoplás. Fran, a la inversa, cogió la furgoneta y se dirigió hasta la colina. A las once y media todos ya estaban preparados en los lugares estipulados, dentro del gran plan. Los nervios estaban aflorando, el miedo acechaba por todos los luagres, incluso los más remotos del cuerpo de Alberto. Los minutos pasaban. Y antes de lo previsto llegaron los hombres de 'El Montes'. Nuevamente habían subestimado a ese demonio. Lucas les había estado siguiendo desde que salieron del piso. Siguió al coche de Fran. Y estaba observando desde la lejanía con su Glock cargada. Veía a todos, menos a Fran. Mandó ubicación a sus superiores que nunca recibieron. 'El Montes' tenía un as bajo la manga. Había hackeado toda la red de la Policía y los había dirigido al punto opuesto de la ciudad para que creyesen que allí sería el intercambio. La Policía estaba fuera del asunto, esperando algo en el otro lado de la ciudad que jamás llegaría. Estaban todos fuera menos Lucas. Por otro lado, los hombres de 'El Montes' llegaron al encuentro antes de lo normal, pillándoles desprevenidos. Lucas enseguida se dio cuenta de la encerrona. Fran no lo supo ver. La banda de 'El Montes' desplazó a Los Revueltos hasta la playa Zuriola. Eran las doce y media de la noche. Nadie en la playa. Todo el mundo en el festival. Lucas se desplazó hasta la playa. Fran se quedó rezagado. Todos estaban nerviosos. El plan estaba fallando en todos los sentidos. De repente y de la nada, apareció 'El Montes' con tres hombres más por detrás.

-Buenas noches, Revueltos. Y nunca mejor dicho -'El Montes' miró directamente a Alberto-. Qué ridícula es la esperanza, ¿verdad? Siempre que haya esperanza, hay ilusión pero que tremenda osadía tener esperanza ante mí. Sois una banda de novatos. Un escritor dijo que no basta con pensar en la muerte, sino que se debe tenerla siempre delante. Entonces la vida se hace más solemne, más importante, más fecunda y alegre. Y queridos muchachos estáis en vuestro lecho de muerte.

Estaban completamente rodeados y todo pasó muy rápido. Alberto procedía a sacar su Glock y disparar en el corazón de aquel ser tan despreciable pensando en que Fran les respaldaría, cuando 'El Montes' habló.

- Disfruté quitándole la vida a tu padre, Alberto. Y a ti quise darte una oportunidad, que por lo que veo, estás desperdiciando. Creía a 'El' Gusano más inteligente. Muchachos...

'El Montes' dio la señal y dos de sus hombres interceptaron a Alberto, obligando a arrodillarse. Toda esperanza estaba perdida. 'El Montes' sacó lentamente su Glock y apuntó directamente en la cabeza de Alberto. Y cuando no había posibilidad alguna de salir vivo, al mismo tiempo que 'El Montes' apretaba el gatillo, Lucas doscientos metros alejado, soltó el dedo de su gatillo. Un disparo recto, sin dudas, que acabó directamente en el corazón de 'El Montes', que al mismo tiempo mientras caía al suelo apretaba su gatillo para disparar a Alberto en todo el abdomen. Y entonces estalló la guerra. Fran llegó cuando el panorama ya estaba servido. Comenzó a disparar en la cabeza de los secuaces de 'El Montes' que respiraba el último minuto de su vida. Eliminó a cuatro de ellos. Lucas estaba desplazándose hasta el lugar de los hechos. En mitad de la playa empezaron los disparos a diestro y siniestro terminando con la vida de todos los hombres de 'El Montes' y de la banda de Cantabria. Once hombres muertos en aquella arena que se había teñido de rojo. 'El Montes' se había desplomado boca arriba anhelando el calor de los suyos. Iba a morir solo, como siempre lo estuvo. Alberto se armó de valor y se levantó, cogió su Glock y sin piedad soltó.

- Mírame a los ojos, maldito capullo. Púdrete en el puto infierno.

Y disparó, directo a la frente, atravesando todos sus sesos y desfigurándole la cara. Acto seguido se desplomó arrodillado en aquella arena húmeda, la marea subía lentamente. Apareció Lucas en escena y a los pocos minutos Fran. Fran llamaba a una ambulancia. Lucas intentaba localizar a sus superiores.

- Fran... -Dijo Alberto todavía con fuerzas.

- Dime Alberto, vas a salir de esta, la ambulancia está en camino.

- Por favor, trae a Claudia. Ya sabes dónde está.

La mirada de Alberto era desoladora. Cuando la muerte se te presenta ante los tristes ojos de una verdad cegadora no te queda otra que perdonarte por todos tus actos, para poder irte en paz. Él necesitaba a Claudia para poder seguir luchando por su vida. Fran se levantó. Miró a Lucas, que no tenía ni idea que Claudia era su hermana.

- Ve donde tengas que ir. Yo me quedo con él. Mi gente está en camino.

Ante una situación tan dramática, los seres humanos nos volvemos vulnerables. Lucas estaba también desolado por todo lo que estaban viviendo. Tantos muertos, tantas vidas que ahora se iban a quedar vacías.

- Claudia sal ahora mismo del Festival, es muy urgente.

Fran mandó un mensaje a Claudia desde el móvil de Alberto mientras se desplazaba hasta la calle del Festival. Claudia se encontraba absorta de belleza y arte, ante todos los estrenos. Le vibró el móvil. Mierda era Alberto. Pero, ¿qué coño estaba pasando? Sintió una gran puntada en el corazón que ya jamás se sanaría. Salió corriendo. Le dijo a Adrián que iba al servicio. Salió desesperada y muy nerviosa. Eran la una y media de la mañana. En la calle ya no había focos, ni periodistas. Fran la estaba esperando.

- Hola Claudia, confía en mí. Soy amigo de Alberto. Hemos tenido complicaciones y es necesario que vengas conmigo. Es lo que él quiere.

Claudia no dudo en subirse al coche. No entendía nada de lo que estaba pasando, pero algo por dentro le decía que subiera, que hiciera caso a aquel hombre. En menos de diez minutos llegaron a aquella maldita playa. Se oía como la Policía estaba llegando también al lugar de los hechos. Claudia permanecía en shock, cogió una bocanada de aliento y bajó del coche, se quitó los tacones y empezó a correr. No lo veía, pero sabía que era Alberto.

- ¡¡CLAUDIA!!
- ¡¡LUCAS!! ¿QUÉ ESTA PASANDO?

Lucas se apartó dejando ver a un Alberto tumbado en el suelo, apretando esa herida que le estaba llenando de sangre. Claudia empezó a llorar. Se arrodilló, lo cogió por la espalda y lo abrazó. Nunca antes había llorado tanto, ni tan fuerte. Se estaba rompiendo en pedazos. No había consuelo, ni acto de buena fe que pudiera recomponer tal escena desoladora. El agua del mar cada vez estaba más cerca. Alberto cada vez más lejos.

- Alberto, estoy aquí. Por favor, no te vayas. Quédate conmigo. Te quiero incondicionalmente, voy a estar contigo. No me dejes sola, por favor. Quédate conmigo. Te quiero Alberto, quédate.

Alberto la estaba escuchando. Su corazón estaba completo. Tomó sus últimas fuerzas.

- Claudia, lo siento mucho pequeña. Espero que algún día puedas perdonarme y entender todo lo que he hecho. Te quiero con todo mi corazón, me has hecho el hombre más feliz del mundo, pero ahora debes continuar sin mí. Recuerda que la vida sigue y yo sé que vas a estar bien. Te quiero.

Claudia no paraba de llorar.

- Alberto sigue conmigo, estoy aquí. No te voy a dejar. Por favor, no te vayas. Quédate conmigo. Por favor, quédate, mírame. Sigue mirándome. Te quiero Alberto, te quiero hasta los huesos.

La mirada de Alberto se había desvanecido hasta perderse ahora en otro lugar, lejos de Claudia. Dejó de respirar. Y se fue con el corazón y alma sanados a buscar a su padre. El agua llegaba hasta Claudia que no paraba de llorar. Se había muerto una parte dentro de ella. Lucas se acercó. La abrazó. En menos de cinco minutos, la ambulancia y la Policía habían llegado.

Claudia no quería alejarse del cuerpo de Alberto, pero la Policía tenía mucho trabajo por delante. Lucas se la llevó de aquella escena tan desoladora. Alberto había conseguido todo lo que ansiaba. La venganza de su padre. Pero, ¿a qué precio? No morimos porque estamos enfermos sino porque estamos vivos.

....

Lo que Alberto dejó

Había pasado casi dos meses después de la tragedia ocurrida en la playa Zuriola en San Sebastián. Los medios de comunicación habían dado luz verde para informar de todo lo sucedido. Fran se había sometido a la justicia y ahora le esperaban más de cuarenta años dentro de prisión. Años que podía haber restado si hubiera confesado el paradero de 'El Gusano' y ayudarles a desmantelar la banda, pero Fran no lo hizo, lo tenía claro. 'El Gusano' decidió salir de la banda y dejarla en manos de su fiel aliado 'El Chivi'. No tenía fuerzas, ni ganas para seguir con tanto sufrimiento. Decidió mudarse con su hija a la Ciudad de México para poder disfrutar de su vejez rodeado de la persona que de corazón le quería. Se marchó un mes después de la tragedia. Nadie volvió a saber de él, pero dicen que su corazón nunca volvió a latir con el mismo ritmo. Lucas era un héroe nacional, pero eso no le importaba lo más mínimo puesto que se había pedido unas vacaciones para cuidar a Claudia. Claudia había cerrado el videoclub. Ya no daba clases en el gimnasio. Había dejado de comer. Y lo único que la consolaba era llorar por Alberto. Vacío. Un vacío silencioso. Era todo lo que sentía su destrozado corazón. Una sensación de vacío que inundaba todo pensamiento transformándolo en la nada. Porque ya nada tenía sentido. El duelo es la mayor prueba que el ser humano se puede someter. El poder dejar ir, sin aferrarte a los buenos recuerdos. El estar preparado para hablar del tema y que el mundo no se te eche encima. El poder recordarlo y que solo caigan lágrimas de felicidad. El poder seguir tu vida, sabiendo que él estaría orgulloso de ti. Es algo realmente difícil y aterrador. Claudia no podía parar de pensar que no pudiera volver a verlo, a besarlo. Que no pudiera volver a tocarlo. Lucas ya no sabía qué hacer para intentar levantar su ánimo. No quería ver a nadie, no quería volver a casa con sus padres. No quería salir a la calle. Lucas estaba realmente preocupado. La solución tenía un nombre. DANI. Dani llegó a principios de febrero. Le habían aumentado seis meses más el contrato de trabajo en Los Ángeles, pero decidió volver a casa en cuanto se enteró de lo sucedido y en cuanto pudo. Llegó a casa de Claudia con una maleta.

- Hola Lucas. Vengo a ayudarte. Debe ser muy frustrante paralizar tu vida para ver como tu hermana echa a perder la suya. Me voy a quedar hasta que intentemos animarla. Si te parece bien, claro.

- Hola Dani, muchas gracias de verdad. No sé qué más puedo hacer. No me hace caso. No come casi, no se levanta de la cama.

- No te preocupes Lucas, bastante has hecho créeme. Hasta a Los Ángeles ha llegado tu hazaña. Eres un hombre y sobre todo, un hermano maravilloso.

- Gracias Dani, ponte cómoda. Puedes dormir con ella en la habitación, yo me quedaré en el sofá. Voy a salir a comprar unas cosas. Enseguida vuelvo.

- No te preocupes, yo cuido de ella.

Dani estaba muy nerviosa por su amiga. Eran las diez de la mañana. Entró en la habitación. Subió las ventanas, la luz entraba directa a esa cara tan angelical de Claudia.

- Lucas que me dejes en paz, que quiero dormir. -Gritó Claudia con los ojos cerrados.

- Buenos días amiga.

Claudia abrió los ojos de golpe al reconocer la voz cálida de su amiga Dani.

- Dani, ¿eres tú?

- Si, cariño, ya estoy aquí a tu lado para no separarme.

Dani se acercó y abrazó a Claudia con un abrazo sanador, fuerte, con sentimiento. Claudia empezó a llorar, Dani la siguió. Estuvieron diez minutos abrazadas, llorando y diciéndose lo mucho que se querían.

- Ya estoy aquí pequeña, te prometo que todo va a ir bien. Tienes que confiar en mí.

Estuvieron median hora más. Ahí, paradas en la cama de Claudia. Abrazadas. Después Dani empezó a hablar.

- Me quedaré a tu lado hasta que lo necesites. Estoy de vacaciones indefinidas. Me las tengo muy bien merecidas. Así que tendrás que hacerte a la idea de soportarme día y noche. Las cosas tienen que empezar a cambiar lentamente. Pero todo va a estar bien.

Claudia se sentía más tranquila, más calmada y algo más animada. Dani la sacó de la cama y le obligó a ducharse. Mientras preparó algo de desayuno. Claudia empezó a llorar mientras se duchaba, todo le recordaba a Alberto. Desayunaron tranquilamente a las doce de la mañana. No tenían prisa. Lucas llegó para la hora de comer. Estuvieron dos semanas a pie de cañón. Poco a poco lograban que Claudia estuviera más animada. Era inevitable no reírse con las historias tan absurdas que le habían pasado a Dani cruzando el charco. Era inevitable no reír con las aventuras que ambas vivieron. Pero también era inevitable que Claudia no parara de llorar a la hora de acostarse que era bien pronto, raro en ella. Lucas y Dani aprovechaban para desconectar un poco y ver alguna película. Ambos se habían convertido en íntimos amigos.

- Lucas, creo que está preparada para ir a un psicólogo. Creo que tiene que hablar del tema con alguien que no sea nosotros. Bastante le ha costado asimilar que tú solo intentaste protegerlo, pero aun así siento que está resentida contigo.

- Ya lo sé Dani. La verdad es que me siento muy impotente. No sé qué más puedo hacer, no quiere ver a nuestros padres, le propuse volver al pueblo pero no quiere saber nada, dice que no quiere que nuestros padres la vean así...

- No te frustres Lucas. Estás haciendo todo lo que está en tus manos, pero igual necesita agararse en otras manos. Ya sabes que yo estoy aquí para todo lo que necesites.

- Gracias Dani, lo que estás haciendo por Claudia no tiene nombre. Me alegro mucho que estés aquí y me parece buena idea. Esta semana intentaremos que vaya al psicólogo.

- Déjamelo a mí.

Amaneció un miércoles helador. Era ya finales de febrero. Dani amaneció pronto, sobre las ocho. Lucas ya estaba despierto, acabando de desayunar e iba a salir. Dani desayunó tranquila y sobre las nueve y media despertó a Claudia.

- Buenos días pequeña, hoy vamos a comernos el mundo. Y necesito que me acompañes. Ya han pasado dos meses y medio. Hay que seguir con nuestras vidas. Hoy tienes cita en el psicólogo y antes de que digas nada solo quiero que te lo tomes como si fuera un amigo mío que quiere escucharte. Sin judgarte. Solo vamos a ir, vas a entrar y si no te gusta y no te sientes bien, no volveremos. No te lo estoy preguntando, te estoy informando. El desayuno te espera en la mesa del salón. La cita es a las doce. Te quiero pequeña.

Dani no dejó que dijera ninguna palabra. Claudia se quedó pensativa. Ya habían pasado dos mes y medio. Estuvo meditando mucho tiempo, pero al final accedió a ir al psicólogo. Sobre las once y media de la mañana estaban saliendo de casa. Fueron en el coche de Claudia. Dani creyó que era buena idea que Claudia condujera. Sabía que le encantaba. Y sí, fue buena idea. Claudia logró sentirse un poco más independiente, más libre de aquel sentimiento de vacío desgarrador. Llegaron a la consulta. Dani la dejó y volvió a la hora.

- ¿Cómo ha ido, nena?

- Muy bien Dani, me ha gustado. Me he sentido bien. Y creo que estoy más tranquila.

- Me alegro cariño. Me alegro muchísimo. ¿Te apetece ver las novedades de moda y hacer unas compritas?

- No mucho, pero venga vamos a intentarlo.

Pasaron el día de tiendas, poco a poco Claudia estaba más animada, pero de golpe siempre caía. Empezó a llorar y decidieron volver a casa. Las recuperaciones nunca son fáciles. Que optara por ir al psicólogo dos días a la semana, era todo un avance. Así siguieron, Lucas, Dani y Claudia durante marzo. Ya habían pasado tres meses. Dani le enseñó a Claudia todos los vídeos que sus followes le habían dedicado y las ganas que tenían de que el videoclub volviera a ser como antes. Le enseñó vídeos de sus compañeros de gimnasio echándola de menos y sus clientes rogándole que volviera a dar sus clases. Claudia experimentó muchos sentimientos que creía que había dejado de sentir. Lloró, pero esta vez de ilusión. La vida había seguido, pero le estaba gritando que se uniera de nuevo a ella. Se sintió mal por haber dejado tirada a tanta gente, pero era un sentimiento adverso porque sabía que todas esas personas entendían su situación. Poco a poco todo iba volviendo a lo que era. A principios de mayo, Lucas, Dani y Claudia, volvieron al videoclub. Estuvieron limpiando y organizando todo. Dani se estuvo encargando de las reservas online y las redes sociales. Lucas de todo el mantenimiento y papeles en regla. El día doce de mayo, cumpliendo cinco meses, llamaron por teléfono a Claudia.

- Buenos días, ¿señorita Claudia?

- Sí, dígame.

- Soy Rodrigo Peña. Abogado de Alberto González. ¿Podríamos vernos, por favor? Es urgente.

A Claudia se le paró el corazón. No sabía qué hacer, ¿qué estaba pasando? Justo hoy.

- Si, supongo que sí.

- ¿Podría ser esta tarde, sobre las cinco, en mis oficinas, en calle general Galarza número 38, primero A?

- Allí estaré. Gracias.

Claudia reunió a Lucas y Dani que estaban preparando la comida. Todos estaban nerviosos y, sobre todo, la curiosidad afloró en los tres. A las cinco de la tarde allí estaban.

- Entraré sola, chicos. Gracias por venir. Estoy preparada.

Lucas iba a recriminarle que era una mala idea, pero Dani, que pareciera que conocía a Lucas de toda la vida, le miró y se adelantó.

- Nos alegramos, Clau. Te esperamos en ese bar de enfrente.

Claudia se armó de valor y entró en las oficinas. Despacho de Rodrigo Peña. Abogado. Justo de la puerta salió Víctor.

- Hola. Debes de ser Claudia. Soy Víctor, el ayudante de Alberto en las bodegas. Nos veremos pronto.

Víctor estaba llorando, la abrazó. Claudia no entendía nada, empezó a llorar también. Se limpió las lágrimas saladas y entró.

- Hola Claudia, soy Rodrigo, es un placer conocerte.

- Hola Rodrigo, el placer es mutuo.

- Estarás un poco con la incertidumbre, me imagino. No te preocupes, te lo voy a contar todo. Siéntate por favor, ¿Quieres con café, té o agua?

- Una tila estaría bien, estoy un poco nerviosa. Gracias.

- Muy bien empezaré por el principio. Hace siete meses se presentó Alberto en mi despacho. Me dijo que quería hacer un testamento y no me dio más explicaciones. Las autoridades no me han dado permiso de abrirlo hasta el día de hoy. Claudia eres la primera persona que mencionó y es necesario que te informe de todo.

Claudia le dio un largo trago a la tila calentita. Tenía los pelos de punta.

- Lo primero es que dejó esta nota para usted. Puede leerla cuando quiera.

Claudia cogió la nota y la guardó en su bolso.

- Lo segundo, no sé si sabe cómo estaba distribuida Bodegas González en cuanto al reparto de acciones. La mitad de las acciones las tenía y siguen teniendo la familia de Alberto. Su madre y hermana. La otra mitad era de Alberto. Ahora mismo de ese cincuenta por ciento de acciones, el veinte le corresponde a Víctor, que ha sido su fiel compañero y a partir de ahora, el nuevo director de Bodegas González. El otro treinta por ciento restante, le corresponde a usted señorita Claudia, junto con la casa que Alberto poseía en la sierra de Cercedilla. La Policía se ha quedado con parte del dinero que Alberto blanqueaba a través de Bodegas González, pero el resto es también pertenencia suya. Esto implica millon y medio de euros. Creo que no hay nada más que decir. ¿Ha entendido todo señorita Claudia?

- Es demasiada información, pero creo que sí.

- Entonces necesito una firma, aquí y ya estaría.

Claudia acabó con esa tila y firmó, no se lo pensó. Después se despidió de Rodrigo que le dio un buen abrazo y salió de aquellas oficinas. Lucas y Dani la estaban esperando en el bar de al lado con un par de cervezas. Claudia los observó de lejos. Estaban riendo, se divertían. Había miradas cómplices. Pero ellos todavía no lo sabían. Claudia les interrumpió, decidió que era mejor volver a casa para comentar todo lo ocurrido. Volvieron y les contó cada detalle que había pasado en aquella oficina. Lucas y Dani estaban flipando. No era para menos. Acciones de una empresa, una casa en la sierra y un millón y medio de euros. Era una locura. Una locura real. Mayo pasó y Claudia no se atrevía a abrir la nota. Sintió que necesitaba volver a encontrarse con él. Conectar para dejarlo marchar para siempre. Sabía lo que tenía que hacer.

Septiembre

La tormenta estaba pasando y el sol volvía a brillar. La vida estaba dispuesta a seguir ofreciendo oportunidades, siempre lo está. El videoclub seguía más activo que nunca, las bodegas en perfecto funcionamiento con un Víctor al frente, tomando cualquier decisión. Lucas y Dani habían vuelto a su rutina particular, pero habían decidido formar una nueva rutina juntos, como pareja. Y Claudia...

....

Anochecía el doce de septiembre en la heladora isla de Ålesund. Una tienda de campaña rompía la monotonía de aquella pequeña y escondida cala, dejando entrar al mar con más fuerza que nunca. La luna estaba completamente perdida y la oscuridad era patente en toda aquella playa, protegida por los acantilados y el bosque frondoso. Claudia sentía la fría arena introduciéndose por su pantalón. Una lágrima descendió su suave rostro. Sacó la nota de la mochila. El tiempo se detuvo.

'Ojalá nunca tengas que leer esto. Mi vida comenzó en el momento que apareciste en ella para hacer de un despertar, una maravillosa aventura de cosquillas, para hacer de una cena, un descubrimiento nuevo del sentido de la risa, para hacer de las sorpresas, completas películas de ficción, para hacer de los viajes que todos sean inolvidables, por hacer que las preocupaciones sean más pasajeras si te tengo a mi lado. Eres todo lo que nunca imaginé soñar, mucho menos tener. Gracias por haberle dado sentido a mi vacía vida. Espero que me perdones y espero que puedas perdonarte, porque tu vida sigue adelante. Sal de nuevo. Vuelve a reír, vuelve a enamorarte, vuelve a cometer errores y, sobre todo, vuelve a vivir. Hazlo por ti, porque te mereces todo lo bueno. Te quiero muchísimo Claudia. Por siempre en mi corazón. Alberto'.

A medida que Claudia iba leyendo la nota, las lágrimas salían como gotas de lluvia por sus cristalinos ojos. El corazón latía con fuerza. Alberto siempre estaría permanente en él. Se levantó. Se desnudó y corrió hasta el mar donde el agua se abrió paso para desatar todo el huracán que llevaba por dentro. El cielo se deslumbró para dejar ver con total nitidez aquella aurora boreal espectacular que sobre voló en lo alto de Claudia durante dos minutos. Claudia miró a lo alto. Y tan alto como pudo:
- HASTA SIEMPRE, ALBERTO.

La soledad, esa que siempre se intenta evitar. Tan necesaria, pues es en soledad cuando pasan realmente las cosas que nos llevan a pensar, a reflexionar. Es una actividad que no se puede hacer frente a los demás. En la soledad se dice todo aquello que pocas veces tiendes a realizar, donde nace un dialogo interno con tu ser, y dudas, y te cuestionas. Y realmente, es cuando estamos solos cuando nos pasan cosas profundas increíbles. Es en soledad cuando te puedes perdonar y solo en soledad cuando decides cambiar. La soledad no cambió a Claudia, solo le recordó quién era.

Agradecimientos

Si te recuerdo marzo de 2020, la bombilla de la COVID-19 se te encenderá. Me remonto hasta entonces cuando en las cuatro paredes de mi minúsculo 'ático', por supuesto, alquilado y compartido, de Lucero en Madrid nació: Hasta los huesos. Todavía no sabía que iba a estar mes y medio 'encerrada' y que la mejor arma para destruir el aburrimiento, además del deporte en casa, iba a ser lo que siempre he tenido claro que quería hacer: escribir. Y creo que es importante que recordemos, que esa etapa que todos vivimos y que ya parece que fue hace mucho, marcó un antes y después.

Hasta los huesos es una novela ficticia, creada en mi mente y que arrancó como una tontería entre dos amigas para 'matar' el rato, pero que a medida que iba escribiéndola, me envolvió, me penetró y creó en mí una adicción tal que cuando la terminé, grandes lágrimas cayeron por mis mequillas, porque una parte de mí se había quedado vacía.

Luego la vida continuó y todo 'volvió a la normalidad', pero en 2021 tomé una decisión que iba a cambiar mi vida (me mudé) y hasta que no he estado estable y con tiempo no he podido autoeditar y tomar la decisión de publicar Hasta los huesos.

Primero quiero agradecer a Isa, que me motivó para escribir y me sirvió de inspiración. Pero también a Sara y Ana por leer el borrador de Hasta los huesos y aconsejarme y ayudarme con decisiones (os quiero un motón). A mis amigas de siempre, por preguntar, estar presentes y darme grandes momentos. Agradecer a mis personitas de Madrid que a día de hoy hacen que no se noten los kilómetros. No me olvido de parte de mis quintos que cada año que pasaba, se interesaban por el libro.

A mi familia por completo, que iba mandando capítulos y que enseguida me preguntaban por los siguientes. A mis tías/os, que siempre, siempre me apoyan. A toda la piña de mis primos que tienen un hueco ganado en mi corazón. A mis abuelos. A los que todavía puedo disfrutar, reír con ellos, con sus hisotrias y ver embejecer juntos y a los que siento que me protegen desde donde estén.

Por supusto, a mis padres, por su amor incondicional y sus buenos consejos. Y no me olvido de mi hermana que la quiero con todo mi corazón.

Y sin lugar a dudas, tengo que agradecer a la persona con la que comparto mi vida, el que es mi hogar. Por estar a mi lado en todo el proceso, por tu apoyo constante y por ser mi impulso cuando algo no sale como esperamos y mi mejor amigo cuando hay que celebrar. Te quiero.

TINTADEMIPLUMA

Si quieres concoer todas las novedades sobre la novela, curiosidades y más información, no dudes en encontrarme en el Instagram @tintademipluma.

Además de Hasta los huesos, encontrarás escritos, reflexiones y quién sabe si el lanzamiento de otro libro.

stuft und beurkundet werden. Diese Lösung erfüllt die Erfordernisse der Rechtssicherheit und ist allein vertretbar, wird aber diesem Thema nicht erschöpfend gerecht. Die vorherrschende Form kann sich verändern und in den Hintergrund treten. Falls eine solche Entwicklung stattgefunden hat, muss die Beurkundung durch die Zivilgerichtsbarkeit angepasst werden. Es handelt sich dabei nicht um eine

---

ZZW 1990, S. 165 f.; IRENE LEHMANN, Changement de nom indésiré ensuite du mariage des parents, ZZW 1990, S. 151 f.; MARIO GERVASONI, La scelta del nome/ il caso "Andrea", ZZW 1988, S. 152 ff.; THOMAS GEISER, Die Namensänderung nach Artikel 30 Absatz 1 ZGB unter dem Einfluss des neuen Eherechts, ZZW 1989, S. 33 ff., F/177 ff.; WILLI HEUSSLER, La décision de changement de nom et de prénom du 13 avril 1988 examiné du point de vue de l'état civil, ZZW 1988, S. 371 ff.; J. OTTO/H. KURMANN/V. SUTER, Vornamen der 1984 und 1985 in der Stadt Zürich geborenen Kinder, ZZW 1987, S. 110 ff.; Gesellschaft für deutsche Sprache, Bundesverband der deutschen Standesbeamten, Internationales Handbuch der Vornamen, Frankfurt 1986; TONI SIEGENTHALER, Namensänderungen in England, ZZW 1985, S. 281 ff., F/1986/44 ff.; MARIO TAMINELLI, Il cambiamento di nome: situazione attuale e prospettive future, ZZW 1986, S. 189 ff.; ANDREAS NABHOLZ, Keine Namensänderung für die Ehefrauen, ZZW 1985, S. 41 f.; MARIO GERVASONI, Cambiamento di cognome per un figlio di genitori non coniugati tra loro conviventi, ZZW 1984, S. 49 f.; ARNALDO ALBERTI, Le changement de nom des enfants dont les parents ne sont pas mariés ensemble, ZZW 1982, S. 250 f.; DENISE MANGOLD, Changement de nom d'enfants de parents non mariés ensemble, ZZW 1982, S. 140 f.; ERNST GÖTZ, Namensänderung für eine geschiedene Frau (Weiterführung des Ehenamens), ZZW 1981, S. 4 ff., F/151–152; JEAN GUINAND, L'évolution de la jurisprudence en matière de changement de nom, ZZW 1980, S. 350 ff., I/1981/ 18 ff.; SIMON RUEGG, Changement de nom selon l'article 30 CCS; curiosités consécutives au principe du domicile, ZZW 1980, S. 79; GUSTAV CALUORI, Gedanken zum Recht des Familiennamens, ZZW 1978, S. 115 ff.; FRANÇOIS KNOEPFEL, Le nom et quelques autres questions de l'état civil en droit international privé suisse, aujourd'hui et demain, ZZW 1978, S. 305 ff., I/1979/60 ff., 86 ff., 161 ff.; TONI SIEGENTHALER, Effets du mariage des parents sur le nom et le droit de cité de l'enfant né antérieurement, ZZW 1978, S. 95 f.; ERIKA DREHER, Namensänderung mit gleichzeitiger Bürgerrechtsänderung, ZZW 1977, S. 355; CYRIL HEGNAUER, Der Familienname mündiger Nachkommen des Adoptivkindes, ZZW 1977, S. 98 ff., F/257 ff.; MICHEL PIGUET, Le changement de nom, ZZW 1976, S. 50 ff., 88 ff.; OLIVIER DESSEMONTET, Sind unsere Familiennamen dem Absterben geweiht?, ZZW 1971, S. 377 ff., F/384 ff., I/1974/90 ff.; ROLAND DUBOUX, Le nom de la femme mariée qui a été autorisée à changer de patronyme, ZZW 1974, S. 166 ff.; P. MÜLLER, Die Namensänderung nach Art. 30 ZGB, Diss. Zürich 1972.

223   ZZW 1988, S. 241 ff., F/369 ff., I/1989/58 ff. (Dir. des Innern ZG)): Änderung des Familiennamens mit gleichzeitiger Änderung des Vornamens; GVP (ZG) 1979–80, S. 128: Änderung des Namens Cezilia in Cécile, da die Beschwerdeführerin immer so genannt worden ist und die Schreibweise "Cezilia" in dem vom Schweizerischen Verband der Zivilstandsbeamten herausgegebenen Vornamenbüchlein nicht aufgeführt ist.

224   ZZW 1989, S. 247 (BG): Name der verheirateten Frau; BGE 115 II 322: Namensänderung; ZZW 1989, S. 373 (BG): Namensänderung durch Thurgau verweigert, vom BG gutgeheissen; ZZW 1978, S. 145 (BG): Änderung des Familiennamens "Löffel", wegen angeblicher Lächerlichkeit oder Anstössigkeit, abgelehnt; ZZW 1976, S. 375 (BG): Ersatz des Familiennamens und Vornamens durch den Künstlernamen abgelehnt; ZZW 1975, S. 91, 1974, S. 272 (BG): Anpassung des Namens an die Sprache des Wohnsitzes abgelehnt; BGE 100 II 290 ff.: Trägt eine Frau den Namen ihres früheren Ehemannes, so trägt ihr nachträglich geborenes ausereheliches Kind nicht den gleichen Namen wie seine Mutter, sondern den Namen, welchen sie vor ihrer Heirat besass; unterscheidet zwischen dem Namensänderungsverfahren, welches je nach Änderungsgrund unterschiedliche Auswirkungen hat, dem richterlichen Berichtigungsverfahren, dem administrativen Berichtigungsverfahren und der Zivilstandsklage zur Festsetzung des Namens (worum es im vorliegenden Fall ging), mit einer allfälligen Änderung der Beurkundung; offenbar nahm der Ex-Ehemann, welcher Berufung eingelegt hatte, am Verfahren vor dem BG als richterlicher Berichtigungsinstanz nicht teil; BGE 98 Ia 455 ff., Änderung des Familiennamens "Amherd" bewilligt. – GVP (ZG)